민소희

정채만

우동기

어현경

TCI 교통범죄수사팀

크래시
대본집
1

일러두기 »»»

- 이 책은 오수진 작가의 드라마 대본 집필 형식을 최대한 따라 편집하였습니다.
- 대사는 입말임을 감안하여 한글맞춤법과 다른 부분이라 해도 그 표현을 살렸습니다. 지문의 경우 한글맞춤법을 최대한 따르되, 어감을 살리기 위해 고치지 않고 작가의 표현을 살린 부분이 있습니다.
- 쉼표, 느낌표, 마침표 등 구두점과 문장부호는 작가의 의도를 따랐으며 마침표가 없는 것 역시 작가의 의도입니다.
- 이 책은 작가의 최종 대본으로, 방송과 다른 부분도 있습니다.

크래시 대본집 1

오수진 지음

하얀 모니터 화면 위에서 길을 잃고 속절없이 깜박이는 커서를 바라볼 때마다, 나침반처럼 꺼내 보는 대본이 있다. 정성주 작가님의 「밀회」 대본이다(정확히는 대본 파일이다. 공식적인 대본집은 나오지 않은 걸로 알고 있다). 간결한 지문과 대사, 건조한 대화들. 자칫 성의 없어 보이는 대본. 하지만 그 간결함과 건조함 속에 담긴 다층적인 캐릭터와 세상을 바라보는 성숙한 시선. 누구를 가르치려거나 감정을 쥐어짜려고도 들지 않지만, 마침내는 어딘가에 가닿아 사람의 마음을 움직이는 힘. 부족하지도 넘치지도 않는 적당한 균형감과 농도.

"그렇지. 글은 이렇게 쓰는 거지."

아무 회나 꺼내 봐도 항상 고개를 끄덕이게 만드는 대본이다.

나에게 글을 쓰는 일은 언제나 두려움과 마주하는 행위이다. 코끼리에 대해서는 뭔가를 쓸 수 있을지 모르지만, 코끼리 조련사에 대해선 아무것도 쓸 수 없을 것 같았다는 '하루키'의 글처럼. 내가 쓰려는 인물들에 대해서 얼마나 이해하고 공감하나. 이 문제에 대한 나의 견해는 무엇인가. 근본적으로는 나는 왜 이 이야기를 하려고 하나.

"너 도대체 하고 싶은 얘기가 뭐야?"

스스로에게 되물으면 항상 무력한 기분에 사로잡힌다. 나의 부족함과 미숙함을 그 누구보다 잘 알기에, 내가 가고자 하는 곳은 어쩌면 도달 불능이기에, 언제나 도망가고 싶고, 숨고 싶다.

대본집을 내자는 제의를 받았을 때 반가움보다는 부끄러움이 컸다. 스스로 자랑할 만한 완성도의 대본은 아니라고 생각하기에, 배우의 연기와 화려한 영상 뒤에 숨어 내 민낯을 드러내고 싶지 않은 생각도 있었다. 하지만 되물어봤다.

"너 이 대본보다 좋은 작가야? 더 성숙한 인간이야?"

그건 아니다. 결국 이게 내 수준이고, 지금의 나니까. 그러니 뭘 어쩌겠는가. 순순히 인정하고 받아들이는 수밖에.

「크래시」를 시작한 지도 꽤나 오랜 시간이 흘렀다. 중간에 우여곡절도 많았고 절망의 구간도 있었다. 그러고 보니 「크래시」를 준비하면서 작가의 길을 포기하려고 했던 시기도 있었다. 돌이켜보면 아찔한 순간들. 그때 멈춰 섰더라면 아마 '작가의 말'을 쓸 일은 평생 없었겠다 싶다.

여러 얼굴들이 떠오른다.

기획 초기에 머리를 맞대고 같이 방향을 잡아나갔던 오승준 피디님, 프로젝트가 멈춰 있던 기간에 나를 찾아와 「크래시」를 다시 해보자고 손을 내밀었던 박준우 감독님, 더위와 추위와 싸우며 「크래시」를 만들어준 모든 피디들과 현장 스탭들, 상상한 것 이상으로 더 훌륭한 TCI 팀을 만들어준 배우분들, 대본 작업 내내 좋은 파트너로, 상담자로, 조력자로, 보조작가로 곁을 지켜줬던 문수연 작가와 내 인생의 조련사이자 친구이자 반려인인 김여진 씨, 힘들고 지칠 때마다 존재만으로 위로가 되어주었던 반려견 푸른이.

모두에게 고개 숙여 감사의 인사를 전하고 싶다.

부디 「크래시」 시즌 2에서 모두 다시 만날 수 있길…

2024년 여름
오수진

작가에게 묻다 »»

Q1. 간략한 작가님 소개 부탁드립니다.

안녕하세요! ENA 월화 미니시리즈 「크래시」를 쓴 오수진입니다.

이렇게 드라마가 아닌 대본집으로 독자분들을 만나게 돼서 신기하고 설레는 기분입니다. 겸손의 표현이 아니라 진심으로 부족하고 허점투성이인 대본을 이렇게 공개하려고 보니, 마치 볼품없는 민낯을 꺼내 놓는 것 같아 부끄럽기 짝이 없네요.

드라마 대본이란 게 결국 최종 결과물이 아닌, 영상화로 가기 위한 밑그림이자 설계도이기 때문에 더욱 그렇게 느껴지는 것 같습니다. 아시겠지만 최종 결과물인 드라마와 대본 사이엔 다소간에 차이가 존재하기 마련입니다. 드라마라는 게 공정상 여러 단계를 거치면서 많은 사람의 공력이 들어간 공동 작업이니까요. 그래서 결국 여러분이 보시게 되는 드라마는 대본상의 의도와 달라진 부분도 있겠고, 생략되거나 강조된 부분도 있게 됩니다.

저는 드라마 대본을 읽는 재미가 거기 있다고 생각합니다. 드라마를 이미 보신 분들은 그 차이를 느끼며 읽는 재미가 있을 테고, 아직 드라마를 보지 않으신 분들은 완성될 드라마를 상상해보며 읽으신 후 나중에 드라마를 즐기시는 재미도 있을 테니까요. 모쪼록 독자 여러분들에게 흥미로운 시간이 되길 기대합니다.

Q2. '교통범죄수사팀'이라는 흥미롭지만 아직은 생소한 소재를 선택하신 계기가 궁금합니다.

　사실 「크래시」를 기획하기 전에 준비하고 있던 드라마가 있었는데, 여러 가지 이유로 중간에 제작을 멈추게 되었습니다. 상심하던 차에, 평소 친분이 있었던 김은희 작가님(「시그널」, 「킹덤」 작가)으로부터 수사물 중에 지금까지 다뤄지지 않은 분야가 교통 범죄인 거 같다는 얘기를 들었고, 그게 힌트가 되어 교통 범죄에 관련된 기사를 찾아보게 되었습니다.

　그러던 중 2013년에 서울지방경찰청에 창설된 교통범죄수사팀(TCI)을 알게 되었고, 이 팀을 중심으로 한 이야기를 짜면 되겠구나 싶었습니다. 그리고 TCI 창설에 기틀을 마련한 김해비치 팀장님(현 마포경찰서 TCI 팀장)을 만나 뵙고, 그분을 통해서 교통범죄수사팀의 창설 배경과 역할의 중요성을 깨닫게 됐습니다. 그러면서 조금씩 이 소재에 대한 확신이 생겼던 것 같습니다.

Q3. 생소한 소재인 만큼 자료조사 등 사전 준비가 많이 필요하셨을 것 같습니다. 이 작품은 어떻게 준비해 오셨나요?

　처음엔 무작정 인터넷으로 교통사고 관련 기사나 교통 범죄 기록 등을 검색했습니다. 그중 흥미로운 기사나 범죄 정보를 찾게 되면 관련 인물들을 만나 인터뷰하고, 위에 언급한 김해비치 팀장님께 사건과 관련해서 자문을 구하는 식으로 구체적인 정보를 취합했습니다.

　아무래도 현실 기반의 소재이고 실제 사건이 곳곳에 많이 들어가 있다 보니 사실관계를 정확히 하지 않거나 전문성이 결여되면 자칫 우스워 보일 거라 생각했습니다. 너무 식상한 얘기지만 결국 좋은 글은 발로 쓰는 게 아닐까 싶습니다.

Q4. 의사가 연애하고 변호사가 연애하는 식의 한국 드라마 공식에서 벗어나 미국 드라마 수사극 방식의 구성과 캐릭터 서사를 채용하신 듯합니다. 혹시 참고로 했던 작품이 있을까요?

교통 범죄 수사물을 쓰겠다고 마음먹은 후에 가장 먼저 떠오른 드라마는 「춤추는 대수사선」입니다. 수사물의 외피를 입고 있지만, 인물의 성장 서사가 있고 인물 간에 케미가 살아 있는 수사물. 개인적으로는 CSI 류의 수사물을 그닥 즐기지도 않고 실제로 많이 보지도 않았습니다. 뭔가 인물들이 너무 건조하고 쿨해서 저라는 인간이랑은 어울리지 않은 느낌이랄까요?

사실 저는 「크래시」라는 드라마가 수사물이기보단 오피스물처럼 보이길 바랐습니다.

직장 안에서 권력관계가 있고 상사 눈치도 보며 사람에게 상처받기도 하지만, 사소한 농담으로 서로를 위로하고 소주 한잔에 스트레스를 풀며 하루하루를 버티는 직장인들. 거창한 사명감은 없지만, 묵묵히 자신의 위치를 지키며 주어진 역할을 수행하는 사람들. 「춤추는 대수사선」이란 드라마를 볼 때도 그랬지만, 그런 사람들이 세상 어딘가에 존재한다는 상상만으로도 뭔가 안심이 되는 기분이 드는 것 같습니다. 우리 주인공들이 바로 그런 사람들이면 어떨까 생각했습니다. 그 직장이 어쩌다 보니 경찰서가 된 거고, TCI가 된 것일 뿐.

Q5. 노인 보험사기, 킥보드 뺑소니, 귀신 소동을 가장한 레커 사기 등 시청자들이 공감할 만한 현실의 소재들을 다루신 것도 인상적입니다. 실제로 참고한 현실의 사건들이 있었을까요?

사실 12부작에 들어간 모든 에피소드는 크든 작든 실제 있었던 사건에서 모티프를 얻었습니다. 하지만 실제 사건을 고스란히 들고 온 에피소드는 첫 번째 사건이었던 노인 연쇄 살인뿐입니다. 2007년에서 2008년에 거쳐 충청도에서 벌어진 실제 사건인데, 형사 합의 지원금이라는 소액의 돈을 노리고 부양가족 없는 노인들만 골라 차로 치어 살해했다는 사실이 너무도 충격적이었습니다. 결국 그 사건을 계기로 관련법이 개정되긴 했지만, 인간이 돈 앞에서 어디까지 사악해질 수 있는지 보여주는 한 사례라고 생각했습니다.

『루시퍼 이펙트』라는 책이 있는데, 저자는 교도소 실험을 통해 아무리 평범한 사람이라도 상황과 시스템이 주어지면 아무런 죄의식 없이 악을 행하게 된다는 결과를 도출합니다. 저는 우리 사회가 경계해야 할 가장 무서운 악이 이와 같은 평범한 사람들이 무심코 저지르는 악행이라고 생각합니다. 교통 범죄의 무서움도 이와 같은 악의 평범성과 무관하지 않다고 생각하고요.

Q6. 「크래시」는 분명 범죄 드라마인데 안전한 느낌도 함께 드는 것 같습니다. 본업에 대한 원칙주의자들을 보는 쾌감이 있달까요. 우리 사회 대부분의 사건 사고와 병폐는 대단히 치밀한 음모나 괴력에 의해 발생하는 게 아니라, 구성원들이 각자의 역할을 다하느냐 그러지 않느냐에 의해 사회 안전망이 무너지기도 하고 수습되기도 하니깐요. 그래서 드라마 속 캐릭터들이 현실적인 카타르시스를 주는 것 같아요. 캐릭터를 잡는 데 가장 중점을 두신 점이 있을까요?

우리와 다르지 않은 평범한 사람들.

거창한 정의감이나 신념이 아닌, 건강하고 균형 잡힌 직업윤리를 가진 사람들, 흔들리긴 하지만 선을 넘지 않는 사람들, 눈치는 보지만 할 말은 하는 사람들, 나의 행복이 가장 소중하지만 타인의 불행에도 공감할 줄 아는 사람들.

두려움에 주저하긴 하지만, 그럼에도 불구하고 한 발짝 내딛는 사람들.

이런 사람들이 주인공이 되는 이야기를 하고 싶었습니다. 세상은 위대한 지도자나 슈퍼 히어로로 때문이 아니라, 이런 사람들이 점점 많아질 때 비로소 희망이 생길 거라는 믿음이 있습니다. 아마 「크래시」를 보며 쾌감을 느끼셨다면 저와 비슷한 희망을 품은 분들일 거라 생각합니다

Q7. 「크래시」의 투 톱 곽선영 배우와 이민기 배우의 조화도 인상적입니다. 곽선영 배우의 민반장이 격투에 능한 행동파라면 이민기의 차경위는 허약한 브레인으로 나오죠. 캐릭터 설정과 함께 두 배우가 전작에서 보여주었던 고유한 매력도 함께 보이는 것 같아요. 이 두 캐릭터 설정에 대한 이야기도 조금 더 해주시면 좋을 것 같아요.

처음 차연호에 대해 떠오른 느낌은 경찰 같지 않은 경찰, 직장인 같은 경찰이었습니다. 양복에 구두를 신고 크로스백을 멘 경찰. 거칠거나 강압적이지 않은 경찰. 이후에 캐릭터를 만드는 과정에서 카이스트 출신에 보험조사관이었던 이력이 잡히면서 너드 캐릭터에다 흔히 말하는 '모에'를 자극하는 부실한 남자. 왠지 도와주고 싶은 남자. 주먹 쥘 때 엄지를 안쪽으로 말아 넣을 것 같은 남자로 구체화하게 됐습니다. 그러면서 반대급부로 여자주인공인 민소희 반장은 교통과 베테랑 형사에 사회생활도 잘하고 통솔력도 있고 싸움도 잘하고 능력치가 높은 캐릭터. 그리고 차연호보다 연상녀로 설정했습니다. 일반적인 성 역할이 전복된 두 남녀 주인공을 상상해보니 묘한 긴장감이 생기더라고요.

한편으로는 이 드라마 전체가 차연호의 (경찰로서 인간으로서) 성장 서사이기 때문에, 자연스럽게 차연호가 민소희에게 격투기를 배워가는 장면도 상상하게 됐고, 덕분에 연인이 아닌 직장 동료이자 멘토/멘티로서 자연스럽게 케미를 쌓아가게 된 것 같습니다.

캐스팅 얘기를 잠깐 하자면 곽선영 씨의 경우는 제가 「연예인 매니저로 살아남기」란 드라마를 우연히 보다가 "어 저거 민소희인데?!" 하고 생각했고, 이후에 피디에게 건의해서 캐스팅됐던 경우고, 이민기 씨는 캐스팅이 된 후 자신의 과거 캐릭터들을 적절히 녹여내면서 거기에 너드캐의 디테일을 덧붙여서 너무도 차연호스럽게 표현해주신 것 같습니다.

Q8. 장르의 특성상 범죄 묘사가 나올 수밖에 없는데요, 이러한 묘사에서의 윤리적 고민들을 많이 하셨을 것 같아요. 상흔을 보여주거나, 강간 장면을 묘사하거나 하는 부분에서 말이죠.

딱히 윤리적인 고민을 하진 않았지만, 이전 한국 영화나 드라마에서 여성을 범죄 사건의 피해자로 전시(?)하는 장면들이 많다 보니, 스스로가 그런 장면에 불편함을 느껴왔던 건 사실입니다. 그게 꼭 필요한 장면이 아니라면, 단순한 눈요기로 보이는 것은 원치 않았습니다. 사실 드라마 내에 그런 장면이 전혀 없는 것은 아닙니다. 유흥업소라든가 안타고니스트들의 등장 씬에 간간이 여성을 성적 대상으로 소비하는 장면들이 나오긴 합니다.

사실 그런 장면들마저도 보기에 불편하긴 합니다만, 극의 전개상 어쩔 수 없다고 판단하기에, 어떻게 표현될지 조마조마한 심정으로 바라보고 있습니다.

Q9. 본 드라마에서 꼭 다루고 싶었지만 그러지 못했던 소재가 있을까요?

가장 먼저 떠오르는 건 급발진 사고입니다. 처음부터 관심이 많았고 꼭 다뤄 보고 싶었지만, 개인적 능력 부족으로 사건화하는 데 어려움이 있었고, 현실적으로 자동차 회사를 가해자로 상정해야 한다는 부담감도 있었습니다. 하지만, 그사이에 급발진 사고에 대한 의미 있는 판결도 있었고, 조금 고민을 하다 보면 흥미로운 사건으로 만들 수 있지 않을까 싶습니다.

또 하나는 자율주행 사고입니다. 이 소재는 아마 가까운 미래에 우리에게 중요한 윤리적 문제로 떠오를 거로 생각합니다. 자율주행(3단계 이상) 운행 중인 차량이 사고가 난다면 그 책임은 누구에게 있을까? 이런 윤리적 판단의 문제가 궁금했습니다. 사실 미국에서 이와 관련된 흥미로운 사건도 있었고. 이 두 사건은 만약 「크래시」 시즌 2를 만들게 된다면 꼭 한번 다뤄보고 싶습니다.

Q10. 이번 드라마를 집필하시면서 가장 마음에 드는 장면이 있으셨다면, 그 이유와 함께 소개해주세요. (가장 좋아하는 장면이라거나!)

　개인적으로는 5, 6부에 가장 많은 시간과 공을 들였던 것 같습니다. 차연호의 성장 서사가 가장 뚜렷하게 표현되는 회차였고, 다양한 인물과 사건들이 복잡하게 얽히기도 했으니까요. 게다가 연호가 경찰이 된 후 처음으로 범인을 검거하는 장면도 있습니다. 촬영본을 보니, 감독님이 5, 6부를 통해 소희와 연호의 유도 장면을 재미있게 찍어주셨고, 6부 엔딩에 연호가 과거 소희에게 배운 기술을 시전(?)하며 범인을 잡을 때는 짜릿한 쾌감이 느껴지더군요. 거기에 더해서 6부 엔딩에 과거 차연호 사건의 목격자(?)이기도 했던 양재영의 차가 폭파되는 장면은 도파민 폭발의 순간이었습니다.

Q11. 영상으로 구현된 장면 중에서 가장 마음에 드는 장면 또는 가장 집필하기 어려웠던 장면이 있다면요?

　영상으로 구현된 장면 중 가장 마음에 드는 건, 앞에서 언급했듯이 6부 엔딩의 양재영 카체이싱 장면과 7부 엔딩의 카캐리어 전복 장면이었습니다(편집자 주-인터뷰는 8부까지 본 후 진행됨). 드라마에서 표현하기 쉽지 않은 장면이었고, 카캐리어 전복은 대본 단계에서도 넣어야 하나, 말아야 하나 고민이 많았던 장면입니다. 영상을 보며 감독님과 스턴트 감독님이 정말 많이 애썼고 고생하셨겠구나 싶었습니다.

　가장 집필하기 어려웠던 장면은 정말 매 순간이었습니다. 특히나 후반부로 가면서 더욱 그랬던 것 같은데, 펼쳐놓은 이야기들을 하나씩 정리하는 게 생각보다 쉽지 않았습니다. 이 감정이 맞는지 저 감정이 맞는지, 이렇게 하는 게 말이 되는지, 너무 오버하는 건 아닌지, 계속 의심하고 수정했습니다. 마치 뿌연 안개 속에서 이 길이 맞나 저 길이 맞나 의심하며 더듬더듬 걷는 느낌이랄까요. 「크래시」를 쓰면서 가장 반성했던 부분이기도 한데, 나 자신이 사람의 감정에 대해서 이해의 폭이 넓지 않구나, 하는 것을 깨닫게 됐습니다. 이야기를 소비한다는 것은 흥미로운 사건과 캐릭터의 매력을 즐기는 것도 있겠지만, 결국에는 어떤 감정을 느끼고 공감하느냐 아닐까요. 그래서 창작자에게는 플롯과 캐릭터를 자유자재로 다룰 수 있는 테크닉 이전에 인간을 이해하는 공부가 더 중요한 게 아닐까 생각합니다.

Q12. 본 드라마를 통해서 작가님께서 전달하고 싶은 가장 큰 화두/메시지가 궁금합니다.

죄의식과 반성, 그리고 경각심입니다. 교통 범죄 가해자, 특히나 음주운전 가해자들의 경우, 한번 사고를 냈던 사람들은 제2, 제3의 사고를 내는 경우가 많습니다. 자신의 행동에 대한 후회와 반성이 없다는 것이죠. 단지 재수가 없었을 뿐이라는 생각. 자신의 행동이 범죄는 아니라는 태도. 이런 이유로 교통 범죄가 끊이지 않고 반복되는 것 같습니다.

저는 「크래시」 작업을 하면서 운전이 무서워졌습니다. 우리가 교통법규라는 사회적 약속을 믿고 매일같이 운전대를 잡지만, 사실 우리는 1톤이 넘는 쇳덩이를 들고 1미터도 채 되지 않는 간격을 사이에 두고 도로를 질주하고 있습니다. 이 쇳덩이는 안전하게만 사용한다면 편리한 도구지만, 자칫 한순간만 방심한다면 나와 남의 인생을 망칠 수 있는 심각한 흉기로 돌변합니다. 내가 가해자가 될 수도 있고, 피해자가 될 수도 있다는 생각. 운전대를 잡기 전, 단 10초 만이라도 이와 같은 경각심을 되새긴다면 도로는 지금보다 훨씬 안전하고 쾌적해질 거라 믿습니다.

Q13. 「크래시」가 드라마 데뷔작이라고 알고 있습니다. 차기작으로는 어떤 작품을 계획하고 계시는지 궁금합니다. 아니면 어떤 작품을 쓰고 싶다는 희망 사항 같은 것도 좋고요.

사실 그리 자랑할 만한 커리어는 없지만, 그동안 영화, 드라마, 시트콤 등 다양한 작업을 해왔습니다. 드라마는 이번이 두 번째고요. 장르물을 좋아하지만, 개인적으로 사람들을 웃기고 말장난하는 것을 즐기는 편이라, 장르와 코믹이 적절하게 섞인 드라마를 계속해서 쓰고 싶습니다. 준비하고 있는 작품도 있고, 해보고 싶은 소재도 여럿 있지만, 아직 뚜렷하게 정해진 건 없습니다. 「크래시」 방영이 마무리되면 구체화되지 않을까 싶습니다.

Q14. 「크래시」 시즌 2를 기대해봐도 될까요?

지금 이 시점(8화 방영)에서 아직 확실하게 결정된 건 없습니다. 물론 이런저런 이야기들이 나오고 있긴 하지만, 「크래시」가 시청률 등에서 유종의 미를 거둔다면 충분히 기대해봐도 되지 않을까 싶습니다. 그러니 「크래시」 마지막까지 많이 사랑해주시길 바랍니다.

차례

기획의도 》》》

악의 평범성 (Banality of Evil)

"악(惡)이란 뿔 달린 악마처럼 별스럽고 괴이한 존재가 아니며, 사랑과 마찬가지로 언제나 우리 가운데 있다."

독일의 정치철학자 '한나 아렌트'는 나치 전범 '아돌프 아이히만'의 재판을 지켜보며, 악을 저지르는 건 천하의 몹쓸 악당만이 아니라, 잘못된 시스템에 무비판적으로 순응하며 자신을 그저 보통이라 여기는 평범한 사람들에 의해 행해진다고 주장했다.

불과 얼마 전까지, 우리는 잘못된 지도자 밑에서 무감각하게 일하던 수많은 정치인, 공직자, 기업인들이 법정에 나와 자신들은 상부의 지시에 따랐을 뿐이라며 무죄를 항변하는 무책임하고 부도덕한 모습을 지켜보았다.

타인의 고통을 헤아릴 줄 모르는 '생각의 무능'이 '행동의 무능'을 낳는다는 한나 아렌트의 주장은 지금 우리에게 시사하는 바가 크다.

악은 뿔 달린 악마의 모습이 아니다.

그것은 평범한 모습으로 우리 곁에 산재해 있다.

악은 도로에도 있다

세간을 뒤흔든 엽기적인 살인마, 희대의 연쇄 살인범, 법체계 위에 군림하며 목적을 위해선 살인도 불사하는 무소불위의 권력자, 사람 목숨쯤은 돈으로 살 수 있다고 생각하는 소시오패스 재벌 3세… 우리가 드라마 속에서 흔히 보는 악인의 모습이다.

하지만, 출근길 만원 지하철에 몸을 꾸겨 넣고, 생활비 한 푼 아끼려고 1+1을 찾아다니는 지극히 평범한 일상을 사는 우리가 이러한 악인과 마주칠 확률은 얼마나 될까? 이들이 저지른 천인공노할 범죄에 노출될 확률은 또 얼마나 될까?

2017년, 대한민국 살인사건 245건. 같은 해 교통사고 사망자 4,185명.

잔혹하고 엽기적인 살인사건에는 매스컴과 대중의 관심이 집중되나, 관심의 언저리에서 주목받지 못한 수백 수천의 죽음이 도로 위에 있다. 그저 교통사고 통계 전광판의 숫자로 흘려보내기엔 너무나 많은 사연과 사람들. 우리는 어둡고 외진 뒷골목보다 백주 대낮의 도로에서 죽음을 마주칠 가능성이 크다.

우리가 마주할지도 모르는 악인, 범죄는 먼 곳에 있지 않다. 운전대를 잡은 당신 옆 차로에, 교차로 중앙차선 너머에, 아니면 바로 당신!일 수도 있다.

교통범죄수사팀 TCI (Traffic Crime Investigation)

보험사기, 대포차, 뺑소니, 폭주족, 보복운전, 자해 공갈, 조폭 레커차…
자동차를 매개체로 한 교통범죄가 갈수록 지능화, 세분화되는 현실.
이에 서울경찰청은 교통범죄만 전담하는 특별수사팀을 신설한다.
이름하여 '교통범죄수사팀', 일명 'TCI(Traffic Crime Investigation)'.
혹자는 방송국이냐고 묻고, 혹자는 치킨집 이름으로 착각하는 인지도 제로,
듣보잡 수사팀 TCI! 도로 위의 범죄를 해결하기 위해 그들이 간다!

등장인물

수사는 머리로! 수학적 사고로 범인과 진실을 밝힌다!

차연호 | 30대 중반 · 카이스트 출신 보험조사관(SIU) → 경찰 간부 특채(경위)

IQ 158. 멘사(MENSA) 회원. 과학고 재학 중 수학 올림피아드 2위 입상. 18세 조기 졸업 후 카이스트 수학과 입학. 박사과정 중 돌연 잠적. 1년 만에 집으로 돌아와 보험사기 특별 조사반(Special Investigation Unit)에 취직.

보험조사 분석사, 손해사정사, 교통사고감정사, 도로교통관리사, 심지어는 미국화재폭발조사관(미국 발급) 자격증까지 다수의 자격증 보유.

그가 왜 탄탄대로의 인생길을 벗어나 스스로 험난한 비포장도로로 빠졌는지 아는 사람은 그리 많지 않다.

10여 년 전, 박사논문 준비 기간 중 있었던 불의의 교통사고. 그 사고만 아니었다면 연호의 인생은 온실 속 화초처럼, 연구실과 집을 오가며, '수(數)'라는 이상적인 세계에 파묻혀 안온히 흘러갔을 것이다. 신혼의 단꿈에 빠져 있는 임신부의 목숨을 앗아간 교통사고. 이 사고의 2차 가해자였던 연호는 사고 이후 폐인처럼 은둔의 시간을 보낸다. 그를 세상 밖으로 꺼내준 사람은 다름 아닌 피해자의 아버지인 '이정섭(60대 후반)'.

보험조사관이었던 정섭은 딸 '현수'의 죽음을 조사하는 과정에서, 연호의 무고함을 확인하고, 세상과 등지고 살아가던 연호에게 먼저 손을 내민다.

"우리 현수의 죽음은 니 잘못이 아니야."

그 말이 연호의 마음에 면죄부를 주진 않았지만, 적어도 세상과 다시 마주할 티끌만큼의 용기가 되어주었다. 그리고 연호는 자신이 이제껏 알고 있던 세상과 결별하고 다른 삶을 살아보기로 결심한다. 그가 선택한 새로운 삶은 바로 '보험사기 특별 조사관'.

그 길을 선택한 데에는 정섭의 역할이 컸다. 딸의 죽음 앞에서도 객관성을 잃지 않고 연호의 사고에 냉철한 판단을 내려줬던 그. 그런 정섭이 하고 있는 일에 연호는 자연스럽게 호기심을 갖게 된다. 카이스트 출신 수학도답게 '인과관계에 의한 추론'에 익숙한 연호에게 사고 현장을 분석해 원인을 규명하고 사기 여부를 판단하는 보험사기 조사관은 어쩌면 적절한 선택지였는지 모른다. 게다가, 남과 어울리는 것을 꺼리고, 혼자만의 시간을 즐기는 연호에게 보험 조사관은 더할 나위 없는 근무 조건.

연호는 10여 년의 시간을 보험사기 특별 조사관으로 일하며 수많은 사고를 접하고 수많은 사건을 해결해 나간다. 그동안 탁월한 수사력을 발휘해 여러 난제 사건들도 처리하지만, 동시에 수사권이 없는 보험조사관의 직업적 한계 또한 실감한다.

그리고 '정호규 사건'을 계기로 만나게 된 민소희와 남강경찰서 TCI. 이들과의 공조를 통해 교통범죄수사에 매력을 느낀 연호는 다른 팀원들이 그렇듯, 정채만 팀장의 검은 마수(?)와 민소희에 대한 호기심에 이끌려 TCI에 합류한다.

하지만, 교통 범죄 수사는 연호에겐 생소한 분야. 게다가 팀워크를 강조하는 TCI의 분위기가 연호에겐 몸에 맞지 않는 옷만 같다. 물과 기름처럼 팀에 융화되지 못하는 연호는 민소희 반장과 사사건건 갈등을 일으키지만, 사건을 거듭하면서 연호의 날카로운 분석력은 서서히 빛을 발하기 시작한다.

민소희라는 여자에 대한 호기심이 어느새 호감으로 바뀌어갈 때쯤, 연호의 과거와 연결된 살인사건이 벌어진다. 연호는 사건을 조사하는 과정에서 숨겨진 과거의 고통스러운 기억과 조우하게 되고, 연쇄 살인의 범인이 자신과 깊은 관련이 있는 인물임을 알고, 범인 체포와 정의 구현 사이에서 갈등하게 된다.

수사는 몸으로! 그리고 직감과 근성으로 쫓는다!

민소희 | 30대 중반 · 경위 · 남강경찰서 교통범죄수사팀 반장

교통조사계 '민판사'로 불릴 정도로 과실비율 판단과 사고현장 분석에 탁월한 그녀. 자로 잰 듯 찰랑이는 단발머리에 꼿꼿한 자세, 똑 부러진 말투는 당당하지만 예의에 벗어나지 않고, 어떤 상황에서도 당황하는 법이 없다. 초등학교 시절부터 배워온 태권도와 경찰 입문 후 연마한 유도 실력이 수준급이라, 웬만한 성인 남자 한둘은 쉽게 요리한다. 특히 돌려차기는 일품.

어릴 적부터 홀아버지 밑에서 자랐고, 경찰이라는 거친 남성 위주의 조직에서 잔뼈가 굵은 덕에 남성, 특히 나이 많은 남성을 다루는 데 능숙하다. 한마디로 적당히 삐댈 줄도 알고 적당히 능칠 줄도 안다는 얘기.

그녀가 교통조사계 경찰이 된 이유는 30여 년 동안 택시 운전을 하며 그녀를 홀로 키워온 아버지의 영향이 크다. 어린 시절, 아버지의 택시는 그녀에게 유치원이자 식당이자 놀이터이자 침실이자 세상을 보는 창이었다. 70세에 가까워지는 나이에도 여전히 택시를 모는 아버지. 그녀는 아직도 아버지가 운전하는 택시 안에서 집보다 편안하게 단잠에 빠지곤 한다.

그녀를 처음 본 사람들은 외모에서 풍기는 차가운 인상과 까칠한 말투 때문에 완벽주의자로 생각하기 쉽지만, 알고 보면 그녀는 식당에서 신용카드 대신 버스카드를 내민다든가, 내비게이션에 경기도 광주 대신 전라도 광주를 쳐서 호남고속도로를 타기도 하는 허당끼가 다분한 캐릭터이다. 하지만 자신이 맡은 사건은 하늘이 두 쪽 나도 기어이 해결해내고 마는 집요함과 승부 근성은 동료 형사들도 혀를 내두를 정도.

여성 최초 치안총감(경찰청장)에 오르겠다는 원대한 포부를 가진 그녀. 유리천장은 깨면 된다는 무한 긍정포스로 오늘도 도로 위를 누비지만, 교통범죄가 여타 강력범죄에 비해 주목도가 떨어지고 고가점수도 낮아, 성과에 비해 주목받지 못함을 늘 안타까워한다(그래서 매스컴 노출에 극도로 민감하게 반응한다).

팀에 새로 들어온 차연호에게 은근히 경쟁심을 느끼지만, 수사가 교착상태에

빠질 때마다 사건 해결의 돌파구를 마련하는 차연호의 번뜩이는 분석력을 적절히 활용하며 사건들을 해결해나간다.

경찰 초기, 자신의 멘토이자 연인이었던 '태주'와 공조수사를 통해 다시 조우하며, 태주가 이끄는 서울청 중대범죄 수사과와 한판 대결을 펼치게 된다.

수사는 경험과 관록으로! 사건도 팀도 큰 그림을 그려야 한다!

정채만 | 50대 후반 · 경감 · 교통범죄수사팀 팀장

TCI의 알파이자 오메가. 팀원들을 불러 모은 장본인이다. 조용히 뒤에서 팀의 중심을 잡아주는 TCI의 '간달프' 같은 존재.

서울청이 실적 경쟁에 목숨 걸던 시절… 과도한 승부욕으로 살인, 강도 사건에 매달려 3년 연속 체포왕 타이틀을 따기도 했던 강력계 베테랑 형사였다. 하지만 15여 년 전, 속옷을 가져다주러 경찰서에 오던 아내가 뺑소니 사고로 죽자, 채만은 휴직 신청을 하고 뺑소니범 추적에 매달린다. 1년의 끈질긴 추적 끝에 결국 범인 검거에 실패한 채만은 복직 이후 강력계를 떠나 뺑소니 처리반(일명 뺑반)으로 자리를 옮기고 뺑소니범 추적에 매진한다.

한편, 나날이 광역화하고 지능화되는 교통범죄의 심각성을 느낀 채만은 서울청에 건의하여 교통범죄수사팀(TCI)을 신설하고, 서울청 초대 TCI 팀장이 되지만, 주변의 시기 어린 견제(TCI 무용론)로 인해, 후배에게 자리를 넘겨주고 남강경찰서 TCI 팀장으로 자리를 옮긴다. 좀처럼 타협을 모르고 정도(正道)만을 걷는 그이기에 주변에 적도 많고 원한을 품은 자들도 많다. 조금은 비어 보이는 너털웃음 속에 사건의 맥을 짚는 날카로움이 숨어 있다.

은퇴 후, 어릴 적 꿈이었던 시인이 되기 위해 틈나는 대로 시를 쓰는 그. 독서량이 많아 언변이 유려하고 고사성어나 한시 인용에 능하다. 가끔 자신이 쓴 시를 팀원들 앞에서 진지하게 낭송해서 사무실을 '갑분싸'하게 만든다. (아는 것에 비해 시작詩作 능력은 조금 유치한 수준이다.)

우동기 | 30대 초반·경사·교통범죄수사팀 팀원

자동차 오타쿠. 자동차 동호회카페에서 마스터로 활동하다, 정채만 팀장의 눈에 띄어 경찰특채가 됐다. 자동차 실루엣, 엔진 소리만 듣고도 차종이 무엇인지, 어디가 튜닝이 됐는지 알아차릴 수 있을 정도로 자동차에 관해선 모르는 게 없는 스페셜리스트.

어릴 적, 「세상에 이런 일이」에 출연할 정도로 자동차 신동 소리를 듣고 자란 동기. 자동차 디자이너를 목표로 꿈을 키워갔지만 가세가 기울자 디자이너의 꿈을 포기하게 된다. 자동차 관련 전문대를 중퇴하고 히키코모리처럼 집 안에만 틀어박혀 자동차 동호회 사이트에서 '우도사'로 활동하던 중, 몇몇 결정적 교통 범죄의 단서를 제공하며 채만의 눈에 띄게 되고, 결국 채만의 권유로 경찰의 길에 들어서게 된다. 어릴 적부터 꿈이었던 자동차 디자이너를 버리지 못하고 아직도 틈틈이 스케치북에 자동차를 디자인하지만, 데생 능력은 그다지 좋지 않다.

우도사로 활동하던 시절부터 관찰력이 남달라 CCTV 분석에 탁월하다. 단점이라면 체격에 비해 싸움을 못한다. 하지만 우락부락한 얼굴이 무기라 대다수 범인은 얼굴로 제압한다.

어현경 | 20대 중후반·경장·교통조사계 출신 교통범죄수사팀

TCI의 막내로, 민소희의 부름을 받고 교통조사계에서 넘어온 인물. 일찍이 교통조사계에서부터 사수였던 민소희와 손발을 맞춰서 호흡이 찰떡이다. 관찰력이 남달라 CCTV 분석에 탁월하고, 엉뚱한 상상을 많이 해서 사건을 색다른 시각으로 보게 만드는 재주가 있다.

민소희가 '걸크러쉬'적인 매력이 강하다면, 현경은 애완동물 같은 '멍뭉미'를 자랑한다. 식탐이 많고 군것질을 좋아해 먹을 것만 보면 혀가 짧아지고 애교 폭발한다. (때론 도를 넘은 애교에 동기를 비롯한 주변의 분노를 사기도 한다.)

고양이를 좋아하는 캣맘인 그녀는 주말마다 유기동물 보호소로 봉사활동을 다닌다. 가끔 집에서 키우는 고양이를 사무실에 데려와 사무실을 난장판으로 만들어놓기도 한다.

방황의 시기에 오토바이 타는 친구들과 어울려 다니며 불량한 생활을 한 적이 있는데, 절친의 죽음 이후에 불량한 생활을 청산하고 경찰이 되기로 마음먹는다. (덕분에 오토바이 운전 실력이 수준급이다.)

자신의 가족 얘기를 주위 사람들에게 철저히 숨기는데, 사실 경찰청 감사관 신소정이 현경의 어머니이다. 어머니의 후광이 부담스러워서일까. 경찰이 되기로 마음먹은 후부터는 어머니의 후광을 지우기 위해 가족사를 철저히 숨긴다. 그로 인해 TCI 내부에서도 현경의 과거와 가족사에 대해 여러 추측이 난무한다(가출 청소년이었다, 일진이었다, 부모가 전과자다 등등).

➤➤➤➤➤➤ 표명학의 사람들

> **"이거, 어디 가서 떠들고 다니지 말라고 했지."**
>
> **표명학** | 50대 후반 · 치안감 · 서울경찰청 수사차장

서울경찰청 수사차장으로 여의도 진출이 거론되고 있는 경찰청 조직 내의 실세. 과거 연호 사건을 맡았던 대전 은동경찰서 서장이었다.

겉은 국가와 경찰 조직에 헌신하는 원칙주의자처럼 행동하지만, 속은 자신의 이익과 성공을 위해서라면 조폭과도 기꺼이 손잡는 기회주의자다. 평소에는 서민적인 음식을 즐기고 소탈한 느낌을 풍기지만, 마음속 깊이는 수직적인 사고방식으로 가득 차 있어, 아랫사람들을 하대하고 윗사람들에게 과잉 충성하는 면모를 보인다. 표명학을 한마디로 표현하자면 '표리부동'의 화신. 스스로 인간 사회의 가장 높은 권력과 서열을 가진 '알파 메일(Alpha Male)'이 되기 위해 끊임없이 권력투쟁하는 인물.

하지만 알파 메일에게 가장 필요한 자질인 관대함과 공평함이 그에게는 없다. 오히려 그는 공포를 조장해서 사람들에게 충성과 복종을 강요한다. (이런 명학의 특성을 누구보다 잘 이해하는 사람이 바로 그의 아들인 표정욱이다.) 명학은 자신의 아들 정욱에게만은 자신의 이런 가치관과 욕망을 숨김없이 드러내고 주입시키려고 노력한다. 결국 삐뚤어진 자식 사랑으로 인해 명학은 권력의 정점 앞에서 좌초하고 만다.

"제 말은, 죽일 거냐고요."

표정욱 | 20대 후반·표명학의 아들

표명학의 아들. YSC건설 본부장. 대전 교통사고 목격자(?) 3인방 중 하나.

평소엔 냉철하지만, 임계점을 넘으면 상당히 폭력적으로 돌변한다. 어릴 적부터 아버지 표명학에게 수단과 방법을 가리지 말고 승자가 되라는 세뇌 교육을 받고 자란 탓일까. 아버지의 비호 아래 한 번도 자기 잘못을 반성할 기회가 없었던 탓에, 결국엔 패악과 패륜을 무감각하게 저지르는 괴물로 자라난다.

과거 차연호 사건의 실질적 가해자지만 당시 수사 담당관이었던 아버지 표명학의 사건 은폐로 용의선상에서 벗어나고, 도피 유학을 가서도 마약과 음주에 빠져 허송세월하다가 9년 만에 한국으로 돌아온다.

신분 세탁을 하고 양회장(3인방 중 하나인 양재영 부)의 회사(YSC 건설)에 본부장으로 취직하게 된 정욱. 하지만 과거로부터 날아온 편지 한 통으로 잊고 있었던 자신의 악행과 마주하게 된다. 양재영이 살해당하자 이성을 잃고 폭주 기관차가 된 정욱은 끝 간 데 없는 나락으로 추락하고 만다.

"늑대새끼 품어서 뭐 하시게요. 이빨 무서워서 어디 잠이나 편하게 주무시겠어요?"

이태주 | 30대 후반·경정·서울청 중대범죄수사과 팀장

소희의 경찰 멘토이자 첫사랑. 워커홀릭에 빼어난 수사력은 기본, 준수한 외모에 매너도 좋아서 여자 경찰들의 선망 대상이었다. 소희 또한 경찰 초창기부터 태주를 동경해, 태주를 경찰 멘토로 삼고 따르다 결국 연인관계로까지 발전한다. 하지만 당시 지능팀 팀장으로 내사 사건을 수사하던 태주의 이중적 모습을 보게 된 소희는 태주에게 크게 실망해 결별을 선언한다.

출세욕이 강하고 목표를 위해선 수단을 정당화하는 인물. 자신이 잡은 동아줄이 썩은 동아줄이 되기 전에 재빨리 갈아탈 줄도 아는 기회주의적 인물. (어쩌면 이 이야기의, 우리가 사는 세상의 최종 빌런이다.)

뛰어난 수사력과 로비(?)로 광수대에 입성, 승승장구하던 와중에 경찰 고위 간부의 자제가 연관된 마약 사건을 남강경찰서 TCI와 공조하게 되면서 소희와 재회한다. 아직도 소희에게 좋은 감정이 있고 소희를 가능한 곁에 두려고 하지만, 소희는 태주에게 의식적으로 거리를 둔다.

⟩⟩⟩⟩⟩⟩ 남강경찰서 사람들

"아까 방귀… 뭐라고 했는데. 방귀… 곡성?"

구경모 | 50대·총경·남강경찰서 경찰서장

승진에 유독 집착해 틈만 나면 본청 간부를 만나 인사 청탁 로비활동에 여념이 없지만, 붙잡는 라인마다 낙마하거나 사고를 일으켜 번번이 승진에서 물을 먹는다. 잡는 줄마다 끊어져서 별명이 '구썩동(썩은 동아줄).' 이러다 총경으로 경찰 인생 종지부를 찍을지도 모른다는 불안감에 시달린다.

그나마 승진할 뻔한 기회를 아들놈 음주운전으로 날려먹는다. 사건을 맡은 채만에게 이리저리 로비도 해봤지만, 대쪽 같은 채만은 일언지하에 거절, 사건을 절차대로 처리하는 바람에 채만 및 TCI와는 악연으로 돌아선다. 그래서 틈만 나면 채만을 못 잡아먹어 안달이지만, 채만이 경찰학교 선배인 데다 아는 것도 많아 채만 앞에선 자꾸 작아지기만 한다.

> **"제 사시 후배가 본청 인재 선발계에 있습니다. 그 친구 얘기론 본청 차규민 수사국장**
> **아들이 이번 경채 시험에 합격했는데, 이름이 '차연호'랍니다."**

고재덕 | 40대 후반 · 경정 · 남강경찰서 수사과장

늦은 나이에 사법고시 패스하고 특채로 형사과장이 된 인물. 항상 정장을 고집하고 두꺼운 금테 안경을 낀 회사원 스타일(도무지 경찰로 보이지 않는다).

항상 실실 웃는 얼굴로 팀원들 폐부를 찌르는 팩폭이 장난 아니다. 과장실 블라인드 너머로 항상 팀원들을 매의 눈으로 지켜보며 지적할 거리를 찾아 헤맨다. 현장 경험이 적은 것이 콤플렉스지만, 논리와 법률 지식으로 무장한 덕택에 몇 번 대화가 오가다 보면 상대편에서 저절로 꼬리 내리기 마련. (소희가 지원 요청을 할 때마다 조목조목 지원할 수 없는 이유를 들어 거절한다.)

그런 그의 눈에 가장 거슬리는 인간이 바로 새로 특채된 TCI 차연호 경위. 포커페이스 얼굴에 수학적 논리로 무장한 연호와의 언쟁은 경찰서의 구경거리다 (문과 '갑' vs. 이과 '갑'의 대결 느낌이다).

> **"그렇게 왜 교통범죄수사팀을 따로 빼서! 교통과가 수사과 일까지 덤탱이 쓰고!!**
> **하여튼 일을 만들어요, 만들어!"**

염보연 | 40대 · 경정 · 남강경찰서 교통과장

전형적인 공무원 마인드. 복지부동의 달인. 안전 제일주의자. '오늘도 무사히'가 경찰 인생의 모토다. 정시 퇴근 신봉자. 저녁이 있는 삶을 추구하지만, TCI의 지뢰밭 같은 사건사고들 때문에, 밤마다 똥 씹은 얼굴로 경찰서에 돌아온다.

교통과 조사계장 시절, 조사계 에이스였던 '소희'를 남달리 아꼈지만, 소희가 채만의 TCI로 자리를 옮긴 후부턴 채만과 소희에게 유독 까칠하다. 하지만, 교통과 소속인 TCI에 은근 애정과 관심이 있는 인물. 내 새끼 내가 욕하는 건 괜찮지만, 남이 욕하는 건 못 참는다! 뭐 이런 주의다.

> **"이렇게 교통과에서 큰 사건을 턱! 턱! 해결하니까 우리 형사과에서 할 일이 없잖아!**
> **같이 좀 잡자!"**
>
> ## 소병길 | 40대 · 경정 · 남강 경찰서 형사과장

강력계에서 잔뼈가 굵은 베테랑 형사. 성격이 거칠고 괄괄하다. 욱하는 기질도 있어서 한번 뚜껑 열리면 잡히는 거 뭐든 집어 던진다. 목소리가 하도 쩌렁쩌렁해, 소과장이 화를 내면 별관 교통과까지 소리가 들린다. TCI만 보면 못 잡아먹어서 안달.

"니들이 무슨 형사야! 교통경찰이지!"

"쟤네들은 얼굴만 봐도 화가 나!"

TCI를 형사로 인정 못 하는 소과장은 사사건건 소희와 부딪히는데… 소과장의 가족이 연관된 교통 범죄 사건이 벌어지고, TCI의 도움을 받게 되면서 조금씩 TCI를 동료 형사로 인정하게 된다.

> **"얘한텐 집이나 다름없어요. 소희 엄마가 일찍 떠나다 보니…**
> **집에 애 혼자 두기 싫더라고. 그래서 택시만 주구장창 태웠지 뭐요."**
>
> ## 민용건 | 60대 · 소희 父 · 택시기사

소희가 초등학교 입학하던 날 아내를 잃고 혼자서 소희를 키워온 인물. 현재는 치매 걸린 홀어머니를 모시고 무남독녀 소희와 함께 살고 있다. 30년 무사고를 자랑하는 베테랑 택시기사.

책임감이 강하고 정이 많아, 지나가다 리어커를 힘겹게 끌고 가는 노인을 보면 기어이 내려서 목적지까지 모셔다 주고 와야 직성이 풀리는 성격.

맥주를 좋아해서 일이 끝나고 집에 들어오면 꼭 반주로 시원한 맥주를 마시는 게 최고의 낙이다.

조금씩 모은 돈을 매년 크리스마스이브에 동네 지구대 앞에 몰래 두고 와서

용건의 동네에선 익명의 산타로 알려져 있지만, 그게 누구인지 아는 사람은 소희를 비롯한 소수에 불과하다. 소희는 그런 아버지를 세상의 어떤 위인들보다 존경한다.

사건의 용의자를 추적하는 과정에서 광대한 인적 네트워크로 동료 택시기사들을 이용해 정보를 수집하고, 블랙박스 영상 단서를 확보하여 수사에 도움을 주기도 한다.

용어정리 »»

S# (Scene)	극에서 장면을 의미하는 단어. 작품의 구성단위로서 사건이 전개되는 하나의 시간과 공간으로 이루어진다.
인서트	특정 동작이나 상황을 강조하기 위해 다른 화면을 삽입하는 것.
E (Effect)	대사나 배경음악을 제외한 효과음. 주로 화면 밖에서의 소리에 의한 효과를 말한다.
플래시백	과거에 있었던 일을 나타내는 장면에 사용하는 기법. 추억이나 회상 등을 효과적으로 묘사하는 경우에 사용한다.
플래시컷	화면과 화면 사이에 삽입한 순간적인 장면. 빠르고 시각적인 효과를 창출하기 위해 사용한다.
OL (Over lap)	앞 화면과 뒤의 화면이 겹쳐지는 기법. 주로 장면 전환에 사용한다.
Dissolve	앞 화면과 뒤의 화면이 겹쳐지는 기법. 주로 회상 장면에 사용한다.
F.O (Fade out)	화면이 점점 어두워지는 기법.
Cut to.	같은 공간 내에서 시간이나 분위기가 바뀔 때 쓰는 장면 전환 효과.
몽타주	서로 다른 화면을 붙여 하나의 새로운 장면을 만드는 화면 기법.
OFF	화면 밖에서 등장인물의 대사가 들릴 때 사용한다.
필터 (F)	전화기 너머의 목소리나 마음속으로 하는 이야기 등을 표현할 때 사용한다.

1부

«««««« 1부 »»»»»»

S#1.

1-0.   한강대교 부감

화창한 하늘 아래 한강대교를 질주하는 각그랜저. 높이 멀리서 카메라 각그랜저로 다가가면, 차 안 운전석과 조수석의 화려한 두 여성의 휘날리는 머릿결과 아름다운 자태가 보인다.

1-1.   중고차 매매단지 외경

중고차 매매단지 앞으로 각그랜저 지나간다. 각그랜저 내부 시야로 보이는 누군가의 자전거. 각그랜저와 자전거, 차 안 앞 좌석의 여성과 자전거를 탄 남성이 교차로 보인다.

1-2.   중고차 매매단지 야외 주차장, 차 안 (낮)

차량(각그랜저) 안 시점.
운전석의 민소희(30대 중)가 블루투스로 누군가와 통화 중이다.
조수석엔 어현경(20대 후)이 빼곡히 들어선 차량들을 훑어보고 있다.
그 위로 자막. '2023년 서울'

소희	매매단지 앞인데요.
남자	(필터) 안으로 올라오시죠. 입구에 서 있을게요.
소희	안이요… 네.

소희 빠르게 매매단지 안으로 차를 몬다.
그 앞으로 자전거를 달리는 누군가(연호)의 뒷모습 보이고.

S#2. 중고차 매매단지 2층 (낮)

소희의 차량이 안으로 들어서면, 저만치 큰 키의 젊은 사내가 깔끔한 정장에 어울리지 않는 일수 가방을 들고 서 있다. 소희의 차량이 주차구역에 멈추면, 차 문 열리고, 스포티한 차림의 소희와 현경, 선글라스 벗으며 내린다.
센 언니 2인조 느낌. 사내(이하 딜러)가 소희에게 다가와 인사한다.

딜러	DLS 보러 오신 거 맞죠?
소희	(강한 도리질) 아뇨, 벤스.
딜러	(미소) 그니까, 벤스 DLS.
소희	(뻘쭘) 아, (현경 보면 맞다는 표정, 딜러 보며 겸연쩍은) 네, 그거.
딜러	(미소 머금고) 이쪽으로.

다른 한쪽에선 자전거를 세운 연호가 사무실로 향하고.

S#3. 불법 중고차 딜러 사무실 (낮)

사무실엔, 총책 조석태(30대)를 비롯해 예닐곱의 덩어리들(영업책)이
두 테이블로 나눠 한쪽은 짜장면을, 한쪽은 피자를 먹다 말고 일제
히 문가 쪽 쳐다본다.
식사 중 찾아온 불청객, 크로스백 든 연호다.

연호   (누군지 찾는) 조석태 씨?

이번엔 덩치들 시선이 일제히 석태 쪽으로 향하는데.

연호   (이 사람이구나) 전화드렸던 차연홉니다.
석태   거참 타이밍 못 맞추시네… 왜 식사 시간에…
연호   조석태 씨가 정한 시각에 온 건데요.
석태   (크흠) 쫌만 일찍 오든가. 이거 불면 맛없어. (먹는)
연호   기다리죠.

S#4. 중고차 매매단지 2층 (낮)

소희와 현경, 주차된 흰색 벤츠를 이리저리 살핀다.

딜러   차는 깨끗해요. 단순 교환 말곤 사고 이력도 없고.
             15년 2월 출고, 주행거리 4만5천. 연비 좋은 디젤 엔진. 4MATIC.
소희   (모른 척) 포… 메틱?
딜러   (미소) 아, (차알못이구나, 손가락 네 개) 포메릭. 사륜구동.
             힘이 좋단 얘기죠.

소희/현경 (서로 보며 그런가보다, 끄덕끄덕)

소희 근데 왜 이렇게 싸? 무슨 문제 있는 거 아니에요?

현경 (의미 없이 차 하부 힐끔) 침수 차량 뭐 그런 거 아니죠?

딜러 (피식) 그런 건 이따 성능점검기록부 보면 다 나오고요.

이게 원래 경매 차량이라 그래요.

소희/현경 (끄덕끄덕, 뭐 그런가 보다)

딜러 어떻게, 계약하실래요?

소희 계약이요? 뭐가 그렇게 급해? (차 안 보며) 차도 좀 타보고,

딜러 (얼른) 이게 가격이 싸게 나온 만큼 찾는 사람이 많아요. 방금 전에

도 한 분 보고 가시고, 계약금 안 걸면 놓친다고 보시면 돼요.

소희 그래도 어떻게 타보지도 않고,

딜러 (짜증 섞인) 타보면 뭐 아시는 것도 아니잖아요.

소희/현경 (빈정 상한)

딜러 (좀 심했다고 느꼈는지) 제 말은 여성분들이라 차를 잘 모르시니까.

원래 이쪽 룰이 그래요. 계약금 먼저 걸고, 그담에 시승도 하고.

소희와 현경, 서로 보며 어쩔까 하는 표정.

S#5. 중고차 매매단지 2층, 간이 테이블 (낮)

- 테이블 위에 계약서 탁!
- 계약서에 거침없이 싸인 사삭!
- 5만 원권 현금다발 테이블 위에 툭!

S#6. 중고차 매매단지 2층 (낮)

삐빅! 차 문이 열리고 딜러가 벤츠 운전석에 앉는다.
조수석에 소희가, 뒷자리에 현경이 올라탄다.
소희가 차량 센터페시아 보며 감탄.

소희   (쓰다듬으며) 고급지다! (뒷자리 현경에게 보라는) 얘.

현경   (고개 내밀어 보는) 오~ 이거 딱 언니 거다.

소희   갬성이 나랑 맞지? 유럽 갬성~!

딜러   어디, 외국 살다 오셨어요?

소희   서울 토박이예요.

딜러   (힐끗, 뭐냐 얘)

소희   (뭐 해?) 아저씨, 시동.

딜러, 시동 거는데, 푸드드득… 시동 안 걸린다.
소희와 현경, 무슨 일인가 딜러 본다.
딜러, 갸웃하더니, 다시 시동 걸어보는데 푸드드득… 안 걸린다.

소희   왜 이래요?

딜러   그러게요. 이게 왜… (다시 시동 걸어보지만 안 걸린다)

현경   (걱정스러운) 고장 난 거예요?

딜러   (갸웃) 글쎄요. 아까진 멀쩡했는데.

소희   (실망) 뭐예요. 계약까지 하고선,

딜러   중고차가 가끔 이래요. 점검을 한다고 하는데도… (고민스럽다는 듯) 어쩐다… 이렇게 하죠. 제가 오늘 책임지고 이거보다 싸고 좋은 차 잡아드릴게. 다른 차도 많으니까 한번 쭈욱 보시면서,

소희   *(OL)* 보닛 좀 열어봐요.

딜러	네??
소희	봐닛 몰라요? 뚜껑~
딜러	뚜껑은 왜, 열면 뭘 어쩌시려고.

소희, 차에서 내려 운전석 쪽으로 성큼성큼 가더니, 운전석 좌측 하단부 버튼을 눌러 보닛 열고 엔진룸 둘러본다. 딜러, 황당한 듯 얼른 따라 내린다.

딜러	아니, 지금 뭐 하시는,

소희, 고개 박고 엔진룸 이곳저곳 살피더니, 빠져 있던 연료분사 노즐을 능숙하게 연결한다.

소희	이게 빠져 있었네. 아님 누가 빼놨든가.
딜러	(동공 흔들리는)
소희	현경아, 다시 시동 걸어봐.

현경, 얼른 운전석에 올라타더니 시동 버튼 누르면, 부르릉~ 경쾌한 시동 소리 들린다. 소희, 손 털며 딜러 본다.

소희	이제 차 가져가도 되죠?
딜러	(당황) 아니, 그게… (갑자기 생각난 듯) 아 맞다! 내가 그걸 말씀 안 드렸네. 이게 경매 차량이라…
소희	(얼른 받아서) 경매 차량이라 유찰금 남아 있다? 아님, 수입 차량인데 관세 남아 있다? 것도 안 되면 할부 대금 남아 있다?
현경	(차에서 내리며) 그리고는 이리저리 차량 보여준다며 뺑뺑이, 결국 시원찮은 중고차 바가지 씌워서 팔아먹기, 맞죠?

딜러	(벙찐 표정)
소희	(충고하듯) 근데, 차 고장 난 것처럼 '덜덜이 작업'을 하시려면, 인젝션 커넥터만 빼놓지 말고, 퓨즈도 몇 개 더 빼놓지. 너무 성의가 없어 보이잖아. 여자들이라 무시했나? 아님 다시 끼우기 귀찮아서?
딜러	(자백하듯) 옷에 자꾸 기름도 묻고.
소희	(이해한다는 듯 어깨 툭툭)
딜러	근데… 이쪽 업계 계세요?
소희	이쪽은 아니고, 저쪽.
딜러	저쪽? 어느 쪽? (머리 굴리는) 아~ 그럼 뭐, (혹시) 짭새?
소희	(딜러 뒤쪽 보는) 들었죠? 경찰 앞에서 대놓고 짭새라네?

딜러, 휙 돌아보면 어느새 나타난 정채만(50대 후, 팀장)과 오동통한 인상의 우동기(30대 초, 경사).

S#7. 불법 중고차 딜러 사무실 (낮)

연호, 한쪽에 앉아서 조석태와 일당들 식사가 마치길 기다리는 중. 보면, 방 안쪽 유리문 너머엔 10여 명의 여성 전화 상담원(TM)들이 헤드셋 끼고 중고차 사이트 보며 전화상담 중이다. 하이힐에서 운동화로 갈아신는 소희의 발에서 틸업하면 문을 노크하는 손, '똑똑', 나긋한 목소리로 '실례합니다'.

이때, 문이 벌컥 열리고 정채만을 필두로 TCI 들어선다.
사기단, 하던 짓 멈추고, '뭐야?' 하는 표정으로 채만 일행을 본다.
연호도 돌아보는데.

소희	(앞으로 나서며) 조석태가 누구니?
덩어리들	(반사적으로 시선이 일제히 조석태로 향한다)
조석태	(자신도 모르게 피자 집은 손 올리려다 얼른 내린다) 니들 뭐야?
소희	(신분증 보인다) TCI.
연호	?!
석태	티씨 뭐? 방송국에서 나왔어?
소희	(한숨, 채만에게) 봐요. 우리 부서가 이렇게 인지도가 낮다니까.
현경	앞으론 그냥 영어 약자 말고 한국어로 가시죠.
동기	이게 영어 약자로 알아들어야 폼나는 건데. FBI. CIA. BTS.
현경	(어이없다) BTS가 거기서 왜 나와요.
채만	(생소) BTS는 어디 경찰이야?
동기	(어떻게 몰라) 헐!
석태	(버럭) 야! 니들 뭐냐니까!
TCI 일동	TCI! 교통범죄수사팀!!
석태	?!! (경찰이구나!) 야, 엎어!!

덩어리들, 먹던 음식 내려놓고 일어나면,

소희	(할 수 없다) 현경아, 넌 짜장. 난 피자. 동기는 안에 상담원들 맡고.
동기/현경	옛썰!/넵!

달려드는 덩어리들.
소희, 화려한 발차기로 피자 덩어리들과 맞서고, 현경은 현란한 주
짓수 기술 시전하며 짜장면 덩어리들 제압해 나간다.
연호, 이 와중에 몸을 피하려는데 소희에게 딱 붙잡힌다.

소희	넌 짜장이니? 피자니?

연호	아무것도 (안 먹었는데요).

연호 말 끝나기 전에 발차기를 날리는 소희.
윽… 소희의 공격에 하찮게 쓰러지는 연호, 아파 죽겠는 표정인데 그때 현경의 공격에 쓰러진 덩어리가 연호를 덮친다.
"윽" 연호의 고통스러운 표정. 그때 다른 덩어리가 또 그 위로 쓰러져 겹치고.
연호, 고통스러움의 극치.
동기, 난장판을 요리조리 피하며 유리방 상담실로 들어간다.
석태, 상황 보며 방을 빠져나가려는데, 앞을 가로막는 채만.
어림없단 표정.

상담실 안.
밖에서 벌어진 상황 전혀 모른 채 여자 상담원들(TM),
전화 받기 바쁘다.
동기, 상담원들 사이 돌아다니며 책상에 PVC 소재의 일회용 수갑 하나씩 놓아준다. 상담원들, 전화 받다 말고 이게 뭔가 본다.

동기	(앞에 나서서) 바쁘신데 죄송합니다. 여기 좀 봐주세요.
상담원들	(전화 끊고 하나둘씩 주목하면)
동기	(일회용 수갑 들어 보이며) 급하니까 일단 이거 사용법부터 알려드릴게요. 이게 뭐냐면 일회용 수갑인데, 두 손목을 요 구멍 사이에 가지런히 밀어 넣어서 가운데 줄을 쭉 당기면…

이륙 전, 승무원의 비상시 대처요령 시범 같은 풍경, 상담실 밖 사무실 격투 현장과 묘한 대조를 이룬다.

다시 사무실로 돌아오면 대충 정리된 상황.

가쁜 숨 몰아쉬며 다가서는 소희와 현경. 어디 숨어 있었는지 보이지 않던 채만도 그제야 모습을 드러낸다.

때마침 상담실에서 일회용 수갑 찬 상담원들 줄줄이 나온다.

동기　　(뒤따라 나오며) 여기도 상황 종료.

소희　　(만족스러운 오케이, 두리번) 조석태는요?

채만　　저기.

소희　　(보면 굵은 파이프 껴안고 수갑 찬 석태, 팀장님이 손봤구나)

석태　　(발악) 아니, 도대체 왜 이러는 거야! 정직하게 중고차 팔아서 먹고 사는 사람들한테!

소희　　(어이없다) 정직? (밖에다 대고) 야, 들어와!

키 큰 딜러, 수갑 찬 손으로 커다란 보스턴백 짊어지고 들어온다.

소희, 보스턴백을 석태 앞에 던져놓고 지퍼 열면 수백 장에 달하는 계약서다.

소희　　조석태 씨, 당신 차 트렁크에서 나온 중고차 허위 매물 계약서예요.

석태　　(딜러에게 눈 부라리며) 저 씨!

딜러　　형, 이분들 다 알고 오셨어요. 포기하세요.

소희　　조석태 씨, 이 시간부로 상습사기, 공갈, 폭력행위 등에 관한…

이때, 입구에서 숨을 헐떡이며 모습을 드러내는 10여 명의 덩어리들.

사무실 안 광경 보며 어리둥절해한다.

석태　　야! 뭘 보고만 있어! 이 새끼들 싹 다 쓸어버려!! 빨리!!

덩어리들, 사무실 안으로 우르르 몰려 들어와 TCI를 압박한다.
소희, 피곤한 듯 어깨 푼다. 2차전 시작하려는 찰나!
탕!! 허공을 가르는 총성. 다들 놀라서 움찔.
보면, 뒤편에 서 있던 채만이 공포탄을 발사했다.

채만 　　(권총 든 채 추상같은 불호령) 꿇어!! 꿇어!!!!

채만의 포효에 기가 눌린 덩어리들이 하나 둘씩 무릎을 꿇는다.
소희, 눈짓하면 동기와 현경이 일회용 수갑으로 덩어리들 결박한다.
소희, 채만에게 다가가 어깨 툭 부딪힌다.

소희 　　나이스 플레이~
채만 　　(고함) 뭐!!!
소희 　　(깜짝) 왜 소릴 질러요?
채만 　　(고함) 뭐라고 그랬어?!! 안 들려!!
소희 　　안 들려요?? 어머, 고막 나갔나 봐.

'하품해요 하품!' 소희는 채만 귀에 대고 소리 지르고, 동기, 현경은
다른 덩어리들 수습하고, 어수선한 현장. 그러다 동기, 정신 잃은 연
호를 발견한다.

동기 　　(뺨 찹찹) 이봐요. 일어나.

그래도 정신 못 차리자 축 늘어진 연호, 들쳐메고 나르는 동기.

타이틀

S#8. 남강경찰서 본관 앞 (낮)

정문으로 경찰 버스 한 대가 들어선다.

본관 근처에 멈춰 선 버스, 문이 열리면, TCI의 인솔하에 줄줄이 내리는 30여 명의 중고차 사기단. '앞사람 어깨 위에 손!' 그중엔 연호도 있고.

저만치, 건물 입구에 모여 있는 수십 명의 기자들이 보인다.

현경	(흥분) 우리 사건 때문에 모였나 봐요.
소희	팀장님이 연락했어요?
채만	(아직 청력 안 돌아왔다) 뭐?!!
소희	(인상, 기자들 보며 고무된 표정) 우리 간만에 뉴스 나오겠다.

TCI, 갑자기 옷매무새 만지고 머리 다듬으며 걸어간다.

빵빵! 뒤에서 클랙슨 소리. TCI, 홍해처럼 갈라지면, 뒤에서 등장하는 밴 차량.

기자들, 우르르 몰려든다.

차에서 나오는 정장 차림의 영화배우 한지호.

터지는 카메라 플래시와 달려드는 마이크들.

'한지호 씨, 대마초 흡연 사실 인정하십니까?' '총 몇 회나 피우셨나요?' '한지호 씨, 팬분들께 한 말씀 부탁드립니다! 한지호 씨!'

한지호, 매니저들 앞장세워 기자들 뚫고 경찰서 안으로 사라지면, 현관 앞에 북적이던 기자들, 썰물처럼 빠져나간다.

순식간에 썰렁해진 현관 앞, TCI 팀원들이 허탈한 표정으로 올라선다.

미처 자리를 뜨지 못한 기자 남, TCI와 중고차 사기단 본다.

기자 남	(관심) 이 사람들 다 뭐예요?
소희	(화색) 네! 이번에 저희 교통범죄수사팀이 불법 중고차 사이트에 허위매물을 올려 소비자를 유혹한 뒤,
기자 남	(관심 없는 듯 말 끊는) 아, 중고차 사기… (명함 건네며) 짧게 정리해서 메일로 보내주실 수 있죠?
소희	(명함 받지만 기분 별로다) …네. 그럼요.
기자 남	사진 한 장 찍을까요?
소희	네! (뒤에 있던 채만 앞으로 끌며) 거기서 뭐 해요. 앞으로 나오셔.

TCI, 중고차 사기단 앞에 나란히 폼 잡고 서면, 찰칵!!
연호도 얼결에 TCI 근처(소희 옆이나 뒤)에 선 채 함께 사진 찍히고.

S#9. 남강경찰서 교통과 (낮)

전경 위로,

염과장	*(OFF)* 잡아도 정도껏 잡아야지~!!

S#10. 남강경찰서 교통과 사무실 (낮)

교통조사계 사무실을 가득 메운 중고차 사기단. 민원인들이 불편한 듯 불만 가득한 표정들. 교통과장 염보연(50대, 여)이 답답한 듯 소희를 나무란다. 뒤편으로 동기, 현경이 죄인처럼 서 있고, 그 뒤로 채만이 겉돈다.

염과장	(둘러보며 짜증) 이게 다 몇 명이야?
소희	총 38명,
염과장	(OL, 버럭) 누가 숫자 물어봤니? 대체 언제 조서 짜서 구속하려구!
소희	(조르는) 그래서 부탁드리잖아요. 인원이랑 회의실 좀 지원해 달라고.
염과장	여기가 지원팀이니?! 우리도 바쁜 거 안 보여?

염과장 얘기에 갑자기 더 바빠진 교통조사계 직원들. 커진 타자 소리.

염과장	(채만 들으라는 듯) 그러게 왜 교통범죄수사팀을 따로 빼서! 교통과가 수사과 일까지 덤탱이 쓰고!! 하여튼 일을 만들어요, 만들어! (답답)
채만	(못 들은 척, 귀 후비며 딴짓)
소희	(한숨)

S#11. 남강경찰서 교통과 복도 (낮)

TCI, 교통조사계에서 나오면 그 뒤로 줄줄이 중고차 사기단 뒤따라 나온다.

소희	팀장이란 양반이 부하직원 당하고 있는데 뒤에서 보고만 계셔?
채만	…
소희	아직도 안 들려요?
채만	들려. 개가 짖을 땐 사람이 피해야지. 같이 짖으면 쓰나.
소희	(말은 잘하서)
동기	그나저나 어떡해요? 사무실엔 우리만 있어도 꽉 차는데.
소희	(돌아보면, 복도를 가득 메운 사기단들 보며 난감한 시선)

S#12. 남강경찰서 수사과 사무실 (낮)

화면 가득 8대2 가르마, 금테안경 낀 수사과장 고재덕(40대).
경찰이라기보단 공무원 인상. 책상 앞에 '수사과장 고재덕' 명패 보
인다.

고과장	(안경 고쳐 쓰며 미소) 어쩌나. 우리도 지금 인원이 다 외근 중이라.
소희	(그럼 그렇지) 그러면 조사실이라도,
고과장	(수첩 보며) 2시엔 지능팀이 쓴다고 했고, 사이버팀이 도박사이트 운영자 검거해 오면 나머지 조사실도 사용할 거고… (미소) 어쩌나.
소희	(고과장의 가식 미소가 더 재수 없다)

S#13. 남강경찰서 형사과 사무실 (낮)

컴퓨터로 테트리스 게임 하는 괄괄한 인상의 형사과장 소병길(40대).

소과장	(쳐다보지도 않고) 가.
소희	과장님, 저희가 워낙 인원이 부족해서,
소과장	(잘못 맞춰서 게임 오버) 아이 씨~ (화풀이하듯) 가, 가, 가-!!!
소희	(쫓기듯 자리 피하는)

S#14. TCI 사무실 복도 (낮)

소희, TCI 사무실로 가면, TCI 사무실 앞 복도를 가득 메운 사기단들.
복도에 나와 있는 동기와 현경.

동기/현경	(다가오는 소희 보며, 뭐래요? 표정)
소희	(안 됐다는 듯 고개 절레절레)
동기/현경	(예상대로네, 이 많은 인원을 어쩐다?)
소희	(잠시 고민하다가) 자자! 맨 왼쪽부터 총책, 영업책, 상담원.
	자기 주특기별로 3열 종대 헤쳐모여!
연호	(맨 뒤편에서 손 번쩍) 질문 있습니다!
소희	(버럭) 손 내려! 이제부터 질문은 내가 해!

S#15. TCI 사무실 / 복도 (낮)

TCI 사무실. 5평 남짓한 좁고 허름한 사무실.
중앙 뒤편 창가로 정채만 팀장의 책상. 좌우로 책상 두 개씩.
채만과 가까운 곳에 민소희 반장의 책상이 있다.
소희, 동기, 현경의 책상 앞에서 조서 작성하고 있는 사기단들.
조서 작성 끝마친 사기단원이 나가면, 사무실과 복도 중간에 앉아
있던 정팀장이 번호 부른다.

채만	12번!
사기단원	(번호표 들고) 여기요!

채만의 안내를 받아 사무실로 들어가는 사기단원.
번호표 들고 앉아서 대기하던 사기단, 불만이 폭주한다.
'여기가 무슨 은행이야? 번호표를 나눠주게.'
'화장실 갔다 와도 돼요?' '인간적으로 밥은 먹고 합시다!'
구시렁거리는 사기단 뒤편에 다가서는 사내의 뒷모습.

S#16. TCI 사무실 (낮)

조서 작성을 마친 사기단 자리를 뜨면, 소희, 피곤한 듯 한껏 기지개 켠다.
그런 소희 앞에 34번 번호표 내미는 연호.
소희, 얼굴 확인도 않고 바로 조서 작성 들어간다.

소희   이름.

연호   네?

소희   (짜증) 이름 없어?

연호   …차연호인데요.

소희   (타이핑) 주민번호.

연호   90****-1******

소희   주특기.

연호   ??

소희   (답답) 총책, 영업책, 유인책. 어디서 일하냐고~

연호   (안경 올려 끼고는 지갑에서 명함 한 장 꺼내 소희에게 건넨다)

소희   (명함 보면 KM손해보험 보험조사관 차연호) 뭐야 이게?

연호   어디서 일하냐고 물으셨잖아요.

소희   (뭐지??) 중고차 사기단… 아니… 세요?

연호   아닙니다.

소희   아니… 아니면 아니라고 말을 하지…

연호   (억울한) 말할 기회 안 주셨습니다.

소희   아니 근데 보험조사관이 왜 쟤들이랑 짜장 파틸 하고 있어요?

연호   조사할 게 있어서요.

소희   ?

연호   (크로스백에서 두툼한 서류 봉투 꺼내 내려놓는) 온 김에 제보하죠. 연쇄 살인 사건이요.

소희	??!… (서류 봉투 힐끗 보고) 그런 거라면 형사과로 가셔야지.
연호	차로 사람을 죽이는 거라서.
소희	!!! (장난하나, 연호 진심 살피는)
연호	(덤덤한 표정)
소희	(어쩔까, 줄 서 있는 사기단, 서류 뭉치 보고 고민) 이 서류는 제가 검토해 보고 나중에 연락드릴게요.
연호	(소희 빤히 보는)
소희	왜요. 더 하실 말 있어요?
연호	연락 기다리겠습니다. (인사하고 사라지는)
소희	(연호 뒷모습 쫓다, 서류 뭉치 만지작, 서랍에 툭 집어넣는다) 다음!

S#17. TCI 사무실 (밤)

쿵! 채만의 책상 위에 묵직하게 놓이는 서류철.

소희	총책 세 명 포함 주동자 여덟 명 구속, 나머진 불구속.
채만	오케이~ 고생들 했어!

소희, 동기, 현경, 약속이나 한 듯 늘어지게 기지개 켠다.

동기	(기사 검색하다 발견) 떴어요! 우리 기사!

'어디 어디!' 소희와 현경, 후다닥 동기의 모니터 앞으로 모이면, 인터넷 기사.
'남강경찰서 교통수사범죄팀(TCI), 중고차 강매조직 38명 일망타진!'

그 아래로 경찰서 현관 앞에서 찍은 TCI 사진 떴다.

소희	(사진 속 연호 보고는) 이 양반도 나와버렸네. 근데 제목이 왜 이래. 교통수사범죄팀? 우리가 언제 범죄팀이 됐니?
동기	(짜증) 아이, 교통범죄수사팀이라니까,
현경	댓글 좀 봐요.
동기	(아래 댓글 살피는데, 텅 빈) 없어. 무플. 비추 누른 사람만 여섯.
소희	(인상) 굳이 비추를 왜,
채만	(정리하고 일어나는) 그게 뭐가 중요해. 자자! 오늘 고생했는데 가서 맛있는 거 먹자!

S#18. 24시 돼지 불백집 (밤)

식당 안에 자욱한 연기. 된장찌개, 김치찌개, 숯불돼지구이, 쌈, 밑반찬 등으로 푸짐한 백반 정식.
TCI, 게걸스럽게 식사하고 있다.

소희	(풋고추 된장에 푹 찍어 먹으며) 오늘 같은 날은 소고기라도 한번 쏘시지. 맛있는 거 먹자면서 허구한 날 오는 돼지 불백집이에요?
채만	안에 들어가면 그게 돼지인지 소인지, 누가 알겠니?
소희	혀가 알죠 혀가!
병길	*(OFF)* 이모, 자리 없어?
	보면 소병길 과장과 형사과 형사들 5, 6명이 식당에 들어선다.
이모	(자리 둘러보며) 자리가 마땅치가 않네. 좀 기다려야겠는데. (가는)
병길	(6인 식탁에서 먹고 있던 TCI 못마땅한, 들으라는 듯) 회사에 밥 먹으러

오나. 쪽수도 얼마 안 되면서 자리만 넓은 거 차지하고,

소희 (발끈, 표정 싹 변하며 숟가락 내려놓는다)

동기/현경 (소희 표정 보고) 참아요 / 일어나지 마세요.

소희 (기어이 일어난다) 저기요 소과장님, 지금 다 들리거든요?

병길 (뻔뻔) 들으라고 한 얘기야. 그렇잖아. 각자 인원에 맞게, 분수에 맞게 자릴 잡아야지.

소희 인원이면 인원이지, 거기서 분수가 왜 나와요?
반장님도 계신데 말씀이 좀 지나치신 거 아니에요?

병길 (이제야 본 척) 정팀장님 거기 계셨구나. 몰랐지. 하도 구석에 계셔서.
근데, 너야말로 뭐 하는 거냐? 지금 그 태도는 선배에 대한 예의냐?

소희 선배 대우 받고 싶으시면 먼저 선배답게 구시죠.

병길 (빠직, 죽일 듯 눈 부라리며) 뭐?!!

이때, 땡그랑~ 숟가락 떨어지는 소리.
소희와 병길, 보면, 수저 챙겨 구석 자리로 옮기던 채만이 숟가락 떨어뜨렸다.

채만 소과장, 이리 와서 앉아. 우리가 옮기면 되지.

소희 팀장님!

채만 (소희에게) 뭐 해, 너도 얼른 와. (동기, 현경에게) 뭐 해?

동기/현경 (소희 눈치 살피다, 할 수 없이 주섬주섬 자리 옮기는)

병길 (피식, 이죽거리는) 뭐 하냐, 팀장님이 부르시잖냐.

소희 (병길을 한번 노려보고는 할 수 없이 구석 자리로 간다)

TCI가 있던 자리에 앉으며 키득대는 소과장과 형사과 형사들.
소희, 분통 터진다. 옮긴 자리로 채만에게 따지듯,

소희	(원망) 이 상황에서 자릴 왜 옮겨요~ 가오 죽게.
채만	(담담히 고기 먹는) 우리가 고기 먹으러 왔지. 가오 잡으러 왔냐.
소희	자꾸 그러니까 저 인간들이 우릴 더 졸(卒)로 보잖아요.
채만	(대꾸 없이 고기 먹는)
소희	(답답하고 억울하다) TCI 괜히 왔어. 교통조사계 남아 있었으면, 조사계 에이스 소리 들으면서 무럭무럭 컸을 텐데. 팀장님 말에 속아서 따라왔다가, 일은 일대로 하고, 욕은 욕대로 먹고.
동기	(얼씨구) 형사과에선 교통과에서 무슨 수사냐고 무시당하고.
현경	(절씨구) 교통과에선 인력 빼 간다고 갈구고.
소희	도대체 TCI는 왜 만드신 거예요? 조용히 뺑반이나 하시지. (살살 긁는) 공명심 땜에? 잘난 척하려고?
채만	(혼자 천천히 술잔 기울이며) 대붕의 깊은 뜻을 잡새가 어찌 알리오!
소희	짭새? 지금 저보고 짭새라고 하셨어요? (휴대폰 울린다. 액정 확인) 어, 아빠.
용건	(필터, 단도직입) 너 얼른 이리로 좀 와라. 봉순이 할매 돌아가셨다.
소희	뭐??!

S#19. 장례식장 (밤)

소희, 경황없이 들이닥친다. 화면 가득 봉순이 할매 영정사진.
혼자 빈소를 지키는 고등학생 손자 '진영' 본다.

소희	(진영 얼굴 보면 울어서 눈이 벌겋게 부은, 자신도 울컥) 진영아, 이게 도대체,
진영	(아무 대답 없이 닭똥 같은 눈물 뚝뚝 흘리는, 손등으로 쓱 닦아내는)
소희	(맘이 아프다, 하지만 더 해줄 얘기가 없다, 손만 꼭 잡아주는)

Cut to.

소희, 조문객 식사하는 곳으로 오면, 조문객 없이 썰렁하다.
한쪽 구석에 자리 잡고 혼자 술잔 기울이는 흰 와이셔츠 차림의
용건. 소희, 다가가 앉는다.

소희	아빠, 어떻게 된 거야? 봉순 할매 며칠 전까지 멀쩡하시더니.
용건	(착잡) 교통사고. 어젯밤에 폐지 리어카 끌고 가시다가.
소희	(안타까운 한숨) 아니 어쩌다… 가해자는?
용건	그쪽도 사정이 딱해. 젊은 놈이 변변한 직업도 없이, 하루 벌어 하루 먹고사는 놈인데, 아까도 와서는 진영이 붙잡고 펑펑 울다가… (말 못 잇고 술잔 기울이는)

소희, 답답하다. 종이컵에 소주 따라 마시려는데, 저만치 혼자 육개
장 먹고 있는 남자 보인다. 차연호다!

소희	?? (얼굴 알아보고) 저 사람이 왜,

연호, 밥을 숟가락으로 퍼서 육개장에 살짝 담갔다 뺐다 한다.

용건	(돌아보며) 누구, 아는 사람이야?
소희	아빠, 잠깐만. (일어나는)

소희, 연호 쪽으로 다가간다.

소희	(연호 앞에 서며) 34번 맞죠? 아까 경찰서에서.
연호	(소희 슬쩍 보고 다시 밥 먹는)

소희	근데, 여긴 어떻게… 봉순이 할매 알아요?
연호	(소희 빤히 보는)
소희	…??
연호	제가 아까 드린 파일 안 보셨네요.
소희	??!!… (안 좋은 촉) 설마,
연호	말보다 행동이 먼저시길래 이번엔 다를 줄 알았는데.
	(입 닦고 일어나는) 경찰서만 네 번째였어요. 더 갈 필요 없겠네요.
	(인사하고 자리 뜨는)
소희	(돌아오다 멈칫, 빈소에서 텅 빈 시선으로 천장 보고 앉아 있는 진영 본다.
	자리로 돌아와 서둘러 짐 챙기며) 아빠, 나 회사 다시 들어가.
	아빠가 진영이 좀 잘 챙겨줘. 전화할게!
용건	오늘 안 들어와? 밥이라도 먹고 가. (이미 가고 없는, 익숙한)

S#20. TCI 사무실 (밤)

불 꺼진 사무실. 스탠드 불빛 아래서 연호가 주고 간 서류들 살펴 보고 있는 소희. 네 건의 교통사고 기록, 사진 자료, 보험 기록 등등 꼼꼼하고 체계적으로 정리된 사건 파일이다. 마지막 사고 현장 사진. 피 흘리고 쓰러져 있는 봉순 할머니의 처참한 현장 사진들…

S#21. 과거. 고가 밑 천변도로 (밤)

편도 2차선 도로. 폐지가 가득 실린 손수레를 끌고 가는 봉순.
차와 반대 방향으로 손수레를 끄는 봉순과 그 옆을 위협적으로 스 치는 차들.

잠시 후, 손수레에 실린 폐지 더미가 중심을 잃고 무너지더니, 바람에 흩날린다.

봉순, 허겁지겁 손수레를 받쳐 놓고, 흩어진 폐지들을 하나둘씩 주워 담는다.

그때. 빨간색 경차(티코) 한 대가 진출로를 따라 내려온다. 꽤나 빠른 속도.

경차, 갓길에 세워둔 손수레를 피해 1차로로 차선변경 하더니,

봉순이 폐지를 줍고 있던 2차로 갓길로 급 차선 변경을 시도한다.

순간, 끼이이익~!!!

브레이크 소리, 경차가 빙그르르 돌아 봉순을 덮친다!!

충격에 튕겨 나가 바닥에 뒹구는 봉순. 그리고 정적.

S#22. TCI 사무실 (밤)

기록을 살피던 소희의 표정이 심각해지고…

S#23. KM 손해보험 사무실 (밤)

아무도 없는 늦은 밤. 연호의 책상 앞에만 불이 켜져 있다.

연호, 보험 신청서류(각각 다른 보험사) 한 장씩 넘겨본다.

파일마다 공통된 이름 '보험 신청인 : 정호규'

연호   정호규… (어떻게 밝혀내지… 고민)

S#24. TCI 사무실 (아침)

전경 위로,

소희   *(OFF)* 이름 정호규. 나이 32세.

S#25. TCI 사무실 (아침)

화이트보드에 붙은 정호규의 사진. 그리고 네 건의 사건기록이 피해자 이름, 나이, 사고 경위 등 요점만 정리돼 있다. 소희, 브리핑하고, 채만, 동기, 현경 회의 테이블 주변에 흩어져 듣고 있다.

소희   특별한 직업은 없고, 2년 전까진 신용불량자였어요. 그 이후로 운전자 보험을 가입하기 시작해서 현재 총 다섯 개. 이번 김봉순 할머니까지, 1년 반 동안 총 네 건의 교통사고를 일으켰는데, 세 명 사망, 1명 중상. 피해자들 모두 변변한 가족이 없는 고령의 할머니들이란 공통점이 있어요. 앞선 세 건은 이미 유가족이랑 합의하고, 법원에서도 단순 과실 사고로 결론, 집행유예 받았고, 유가족과의 합의 금액은 각각 300에서 500만 원 선. 대신 운전자보험 형사합의 지원금으로 이제까지 받은 보험금은 총 1억2천.

동기   (빠르게 계산) 그럼 보험금으로 못해도 1억 정도는 챙겼겠네요.

현경   유가족과의 합의금을 줄이기 위해서 변변한 가족이 없는 고령의 할머니들만 노린다?

소희   (끄덕끄덕. 채만에게) 신용불량자가 지나치게 많은 보험에 가입하고 있는 것도 그렇고, 정황상 고의로 사고를 일으킨 게 확실해 보여요.

채만   (고민스러운) 사망보험금 한방이면 될 액수를 굳이 형사합의금을 노리고 네 명씩이나 죽이려 했다?

소희   그만큼 발각될 위험은 적으니까요.

동기/현경   (서로 보는) …

채만   민반장 말대로라면 노인 연쇄살인이야. 하지만 이미 법원에서 집행 유예로 결론이 난 사건이라 뒤집기 쉽지 않을 거야. 그저께 일어난 사고 말곤 우리 관할도 아니고.

소희   사건을 제보한 보험사기 조사관이 여기 오기 전에 이미 경찰서 세 군데를 돌아다녔대요. 앞선 사고들 조사만 잘했어도 연쇄로 가진 않았을 거예요. 우리가 어떻게든 증거를 잡아야 해요.

채만   (잠시 고민 끝에) 가능성은 열어놓고 접근해. 우연인지 살인인지, 아직 확실한 건 아니니까. 우선 피해자 가족들부터 만나보자고.

소희   (오케이!) 현경이는 사고 차량 확보해서 살펴보고, 동기는 사고 현장 주변 CCTV, 블랙박스 영상 다시 체크해.

동기/현경   네!

S#26. 철물점 (낮)

경기도 외곽, 읍내에 위치한 철물점.
목장갑 낀 사내가 상점 밖에 시멘트 포대 정리하고 있다.
근처에 소희와 채만이 서 있다.

고철 사내   노인네가 무단횡단하다 저렇게 된 걸 어쩌라고요.
내가 귀에 못이 박이게 얘기를 했구만. 조금 걸어서 횡단보도로 다니라고. 말을 안 듣고 허구한 날 차도로 건너다니더니.

사내, 철물점 안 보며 속상한 한숨. 철물점 안, 쪽방 앞, 휠체어에 우두커니 앉아 있는 할머니.

소희   (할머니에서 시선 거두고) 합의금으로 사백 받으셨던데.

고철 사내   어떡할 거요. 돈이 없다는데. (한숨 섞인) 솔직히 나라도 억울하재.
            횡단보도도 아니고, 가로등 불빛 하나 없는 데서 사고가 났응께.
            그짝도 똥 밟은 거고. 아니 근데 왜 오는 사람마다 그 얘기야…?

소희   (?) 누가 또 왔었나요?

고철 사내   무슨 보험사에서 왔던데… 조사관이라면서.

소희/채만   (서로 보며) !

S#27. 서울 외곽, 초등학교 앞 떡볶이집 (낮)

아이들, 가게 안에서 삼삼오오 떡볶이 먹고 있고,
여주인, 입구에 선 연호에게 어묵 국물 건넨다.
연호의 자전거가 연호 뒤로 세워져 있고.
서너 살 먹은 여자아이가 여주인 다리에 딱 붙어서 호기심 어린 눈
으로 연호 본다. 연호, 이쑤시개로 떡볶이 찍어 먹고 있다.

여주인   …우리 고모 나이가 여든둘이에요. 작년에 치매까지 와서, 하루가
            멀다 하고 파출소에서 연락이 왔다니까요. 고모 찾아가라고.
            (아이 눈썹 위 가리키며) 얘 여기 흉, 노인네가 가위로다 세상에, 눈 안
            다친 게 다행이지.

연호   고모님은 자제분이 없으셨나 봐요.

여주인   아들이 하나 있긴 한데, 연 끊긴 지 오래됐어요. 이런 말 하면 좀
            뭐하지만, 차라리 잘 가셨어요. 어찌 보면 조카 고생 안 시키려고
            그렇게 가신 건가 싶고,

연호	사고 운전자는 만나보셨죠?
여주인	젊은 사람이 어찌나 서럽게 울던지. 괜히 젊은 사람 앞길 막은 거 같아서, 오히려 내가 미안하더라니까요.
연호	…

S#28. 자동차 래핑 업체, 사무실 (낮)

천장이 높은 공장형 래핑 업장.
업장 가운데엔 고급 외제차 한 대가 한창 래핑 작업 중이다.
차량 위에 필름을 덮어 굴곡을 헤라로 섬세하게 마무리하는 작업자들.
사무실 안, 채만과 소희의 시선이 누군가를 향해 있다.
보면, 연호 있고…
연호 건너편엔 왼손에 라텍스 장갑 낀 차분한 인상의 사내 앉아있다.

소희	여긴 어쩐 일이에요?
연호	조사할 게 있어서요.
소희	저흰 수사 나온 거라 외부인은 잠깐 자리 좀 비켜주시겠어요?
연호	제가 먼저 온 것 같은데. 기다리시죠.
소희	(핫)
채만	(소희 흥분할까 봐 먼저 나서서) 그럼 조사부터. 수사는 나중에.
연호	(시선 다시 사내에게 돌리는) 하던 말씀 계속하시죠.
라텍스 사내	시골이 다 그렇잖아요. 도로 주변에 갓길도 없고. 밭에 갔다 집에 오실 땐 어쩔 수 없이 도로 위로 걸어오시니까.
소희	(뭐 물어보려는데)

연호	(한발 빠른) 어머님 사고 난 지점이 꽤나 긴 직선도로였는데, 뭔가 의심 가는 점은 없었나요?
라텍스 사내	저도 첨엔 좀 이상했죠. 차들도 없고, 쭉 뻗은 길인데, 어떻게 못 봤을까. 근데, 그 길이 해 질 녘엔 역광이 심해요. 저도 어머니 집에 갈 때마다 몇 번 아찔한 적이 있었거든요.
소희	(조심스러운) 실례되는 질문이지만, 합의금이 생각보다 작은데,
라텍스 사내	어머니 목숨 갖고 장사하라고요?
소희	…제 말은 그런 뜻이 아니라,
라텍스 사내	(OL) 아는데요. 그 친구가 일부러 그런 것도 아니고, 운이 없었던 건데. 저도 운전하지만, 교통사고란 게 그렇잖아요. 잠깐 정신 팔면 나도 그렇게 될 수 있고.
소희	(그건 그렇지, 채만 보면)
채만	(이 정도면 됐다는 듯 *끄덕끄덕*)
연호	…

S#29. 자동차 래핑 업체 밖 (낮)

안에서 나오는 연호. 그다음 소희와 채만.

소희	거기요! 잠깐만요!
연호	(돌아서는)
소희	(다가가 서는) 늦었지만 제보해주신 내용 토대로 수사하고 있어요… 이젠 저희한테 맡겨주세요.
연호	전 제 일을 할 뿐입니다. 이건 살인사건인 동시에 보험사기니깐요.
소희	아니 그럼 제보는 왜 했어요?
연호	저도 후회 중입니다. 이번엔 다를 줄 알았죠.

	그럼. (인사 꾸벅하고 가려는데)
소희	잠깐!
연호	?
소희	우리 오늘 동선이 꽤 겹치는데. 다음 동선 어디예요?
연호	그건 왜요?
소희	아니… 방향도 같으면 태워드릴까 해서.
연호	괜찮습니다. 전 이게 편해서요. (그러고는 자전거 타고 가버리는)
소희	(뭔가 생각하더니) 빨리 가요!
채만	왜? 뭐?
소희	저 인간 분명 우리처럼 정호규 찾아갈 거예요!
	이번엔 우리가 저 인간보다 먼저 가자고요! 얼른! (차에 타는)
채만	(얼결에 속도 맞추고)

S#30. 도로, 차 안 (낮)

도로 위, 자전거 도로를 달리는 연호의 자전거.
차 안에는 운전석의 소희, 조수석엔 채만 타고 있다.

소희	도대체 정호규가 어떻게 했길래 유가족들이 그 사람 편을 들까요?
채만	정호규 편을 든다기보다, 안타깝지만 돌아가신 노인들이 주변 사람들한테 짐이었던 게 아닐까.
소희	(봉순 할매 떠오른, 착잡한) 만약 그런 상황을 다 알고 접근한 거면… (설마) 그렇게 용의주도하게 대상을 물색했을까요?
채만	(글쎄) 궁금하네. 어떤 놈인지,
소희	(저 앞에 연호 자전거 보이는) 어어. 저깄다!

- 도로

소희의 차가 쌩하니 연호의 자전거를 추월해 달린다.

연호, 그런 소희 차를 무심히 보는.

- 차 안

소희   아싸. 이겼다.

채만   (그런 소희 보며 피식) 조심해라. 차 퍼진다.

그때 소희의 차, 신호에 걸려 대기하고.

그사이 유유히 소희의 차를 추월해가는 연호의 자전거,

연호, 골목길로 휙 빠져버린다.

소희   뭐야? 자전건 신호도 없어? 불공평하잖아?

채만   너… 경찰 맞냐?

S#31. 카페 (낮 / 밤)

모자 눌러쓴, 축 처진 어깨의 남자, 선이 굵은 인상의 정호규(30대 초)다.

건너편에 소희와 채만이 앉아 있다. 정호규를 찬찬히 살피는 소희의 시선.

호규   (슬쩍 고개 들고, 겁먹은 짐승처럼) 경찰서 가서 조사는 다 받았는데,

소희   예, 저희도 검토했는데, 몇 가지 더 확인할 게 있어서요.

    혹시 저희 말고 정호규 씨 찾아온 사람 있었나요?

호규   아니요… 누가 또 오나요?

소희	아니에요. 신경 쓰지 마세요.
	가로등 불빛이 어두워서 피해자를 못 봤다고 진술하셨는데.
호규	도로가 많이 어두웠어요. 나무가 너무 우거져서. 내비만 보고 가다
	가, 어르신 발견하고 브레이크를 밟았을 땐 이미… (착잡한)
소희	그 동네는 무슨 일로 가셨어요? 주거지랑은 거리가 좀 있던데.
호규	그게, 중고차 산 지 얼마 안 됐는데 길을 좀 들이려고. 휴대폰 내비
	로 집 찍고 가는 길이었는데, 어쩌다 길을 잘못 들어서… 제 잘못입
	니다. 내비만 제대로 봤어도, (안타까운 자책, 손톱 만지작)
채만	이번이 네 번째네요… 교통사고. 그것도 2년 사이에.
호규	(다시 고개 숙이는) 진짜 제가 뭐에 씌었나 봐요. (모자에 가려진 얼굴
	아래로 눈물 뚝) 진짜 미쳐버리겠어요… 어떻게 나한테만 이런…

눈물 훔치는 호규.
그런 호규의 진심 파악하려는 듯 지켜보는 소희와 채만.
소희와 채만 뒤로 파티션 넘어 앉아 있는 남자, 연호다.
차 마시며 대화 듣던 연호, 볼일 끝났다는 듯 일어나 카페를 나서고.

S#32. TCI 주차장 (밤)

소희, 운전하고, 채만, 조수석에 있다.

소희	세상 죄 없는 눈빛이긴 하네요. 유가족들이 넘어갈 법도 해요.
채만	…
소희	만에 하나… 네 사건 모두, 우연의 연속일 가능성이 있을까요?
채만	(팔짱 끼며 조심스럽게) …전거지감(前車之鑑).
소희	??

채만	앞서간 수레가 엎어지면 뒤따르던 수레는 조심하기 마련인데, 정호 규의 수레는 네 번이나 똑같은 실수를 반복했어.
	둘 중 하나겠지. 실수에서 아무것도 배우지 못하는 멍청이든가,
	(소희 힐끔) 타고난 사기꾼이든가.
소희	(채만 보는, 어느 쪽이 진실일까)

S#33. TCI 사무실 (밤)

소희와 채만, 손에 햄버거 봉지 들고 들어오면, 동기와 현경, 얘기 중이다.

현경	(햄버거 봉지 보며 반색, 얼른 달려와) 내 띠드버거~
동기	(어금니 물고) 하지 마라.
소희	뭐 좀 나왔니?
동기	(햄버거 꺼내며) 1, 2, 3, 4차 사고 모두, 현장 CCTV나 블랙박스 영상 은 확보된 게 없었어요. 만약 계획적인 범행이라면 일부러 그런 장 소만 골라서 사고를 낸 거 같아요. (햄버거 베어 무는)
소희	가해 차량은?
현경	한발 늦었어요. 사고 차량 네 대 모두 사고 직후 폐차 처분 했어요.
소희	?!
현경	값싼 중고차만 구입하고, 증거를 남기지 않기 위해 범행 후 바로 폐 차. 생각보다 치밀해요.
소희	(머리 복잡한, 한숨) 단서라고 할 만한 게 하나도 없단 얘기네.
	(잠시 고민, 벌떡 일어나) 나 좀 나갔다 올게.

S#34. 고가 밑 천변도로 (밤)

어두운 밤, 연호의 자전거가 길 한쪽에 세워져 있고.

연호, 스프레이로 표시된 봉순의 데드마크 본다.

뒤편, 천변을 잇는 구름다리 가로등 위로 보안카메라 보인다.

하지만 김봉순 할머니 사고 현장과는 각도가 어긋난다.

주변 살피지만 다른 보안카메라는 보이지 않는다.

주변엔 사람도 없고, 편도 2차선 도로엔 지나가는 차도 없다.

바닥에 아직 지워지지 않은 핏자국. 바라보는 연호의 표정이 무겁다.

근데, 자세히 보니 바닥의 스키드마크가 여러 겹 겹쳐져 있다.

그리고 스키드마크마다 스프레이로 체크된 숫자들…

순간, 뒤에서 들려오는 자동차 굉음.

연호, 일어나 돌아보면 자신을 향해 빠른 속도로 달려오는 승용차.

연호	!!!

연호, 그 자리에 그대로 굳어버리는데, 연호 옆을 스치듯 휘어져 들어와 연호 뒤편에 급브레이크를 밟고 멈춰서는 승용차.

그제야 힘이 풀린 연호, 그대로 주저앉는다.

그때 중앙선에 멈춰진 차에서 내리는 사람, 소희다.

소희	(연호에게 달려가선) 괜찮아요??
연호	(식은땀 흘리는)
소희	위험하게 도로 한복판에서 뭐 하는 거예요?
연호	…
소희	안 되겠다. 병원 가요! 차연호 씨…?
연호	뭐 한 겁니까? 아까 그거…

소희	아, 사고 시뮬레이션 중이었습니다. 정호규가 몰았던 똑같은 차로,
연호	…
소희	왜요?
연호	(진정된 듯 아스팔트 바닥 확인한다)
	사고 당일 저녁은 매우 맑은 날씨였어요.
	구배(수평을 기준으로 한 경사도)가 없는 아스팔트 도로. 마찰계수 0.8로 계산해보면, 사고 당시 차량 속도는 대략 78킬로. 브레이크는 충돌 3미터 전에 밟았어요.
소희	그건 이미 교통조사계 기록에 다 나와 있어요. 과속은 이미 인정했고, 브레이크를 늦게 밟은 건, 초행길에 내비를 보느라 잠시 한눈을 팔았다고 진술했고.
연호	(활처럼 휜 요마크 시작점 가리키며) 문제는 요마크(yaw mark)가 시작된 이 지점부터요. 충돌 2미터 지점에서 운전자가 급히 핸들을 좌에서 우로 틀었어요.
소희	?
연호	사고 당시 피해자는 바닥에 떨어진 폐지를 줍고 있었어요. 피해자가 끌던 리어카는 전방 5미터 지점에 세워두고.
소희	??

S#35. 연호의 비전 (고가 밑 천변도로 / 밤, S#21의 다른 각도 버전)

호규, 차 안에서 길거리에서 폐지를 줍는 봉순 할매를 유심히 지켜본다.
봉순 할매, 힘겹게 리어카를 끌며 폐지를 모으시고.

- 시간 경과

봉순 할매 시장통 거리에서 아랫길로 방향을 바꿔 내려간다.
아래 도로에서 리어카를 끌고 가다 바람에 폐지 날리고 봉순 할매
주섬주섬 폐지를 줍는다.

무언가 결심한 듯한 정호규의 표정. 정호규가 모는 차가 갓길에 세
워둔 리어카를 피해 차선변경 하다가, 갓길에서 폐지 줍던 봉순 할
매를 뒤늦게 발견하고, 급히 브레이크를 밟으며 핸들을 2차선 봉순
할매 방향으로 튼다. 차량이 속도를 이기지 못하고 뒷바퀴가 시계
방향으로 회전하며 봉순 할매를 덮치는 순간!

S#36. 고가 및 천변도로 (밤)

빨간 티코가 봉순 할매를 충격한 지점에 연호가 서 있다.

연호   정호규는 피해자를 피하려고 핸들을 꺾은 게 아니에요.
      손수레를 피하느라 피해자를 놓칠까 봐 핸들을 꺾은 거지.
소희   !!!… 해석은 그럴듯한데, 운전자가 고의로 할머니를 충격했다는 건
      어떻게 증명하죠?
연호   ?
소희   사고 낸 차량도 이미 폐차됐고, 사고 현장엔 그 흔한 보안카메라
      하나 없어요. 뭐라도 단서가 남아 있어야,
연호   (OL) 교통사고 나본 적 있어요?
소희   ?
연호   사고 나본 사람은 압니다. 차가 얼마나 무서운지…
      그게 가해자건, 피해자건.
소희   …

연호	정호규는 2년 사이에 네 건의 교통사고를 냈어요. 그중에 세 건은 사망사고. 그리고, 사고 직후 한 달 이내에 다른 중고차를 구입했어요.
소희	…
연호	정호규, 조만간 중고차 구입할 겁니다.
소희	(연호 보는) …
연호	(주머니에서 뭔가 꺼내 소희에게 건네는)
소희	(보면 USB) 뭐예요, 이게?
연호	정호규 보험 기록들 조사하다 발견한 겁니다.
소희	??

S#37. TCI 사무실 (밤)

채만, 동기, 현경, 퇴근 준비 마치고 일어나는데, 소희, 들어오며 다다다 쏟아낸다.

소희	(자리에 앉아 PC 화면 띄우며) 정호규 중고차 구입 기록들 있지? 그거 지금 어딨니? 구입 경로 확인 좀 해야겠는데, 아, 그리고 (주머니에서 USB 꺼내 동기에게 휙 던지며) 이거 검토해봐. 정호규가 보험사 콜센터 직원이랑 상담한 녹취자룐데… (하다가 보면 어정쩡하게 서 있는 동기와 현경) 뭐, 왜? 퇴근하게?
동기/현경	(도리도리) 아, 아니요. / 그럴 리가요. (자연스럽게 자리에 앉는)
소희	팀장님은 들어가세요.
채만	(일어나며) 이따 출출할 텐데 간식 좀 사 올게.
현경	라볶이요.
동기	삶은 계란 추가!
현경	띠드김밥도,

동기	(버럭) 하지 말라고!
소희	(피식)

- 시간 경과

소희는 컴퓨터로 중고차 매매 자료 검색 중.
동기와 현경이 정호규의 콜센터 상담 내용 듣고 있다.

호규	(필터) 혹시 피해자가 사망하게 되면 형사합의지원금은 얼마나 나오나요?
콜센터	(필터) 보장에 따라 조금씩 차이는 있는데 대략 3천에서 5천 사이로 보시면 됩니다.
호규	(필터) 3천에서 5천이요… 잠시만 (들릴 듯 말듯) 뭐? (5초 정도의 텀) 여보세요?
콜센터	(필터) 네 말씀하세요.
호규	(필터) 그 보험 만기 시 환급 말고, 사고 시 보장만 받는 보험으로 가입하고 싶은데요.

현경, 음성파일 멈추고,

현경	내용이 노골적이네. 이 정도면 정황증거 가능하겠는데요. 이거 어디서 나셨어요?
소희	(김밥 체할 듯 먹으며 얼버무리듯) 그냥 뭐, 보험사 직원한테서,
현경	그랬구나. 그래서 급하게 나가셨구나. 역시 반장님! (엄지척)
소희	(뻘쭘한 표정)

소희, 얼른 컴퓨터에 얼굴 파묻고 자료 검토하는데, 정호규의 중고차 구입 기록에서 조석태라는 이름을 발견한다.

소희	가만, 얘 어디서… (이름 확인, 조석태) 어!! 너니?!
동기	왜요? 누군데요?
소희	(화색) 등잔 밑이 어둡다더니… 우리가 귀인을 잡았어!
동기/현경	(누군데 저러냐 하는 표정)

S#38. 남강경찰서 유치장 (밤)

철창 안에서 부러운 시선으로 바라보는 덩어리들.
철창 밖, 조석태가 테이블에 앉아 설렁탕을 먹성 좋게 먹고 있다.
그 앞에, 소희를 중심으로 TCI 앉아 있다.
설렁탕 그릇 옆에 정호규 사진 놓여 있다.

석태	(깍두기 야무지게 베어 물고) 근데 얘는 왜 찾아요?
소희	그건 알 거 없고.
석태	(나도 아쉬울 거 없지, 사진 보며) 어디서 본 것 같기도 하고.
소희	(설렁탕 그릇 치우며) 모르면 그냥 들어가고.
석태	(그릇 얼른 붙잡고) 어허, (떠보듯) 알면?
소희	(딜 하듯) 이 집 설렁탕 잘하지? 갈비탕은 더 맛있어!
석태	(솔깃, 사진 보며) 한 2년쯤 됐나? 바퀴만 굴러가면 된다고, 제일 싼 차, 경차, 연식 오래된 차, 이런 거만 찾더라고. 가져가면 반년을 못 넘기고 다시 찾아와서 또 그런 차만 사가고.
소희	왜 그런 차만 사는지는 얘기 안 하고?
석태	(입 훔치며) 한번은 내가 물어봤어. 뭐 하는 놈인지 하도 궁금해서…

– 인서트컷 (중고차 매매단지)
운전석에 앉아 차 안 살피는 호규. 석태, 열린 운전석 차창에 기대어,

석태	사장님, 근데 무슨 일 하셔?
호규	(석태 지긋이 보다가, 희미한 미소) 이 차로 먹고살아요.

- 다시 유치장

석태	그때 느낌이 딱! 왔지. 아, 이 자식, 평범한 놈은 아니구나!
	(뚝배기 들고 국물 들이켜는)
소희	(섬뜩한 기분, 채만 돌아본다)
채만	(속내를 알 수 없는 무표정)

S#39. 남강경찰서 정문 앞 (밤)

소희, 정문 걸어 나오면 대로변에 비상등 켜고 정차해 있는 택시.
소희, 뒷자리에 올라타면, 택시 출발한다.

S#40. 용건의 택시 안 (밤)

기사	*(OFF)* 어디로 모실까요?
소희	(피곤) 집이요. (자연스럽게 침대처럼 모로 눕는)
기사	*(OFF)* 많이 피곤하신가 봐요.
소희	(눈 감고) 네. 잠도 제대로 못 자고, 졸려 죽겠네요.

소희를 돌아보는 기사의 얼굴, 용건이다. 룸미러에 걸린 소희 어릴
적 사진(뒷좌석에서 김밥 먹고 있는)이 가볍게 흔들린다.

용건	(딱한 시선) 저녁은?

소희	(눈 감은 채) 김밥… 컵라면인가. 기억이 안 나네.
	(실눈 뜨며) 봉순 할매는? 잘 보내드렸어?
용건	(끄덕끄덕) 봉순 할매 손주, 합의 본 거 같더라.
소희	(벌떡 일어나며) 합의? 누구랑?
용건	누군 누구야. 그 사고 낸 청년이지.
소희	!! 정호규?? 어떻게? 얼마 받기로 했대?
용건	…350인가,
소희	(어이없다) 350??
용건	그 친구 사정도 딱하대. 자기가 백방으로 융통한 돈이 350만 원뿐이래. 미안하다고 싹싹 빌면서, 형편 풀리면 천천히 갚겠다고 했다는데, 거기다 대고 뭐라 그러겠냐.
소희	(뒤통수가 뻐근하다, 뭔가 가슴 밑바닥에서 분노가 치오른다)

S#41. TCI 사무실 (아침)

채만을 비롯해 소희, 동기, 현경이 심각한 표정으로 자리에 앉아 있다.

동기	형사합의지원금 5천 중에 합의금 350. 아무리 유가족이 고등학생이라도 그렇지, 심하네.
일동	(무거운 침묵)
소희	(고심 끝에) 조석태 이용하죠!
동기/현경	(보는) ?
소희	정호규 또 올 거예요. 중고차 사러.
동기	미리 덫을 놓고 기다리자?
현경	(알아먹고, 설마) 차에 카메라를 달자고요?

채만	(차분히 찬물) 불법인 건 알지? 도청, 위치추적.
소희	정황증거들뿐이잖아요. 정호규 고의성 입증하려면 이 방법밖에 없어요.
채만	적법한 절차가 아니면 증거 능력이 부정된다는 거 몰라?
소희	(적극적) 몇 번 뒤엎는 판례도 있었어요. 가능성 있어요.
채만	그런 희박한 가능성으로 불법 수사를 하자고? 우리 경찰이야.
소희	할머니가 또 죽을 거예요!
채만	…
소희	법원에서도 번번이 풀어줬어요. 확실한 물증 없으면 정호규 못 잡아넣어요.
채만	…
소희	(감정 누르며) 죽은 어르신들, 봉순 할머니 비롯해서 다 빈소 지킬 변변한 가족도 없는 노인들이에요. 정호규는 사냥하는 것처럼 약한 상대를 골라서 사고를 냈어요. 교통사고로 갑자기 돌아가신 것도 억울한데, 그게 살인이라면… 그 억울함 누가 풀어줘요?
동기/현경	…
채만	(일어나 창가로 다가서는) …동백꽃보다 먼저 오는 봄은 없다.
소희	(뭔 선문답?) 에?
채만	정도를 벗어나서 되는 일 없다 이 말이야.
소희	(못 하겠단 얘기구나. 일어나는) 팀장님은 모른 척하세요. 제가 다 책임질 테니까.
채만	(창밖 풍경 보며) 조석태 데려와.
소희	(멈칫) ??!
채만	(소희 보며) 니가 뭔데 책임을 져. 책임은 팀장이 지는 거지.
소희	(표정)

S#42. 남강경찰서 유치장 (낮)

조석태, 유치장 대기실에서 갈비탕 먹고 있고, 테이블 위에 조석태
휴대폰 놓여 있다.
소희, 동기, 현경, 흩어져 딴짓 중. 따분한 표정.
석태, 갈비탕 먹성 좋게 흡입하며,

석태   어우, 갈비탕도 맨날 먹으니까 물린다. 이거 언제까지 기다려야 돼?
          그냥 내가 먼저 전화해 볼까? 차 좋은 거 들어왔다고.

소희   (어이가 없다. 헛웃음)

석태   근데, 이놈 차로 뭘 하는 거야? 사기? 살인??

TCI   (못 들은 척)

석태   (답답) 나도 뭘 좀 알아야 상황에 맞게 대처를 할 거 아니냐고~

소희   대처는 우리가 해. 넌 그냥 시키는 대로만 하면 돼.

석태   (기분 상한) 저 언니는 말 참 섭섭하게 하더라.

이때, 석태 휴대폰 울린다. TCI, 자세 바로잡는다.

석태   (전화번호 확인) !! (맞다는 듯 손가락으로 동그라미)

소희   (긴장, 받아보라는 시늉)

석태   (조심스럽게 전화 받는) 네.

호규   (필터) 차 있죠?

석태   (괜히 반가운) 아이고~ 그렇지 않아도 기다리고 있었어! 사장님!

TCI   (흠칫, 숨죽인)

호규   (필터) …

소희   (계속 말하라는 손짓)

석태   차 좋은 거 많이 들어왔는데, 언제 오실래?

호규	(필터) 가서 전화드릴게요.
석태	매매단지 앞 주차장 알죠? 거기서 기다리, (딸깍 끊긴, 전화 내려놓고 흥분, 이제 어떡하면 되냐는 듯 팀원들 번갈아 보는)

S#43. 도로, 카니발 안 (낮)

동기와 현경, 석태의 몸에 초소형 도청기 채우고 있다.
앞자리. 소희, 운전하고 조수석에 정채만 팀장.

석태	(창밖 보며 너스레) 역시, 똥 밭에 굴러도 밖이 좋아! 공기가 달라!
소희	(지켜보며) 평소대로 해. 오버하지도 말고.
석태	(여유) 걱정 말고 약속이나 잘 지키쇼.
소희	… (채만 힐끔 보면)
채만	(심중을 알 수 없는 표정)

S#44. 중고차 매매단지 야외 주차장 일각, 카니발 안 (낮)

주차된 카니발 안에 앉아 있는 채만과 소희.
도청기 스피커에서 희미하게 석태의 노랫소리 들려온다.
이때, 멀리서 들려오는 차량 소리.

S#45. 중고차 매매단지 야외 주차장 (낮)

석태, 난간에 기대 담배 물고 노래 흥얼흥얼.

잠시 후, 주차장으로 모습을 드러내는 흰색 모닝.

맹렬하게 달려와 석태 앞에 급정거한다.

석태, 풀풀 날리는 먼지 속에서도 환한 미소로 차량에 다가서면,

운전석에서 내리는 사내, 정호규다.

석태	어때요? 뭐 차체에 녹은 좀 갔어도, 09년형에 17만, 이 정도면 준수 하지!
호규	(차량 보고 만족스러운 눈빛) 이거로 할게요.
석태	맘에 들어 할 줄 알았어. 요 앞 카페 가서 계약서 쓰실까? 아, 카페인 땡기네.
호규	차는?
석태	뒤요. 우리 직원이 주차해놓을 거니까. 갑시다.
호규	(모닝 힐끔 보고는, 석태 뒤따라가는)

S#46. 중고차 매매단지 야외 주차장 일각, 카니발 안 (낮)

카니발 안. 저만치 멀어지는 석태와 호규가 보인다.

| 소희 | (무전기로) 투입. |

S#47. 중고차 매매단지 야외 주차장 (낮)

빽빽이 들어선 차량 틈에서 모습을 드러내는 동기와 현경.

주위를 살피며 흰색 모닝에 빠르게 접근한다.

현경이 망보는 사이, 동기는 장비 가방 안에서 위치 추적기, 초소형

카메라, 도청기 등을 꺼낸다.

– 차량 하부에 부착되는 위치 추적기.

– 운전대 아래, 풋레스트 쪽을 향해 설치되는 초소형 카메라.

– 운전석 시트 틈에 숨겨지는 도청기.

S#48. 중고차 매매단지 야외 주차장 (낮)

석태와 호규가 나란히 흰색 모닝으로 다가온다.

호규　　(운전석에 올라타 시동 건다)

석태　　(운전석에 얼굴 드밀며) 운전 조심하쇼.

호규　　(순간 표정이 굳는다. 서늘한 눈빛으로 올려다보는) …

S#49. 중고차 매매단지 야외 주차장 일각, 카니발 안 (낮)

카니발 안. 스피커에 갑자기 찾아온 정적.

긴장하는 채만과 소희. 어느새 동기와 현경도 와 있다.

소희　　(인상) 쓸데없는 말 하지 말라니까.

S#50. 중고차 매매단지 야외 주차장 (낮)

석태　　(긴장, 임기응변) 아니, 나야 돈 벌면 좋은데, 너무 자주 오시니까.

호규　　(천천히 표정 풀리는, 어이없다는 듯 피식 웃고는 고개 절레절레)

급출발하는 호규. 차량 멀어지면 그제야 긴장 푸는 석태.

S#51. 중고차 매매단지 야외 주차장 일각, 카니발 안 (낮)

카니발 안. 한숨 돌리는 TCI 팀원들.

S#52. 서울 외곽 도로 / 모닝 차 안 (낮)

차량의 흐름 속에 흰색 모닝이 보인다.
차 안. 브레이크를 한 번에 밟는 정호규의 발 보이고,
정호규의 발 모습이 모니터 영상으로 바뀌면,

S#53. 도로, 카니발 안 (낮)

노트북 모니터에 뜬 정호규의 차 내부 모습.
이를 지켜보는 소희와 현경.
운전 중인 동기. 운전대 거치대에 놓인 동기의 휴대폰.
정호규의 차량 움직임이 지도 위에 나타난다.

S#54. 정호규의 집 앞 (밤)

흰색 모닝이 다세대주택 주차장에 멈춰 선다.
호규, 내려서 건물 안으로 사라진다.

잠시 후, 다세대주택 앞에 멈춰 서는 카니발.
창문 열리고, 소희가 얼굴을 내밀고 건물을 올려다본다.

S#55. KM 손해보험 사무실 (낮)

연호, 자리에서 자료들 검토 중이다.
연호 위에 드리우는 그림자. 보면, 선배 조사관 최준석(30대)이다.

준석 차연호 씨, 커피 한잔하지. (나가려는데)
연호 커피 마셨습니다.
준석 (그 말이 아니라) 잠깐 얘기 좀 하자고. (나가는)
연호 (뒤따르는)

S#56. KM 손해보험 사무실 옥상 (낮)

흡연 구역처럼 만들어진 벤치.
준석, 나와서 담뱃불 붙이려는데, 라이터가 없다.
연호, 다가와 선다.

준석 (뒤적이며) 불 없냐?
연호 (사무적) 부르신 이유가 뭡니까?
준석 (연호 힐끗, 담배 집어넣고) 정호규 사건, 재조사한다고?
연호 검토 중입니다.
준석 집행유예 난 사건을 왜 또 들춰내? 성가시럽게.
연호 형사합의지원금을 노린 보험사기가 의심되는 사건입니다. 저희 입

장에선 당연히,

준석   (피식, 고작) 형사합의지원금? 5천?

연호   3건으로 총 1억 2천입니다. 며칠 전에 또 한 건의 사고를 냈고.

준석   우리 보험사는 한 건이잖아~ 5천짜리.

연호   …잘 아시네요. 직접 담당하셨던 사건이라.

      (차분하지만 힘 있게) 사람 셋이 죽었습니다. 한 분은 장애 1급 판정을 받았고.

준석   그게 우리 잘못이냐? 덮어. 돈 몇천 때문에 일 키우지 말고.

연호   …

준석   (강압적인) 덮으라고~

연호   돈 받으셨습니까?

준석   (발끈) 뭐?

연호   형사합의지원금 5천 중에 도대체 얼마를 받았길래,

준석   (멱살 잡는, 죽일 듯 노려보는) 이 새끼가 누굴,

연호   (돈은 아니구나 직감) 돈이 아니면 이러시는 이유가 뭡니까?

준석   (손가락으로 연호 가슴 찌르며) 1년에 보험사기로 새는 돈이 1조야, 1조! 그중에 5천을 누가 안다고 씨, (밀치고 가는)

연호   (꿋꿋이) 일단 팀장님께는 보고드리겠습니다.

준석   (멈칫, 돌아보며 피식) 보고해. 팀장이 퍽이나 놀라겠다. (가는)

연호   ? (시선)

S#57. KM 손해보험 사무실 (낮)

연호, 들어서면, 팀장 '박현정' 명패 앞에 앉은 기름진 얼굴의 중년 여성, 이쑤시개 물고 통화 중인 박현정(50대)이다.
연호, 우두커니 서서 박현정을 본다.

현정　　　(통화하며) 아냐 아냐 거기 말고, 길 건너 횟집에서 7시에 보자.

현정, 통화 중에 연호와 슬쩍 눈이 마주친다. 뭘 보냐는 듯 가서 일 보라는 손짓. 연호, 정중히 묵례하고 자기 자리로 돌아간다.
현정, 전화하다 말고 연호의 뒷모습을 의미심장하게 바라본다.

S#58. 경기 외곽 신도시 / 소희 차 안 (낮)

멀리 북한산 자락이 보이고, 그 앞으로 거대한 아파트 단지.
앞쪽으로 군데군데 공장과 오래된 주택들, 공터와 텃밭들이 얽혀서 황량한 풍경을 자아내는 지역. 텃밭에서 상추, 고추 등을 따고 있는 할머니가 보인다.
텃밭에서 조금 떨어진 한산한 도로. 흰색 모닝이 비상등을 켜고 정차해 있다.
운전석 유리창 너머, 할머니를 가만히 바라보고 있는 정호규.
할머니가 밭에서 걸어 나와 야채들을 자전거 바구니에 싣고 도로 갓길을 걸으면, 정호규의 차가 거리를 두고 천천히 할머니 뒤를 따른다.
이 모습을 멀리서 바라보고 있는 누군가의 시선.
소희 차 안, 소희와 동기가 정호규를 주시하고 있다.

S#59. TCI 사무실 (낮)

흰 칠판에 망원렌즈로 찍은 할머니 사진들… 밭에서 일하는 사진.
정호규가 미행하는 사진. 정호규와 할머니가 나란히 걷는 사진 등등.

소희	이름 윤성자. 81세. 부양의무자가 없는 기초생활 보호 대상자예요.
	정호규가 한 주에 걸쳐 여덟 번 할머니를 따라다녔어요.
	주로 낮에는 밭일을 하시는데, 전동차를 끌고 다니시느라, 항상 도
	로 갓길을 이용하시더라고요.
동기	(정호규가 할머니 자전거 끌고 할머니와 나란히 걸으며 대화 나누는 사진
	가리키며) 할머니 얘기론 도와준다고 접근해서, 가족관계, 하루 일
	과 이런 것들을 캐물었대요.
	아무래도 할머니 동선을 파악하려고 했던 거 같아요.
채만	그동안 정호규 사고 피해자들이랑 모든 면에서 부합하네.
	(일어나 자리로 돌아가며) 긴장들 해. 정호규 곧 움직일 테니까.
소희	동기 너는 오늘부터 정호규 전담 마크해. 현경이 넌 할머니 쪽 맡고.
동기/현경	네.
소희	(표정에 긴장감 흐른다)

S#60. 정호규의 집 (밤)

방 하나, 좁은 주방 겸 거실이 딸린 다세대주택. 호규, 트레이닝복
차림으로 책상에 앉아 컴퓨터에 '교통범죄수사팀'이라 입력한다.
'남강경찰서 중고차 강매조직 38명 일망타진!' 그 아래로 경찰서 현관
앞에서 찍은 TCI 팀원 사진. 채만과 소희의 얼굴이 눈에 들어온다.

- 플래시백 (S#31 카페)
호규의 시점. 건너편에 나란히 앉은 소희와 채만.

- 다시 호규 집

호규	(소희 기억해내고는 혼잣말) T.C.I…

호규, 담배를 꺼내 입에 물고 마우스로 동영상 하나를 클릭하고,
일반인이 촬영한 중고차 일망타진 동영상이 플레이된다.
호규, 라이터로 불을 붙이려다, 담배를 내려놓는데
'아 아퍼, 살살해, 경찰이야? 깡패야? 알아서 간다고!'

호규 중고차? (표정 일그러진) 이런 개…

호규, 당황한 듯 머리 쓸어 넘기며 우왕좌왕. 휴대폰 집어 어디론가
전화하려다 멈칫, '아니지. 어쩌지?' 카오스다.

S#61. 대형 할인몰 야외 주차장 / 소희 차 안 (낮)

소희 차 안. 운전석에 소희 앉아 있다. 잠시 후, 동기, 비닐봉지 들고
조수석에 올라탄다. 봉지 안에서 빵, 우유, 간식거리 등 꺼내 소희
에게 건넨다.

소희 (빵 봉지 뜯으며) 정호규 봤어?
동기 아뇨. 안에선 못 봤어요.
소희 (빵 한입 베어 물고) 여긴 뭘 사러 온 거야?
동기 (거치된 휴대폰 힐끔 보다가) 어, 움직인다!
소희 (허겁지겁 손에 든 빵, 우유를 동기에게 내팽개치고 시동 건다)

S#62. 도로, 소희 차 안 (저녁)

해가 뉘엿뉘엿한 오후.

자동차 전용도로를 질주하는 흰색 모닝. 한참 떨어져서 미행하는 소희 차.

소희	(휴대폰 GPS 보며) 어디로 가니? 할머니 집 방향 아니지?
동기	(갸웃) 네. 완전 다른 방향인데.
소희	(이상하다) 모니터 봐봐.
동기	네. (소희 쪽으로 노트북 화면 각도 꺾는, 운전 중인 발 보인다)

병목지대에 다다른 차들, 천천히 멈춰 선다.
흰색 모닝 차량 브레이크 등이 짧게 여러 번 깜박이다 천천히 멈춰 선다.
소희 차, 흰색 모닝 앞으로 질주해 급브레이크를 밟는다.
뒤따라 급하게 멈춰 서는 차량들. 시끄러운 경적 소리 울린다.
소희, 차에서 내려 모닝 운전석으로 달려가 문을 연다.

동기	반장님…!?
소희	(모닝 운전석으로 가며) 정호규랑 브레이크 밟는 게 달라. 정호규는 한 번에 밟아 세우는데.
운전자	(황당한) 아니 지금 뭐 하시는,
소희	(남자 끌어내 차에 밀치며) 당신 누구야? 정호규 어딨어!
운전자	(겁에 질린) 정호규가 누구예요~
소희	이 차 주인!
운전자	제가 오늘 중고차 직거래로 산 거예요. 차에 계약서랑 다 있어요~
소희	!!! (순간 스치는 생각) 할머니!

S#63. 윤성자 할머니 집 앞 / 카니발 안 (저녁)

카니발 안. 운전석에 현경, 통화 중이다. 조수석엔 채만.

현경   할머니요? 방금 집에 들어가셨는데, 왜요?
소희   (필터) 정호규가 사라졌어.
현경   사라져요?
채만   ?!
소희   (필터) 혹시 그쪽으로 갈 수도 있으니까 잘 감시해.
현경   네. (전화 끊고 채만 보는)
채만   흐음… (무겁게 가라앉는 표정)

S#64. 중고차 매매단지 야외 주차장 (밤)

들판처럼 넓고 황량한 야외 주차장.
조석태가 휘파람 불며 주차된 차로 걸어가고 있다.
이 모습을 지켜보는 누군가의 시선.
드러나는 얼굴, 정호규다!
정호규의 차, 한 블럭을 사이에 두고 천천히 조석태를 뒤따른다.
조석태, 자신의 외제차에 올라 시동을 켜고 천천히 주차구역을 빠져나오려는 때, 저만치 헤드라이트 불빛이 눈부시게 들어온다.

석태   (눈부시듯 찡그리며) 뭐야 저 새끼,

순간, 굉음을 내며 빠른 속도로 석태의 차량을 향해 돌진하는 불빛.

석태 (당황) 저, 저, 뭐야!

석태, 얼른 차를 빼려는데 회전각이 너무 커 한 번에 빠져나가지 못하고 그 자리에 멈춰 선다. 석태, 보면 정호규의 차가 이미 지척이다.

석태 으아아!!! (공포에 손으로 얼굴 감싸는)

그때 호규 차를 향해 전속력으로 돌진하는 연호의 자전거.
정호규 차가 조석태의 운전석과 충돌하기 직전, 연호가 자전거에서 뛰어내린다.
그러다 주차된 차에 부딪혀 정신을 잃는 연호.
쓰러진 자전거가 호규 차 바퀴 밑으로 미끄러지면서 차 속도가 줄어들어 쿵- 부딪힌 조석태 차에 가해진 충격도 적어진 상황.
하지만 조석태는 운전석에 머리를 박고 기절해 있고.
쓰러진 연호를 중심으로 충돌 현장이 부감으로 빠지면서,

1부 끝

2부

«««««« 2부 »»»»»»

S#1. 중고차 매매단지 야외 주차장 (밤 / 1부 엔딩 연결)

기절한 연호. *(고속촬영)*
그러다 그 위로 피 한 방울 툭! 떨어지는데. *(고속촬영)*
연호, 희미하게 눈 뜨면 머리에서 피를 뚝뚝 흘리며 자신을 내려다
보는 남자.
차연호 자신이다! 주차장 바닥에 쓰러져 있는 여자.
연호의 시점. 아스팔트 바닥에 쓰러져 있는 여자(이하 '이현수').
연호, 어떤 조치도 없이 넋이 나간 듯 멍하니 내려다보고만 있다.
멍한 시선으로 현수를 바라보던 연호.
현수의 위로 흰 천이 덮이자 두려움에 울부짖는데.
기절해 있는 연호의 뺨을 톡톡 치는 손.
연호, 천천히 눈을 뜨면, 호규가 입가에 피를 흘리며 자신을 내려다
보고 있다.

호규   …너 뭐냐?

연호, 힘겹게 안주머니에서 손 집어넣는데, 호규, 가로채 연호 지갑
꺼낸다.

호규   (지갑 안, 보험조사관 명함 보며) 너구나. 경찰에 찌른 새끼가.
연호   …제 일이니까요.
호규   (피식) 열심이네. 너 이러다 죽으면 회사에서 산재 처리는 되냐?

연호	아마… 안 될 겁니다… 정호규 씨… 형사합의… 지원금도… 받기… 힘드실 거고요.
호규	(미간 꿈틀) 뭐?
연호	(사무적인) 저희 보험사에선… 돌아가신 김봉순 씨… 교통 사망 사고를… 과실이 아닌… 고의 사고로 간주하고… 형사합의지원금 지급을… 유보할 생각입니다.
호규	(표정 싸늘하게 변한다)
연호	아울러… 이전에 발생한… 세 건의… 교통사고에 대해서도… 다른 보험사와 연계해… 고의성 여부를 재조사…
호규	(연호의 얼굴을 발로 짓누르는, 어금니 물고) 뒈지고 싶냐. 사람이 죽었는데 왜 형사합의금을 안 줘. 보험료는 따박따박 잘 받아 처먹으면서 보험금 줄 때 되니까 아깝냐?
연호	(힘겹게) 고의… 사고의… 경우엔… 보험금을… 지급할 수 없…
호규	(연호를 죽일 듯 누르며) 이 씹어 먹을 새끼가…

연호를 짓밟는 호규의 눈빛에 살기가 어린다.
연호, 팔로 호규의 발을 치우려 해도 역부족.
연호의 얼굴이 벌겋게 달아오른다.
순간, 어디선가 날아오는 발차기가 호규를 날려버린다.
호규, 바닥에 뒹군다. 호규, 고개 들어 보면, 소희다!
뒤늦게 달려온 동기가 연호를 부축하는데.

동기	(연호 보고) 괜찮아요?
연호	(캑캑 거친 숨을 토해내면서 고개 끄덕)

호규, 바닥에 떨어진 칼을 집어 소희에게 다가온다.
소희, 연호 보호하듯 등지고 서서 호규와 맞선다.

소희 향해 칼을 마구잡이로 휘두르는 호규.

소희, 가까스로 피하며 호규의 다리를 걸어 넘어뜨리고,

'오모플라타' 기술로 호규의 팔을 꺾어 수갑 채운다.

소희	가만 있어!
호규	(발광) 놔! 이거 안 놔? 내가 뭘 잘못했다고?
	저 미친 새끼가 갑자기 끼어든 거야, 위험하게!

얼굴이 핏물로 가득한 호규, 몸부림치면서도 연호를 죽일 듯 노려 본다.

연호, 동기의 부축 받으며 힘겹게 몸을 일으킨다. 차 안에서 기절해 있던 조석태가 정신을 차린다.

S#2. 남강경찰서 TCI 전경 (밤)

환하게 불을 밝힌 TCI.

S#3. TCI 조사실 (밤)

정호규, 테이블을 사이에 두고 소희와 마주 앉아 있다.

호규의 머리에 붕대 감았다. 둘 사이에 조용한 침묵만 흐른다.

소희	정호규 씨, 조석태 씨를 고의적으로 차로 치려고 한 거 인정하시나 요?
호규	(특유의 억울한) 아니 제가 그 사람을 왜 죽입니까?

소희	(타이르듯) 정호규 씨.
호규	따지러 간 거예요. 나한테 판 중고차가 하도 이상하길래 따지러.
소희	앞뒤가 안 맞잖아요. 따지러 간다는 사람이 조석태한테 산 차는 급하게 팔아버리고.
호규	(입 닫는) …
소희	할머니들 일부러 죽인 거 맞죠?
호규	…
소희	형사합의지원금 노리고 할머니들 일부러 죽인 거 맞죠!
호규	(소희 빤히 보다가, 썩소) 실수예요… 판사님들도 다 인정했잖아요. 세 번씩이나.
소희	(불같은 시선) 어디 네 번째도 통하나 봅시다. (일어나는데)
호규	근데요. 차에 카메라 같은 거 달고 그럼 안 되는 거죠? 도청. 몰카. 그런 거 불법이잖아요… 아무리 경찰이라도.
소희	(호규 보는)

S#4. 남강경찰서 남자화장실 (밤)

세면대 위로 떨어지는 핏물.
연호, 입안에 고인 핏물을 헹궈내고 있다.
휴지로 입가 훔치고 거울 보는 연호. 얼굴 곳곳에 상처들…
휴지에 물 적셔 와이셔츠에 묻은 피 닦아낸다.

S#5. TCI 사무실 (밤)

소희, 들어오면, 채만, 동기, 현경, 흩어져 앉아 있다.

뒤편에 조석태, 이마에 밴드 붙이고 있다.

일동   (소희 보며 어떻게 됐냐는 표정)

소희   차에 단 감시카메라, 정호규가 눈치챈 거 같아요.

일동   (심각)

석태   (불평) 무슨 일을 그렇게… 괜히 나만 죽을 뻔했잖아!

채만   (무시) 정호규가 거기 있단 건 어떻게 알았어?

소희   차연호 씨한테 연락이 왔어요.

- 플래시백 (중고차 매매단지 야외 주차장 / 1부 S#64 다른 각도)
자전거 위에 선 연호, 어딘가 주시하며 통화 중.

연호   정호규 여기 있습니다… 조석태 중고차 매매 시장.
        아무래도 조석태를 노리는 거 같아요.

저만치, 라이트 꺼놓은 정호규 차 보이고, 연호의 시선 빠르게 옮겨
지면, 반대편에서 휘파람 불며 걸어오는 조석태 보인다.

- 다시 현재

소희   (두리번) 근데 이 사람, 어디 갔어요?

때마침, 연호 들어온다.

소희   몸은 괜찮아요?

연호   (그보다) 정호규, 자백했나요?

소희   (절레절레) 죽으려고 했던 게 아니라 새로 산 중고차에 문제가 있어서
        따지러 간 거였다. 근데 갑자기 그쪽이 끼어들어 사고를 유발했다.

석태	그게 뭔 개소리야! 내 두 눈으로 똑똑히 봤는데!
	저 양반(연호) 아니었음 나 지금쯤 요단강 건넜어!
채만	(타이르듯) 요단강은 천국 갈 때 건너는 강이야. 니가 건널 수 있는
	강이 아니야.
석태	(어이없다) 에?
소희	(연호에게) 거긴 어떻게 알고 간 거예요?
연호	그날 확인 못 한 게 있어서요.
소희	그날??
연호	지난번에 거기서 만났던 거 기억 안 나요?
소희	(머쓱) 아…
연호	정호규는 사고 후면 꼭 조석태에게 중고차를 구입했어요. 둘이 어
	떤 관계인지 확인할 필요가 있었습니다. (조석태 보는)
석태	나? 내가 그 미친 또라이랑?? (정색) 이 양반이 누굴,
소희	저 사람 아니에요. 금융 기록 다 확인했는데 돈 오간 정황도 없고.
	(조석태 보며, 무시하듯) 저 인간, 그냥 사기꾼이에요.
석태	(섭섭)
연호	(고민)… 근데 왜 저 사람(조석태)이죠? 무슨 이유로,
소희	(말해야 하나, 채만 보는)
채만	(말해주라는)
소희	우리가 저 인간 이용해서 정호규 차에 카메라를 달았어요. 정호규
	가 그 사실을 눈치채고 급하게 차를 처분한 거예요.
연호	그랬군요…
현경	정호규는 어쩌죠? 긴급체포는 했는데, 영장 못 받으면 48시간 안에
	풀어줘야 되잖아요.
일동	(그러게, 심각)

S#6. KM 손해보험 사무실 (새벽)

불 꺼진 사무실.

연호, 컴퓨터 앞에 혼자 앉아 보험사기 인지 시스템(IFAS)을 통해 정호규의 사건들을 검토하고 있다.

관계형 분석(SNA) 기법을 통해 정호규 사고에 조금이나마 관련된 사람들이 그물망처럼 연결된다. 그야말로 사고 관련 '빅 데이터'다.

정호규의 사고 관련자들을 찬찬히 살피는 연호.

S#7. TCI 사무실 / 옥상 (아침)

푸르스름한 새벽 동이 터온다.

한구석에 정리된 화초들, 식물들. 채만의 작은 화원이다.

채만, 화초 근처 난간에 기대서서 담배만 만지작,

소희, 다가선다.

소희	웬일이세요? 피우지도 않는 담배를 다 들고.
채만	(담배 만지작) 이놈이 가끔 위로가 돼. 이렇게 들고만 있어도.
소희	(고민 많으시구나) …제가 성급했어요. 정호규 잡으려는 마음만 앞서다.
채만	정호규가 할머니들을 고의로 살해했단 사실엔 변함이 없잖아.
소희	그나저나, 당장 정호규 집에서 나온 증거도 없고, 조석태 살해 의도도 증명하기 어렵고, 영장은 뭐로 치죠?
채만	(그러게) …
소희	일단 차연호 씨 폭행죄로 영장 신청하는 건 어때요?
채만	단순 폭행이면 2년 이하야. 2년 이하면 긴급체포 요건, 성립 안 되는 거 알잖아.

소희	(한숨) 이러다 정호규 영장 못 받고 풀려나면, 과잉수사로 우리만 눈탱이 맞겠는데요.
채만	(심각) 할 수 있는 데까진 해보자고. 정호규한테 중고차 산 차주랑은 연락해봤어?
소희	네. 이따 집 앞에서 보기로 했어요. 근데 뭐 아직 남아 있겠어요? 정호규가 차에 카메라 단 거 알았다면 빼서 싹 다 치웠겠지.
채만	(담배 만지작) 일단 확인은 해봐야지.

S#8. KM 손해보험 사무실, 복도 (낮)

연호, 사무실로 들어가려다, 나오던 팀장 박현정과 마주친다. 연호, 인사하면,

현정	(연호 얼굴 상처 보며) 너 얼굴 왜 그러냐?
연호	…넘어졌습니다.
현정	조심해. 보험조사관이라고 사고 안 나는 거 아냐.
연호	(말없이 현정 표정 살피는)
현정	정호규 사건, 마무리 잘했지?
연호	…
현정	(다독이듯) 인생 혼자 사는 거 아냐. 서로 돕고 살자. 너도 힘든 거 있음 얘기하고.
연호	(잠시 현정 보다가) 조용히 덮으면, 저한테도 득이 있는 겁니까?
현정	?
연호	정호규 사건, 나눠 먹기엔 파이가 너무 작던데.
현정	(피식, 이 자식 봐라) 조용히 덮다니. 문제가 없는 사건을, 문제가 없다고 하는 건데. 누가 들으면 오해할라.

현정, 어깨 톡톡 두드리고 돌아선다. 현정을 바라보는 연호의 시선.

S#9. 이면도로 (낮)

서울 변두리 이면도로. 거주자 우선 주차구역에 드문드문 선 차들.
현경, 흰색 모닝 내부와 차량 하부를 살피고 있다.
조금 떨어져서 소희와 차주남(1부 S#62 운전자) 서 있다.

차주남	(차 힐끔 보며) 이 차, 무슨 범죄에 사용된 차, 그런 거예요?
소희	(안심시키는) 아니에요. 전에 차주가 사고 용의자이긴 한데, 차는 깨끗해요.
차주남	(찝찝한) 어쩐지 싸다 했어. (기웃) 근데, 뭘 찾는 거예요?
소희	(슬쩍 시선 가리며) 그게 수사에 관련된 거라 말씀드리기가,
현경	(차 하부에서 뭔가 챙겨 나오며 소희에게 회수했다는 듯 고개 끄덕)
소희	(회수했구나, 차주남 보며 미소) 협조해주셔서 감사합니다.
차주남	그… 저한테 차 팔았던 사람이요.
소희	(보는) ?
차주남	용의자라고 하니깐 생각나는데, 그날 마트 주차장에서… 자기 휴대폰 밧데리가 없다고 저한테 휴대폰을 잠깐 빌려 썼는데. 이상하잖아요. 방금 전까지 거래 때문에 저랑 통화했던 사람이 밧데리가 없다는 게.
소희	선생님 휴대폰 잠깐 확인할 수 있을까요?
차주남	(들고 있던 휴대폰 열어 건네며) 저도 혹시나 해서 봤는데, 전화번호는 지웠더라고요.
소희	(현경과 눈빛 교환)

S#10. 도로, 소희 차 안 (낮)

도로를 질주하는 각그랜저. 소희 운전하고, 현경 조수석에 앉아 있다.

현경　정호규, 왜 카메라랑 GPS는 그대로 뒀을까요? 불법 수사 주장하려
　　　면 이게 필요했을 텐데.

소희　글쎄, 우릴 따돌릴 생각에 그랬는지. 암튼, 우리한텐 다행이지.

현경　(갸웃) 어떨 땐 치밀하다가도 어떨 땐 허술하고… 애가 좀 왔다 갔
　　　다 해. 꼼꼼한 거 같다가도 보면 좀… 근데, 누굴까요?
　　　남의 전화기까지 빌려서 통화한 사람이라면, (좀 수상한데)

소희　확인해봐야지. 통화 기록을 안 남기려고 일부러 그랬을지 모르니까.

현경, 휴대폰 울리면 액정 확인.

현경　우형사님이네요.

소희　(블루투스로 통화 연결) 어, 왜.

동기　(필터) 서장님이요.

소희　(느낌 온, 현경과 시선 교환) 아셨니?

동기　(필터) 네. 과장님이 보고하셨대요. 팀장님 서장실로 올라가셨어요.

소희　(난감) 성격 하여간, 이따 같이 가시지. 알았어, 빨리 갈게.

전화 끊으면, 소희 답답하다.

현경　골치 아프게 됐네요. 서장님이 단단히 벼르고 있을 텐데.

소희　(보는) ?

현경　서장님 아들이요. 저번 달에 음주운전 걸린 거. 팀장님이 원칙대로
　　　처리하시는 바람에 서장님 완전 물먹었잖아요. 내년에 영전 케이슨

데 그 일을 당했으니.

소희 그게 왜 팀장님 때문이니. 본인이 자식 교육 잘못 시켜서 그런 거지.

현경 어쨌건요.

소희 (심란하다) 하여간 팀장님도 문제야. 사람이 좀 휘어지는 맛이 있어야지. 때가 어느 땐데 캐릭터가 대쪽이니. 맨날 무슨 일만 있으면 경찰직을 거네 마네, (하다가 느낌 왔다) 설마,

현경 (바로 알아채고) 에이, 설마요.

S#11. 남강경찰서 서장실 (낮)

책상 위에 가지런히 놓이는 경찰 신분증.
구경모 서장(50대), 곧은 자세로 자리에 앉아 있고, 그 앞에 채만,
지금 막 자신의 경찰 신분증을 구서장 앞에 내려놓았다.
(직위는 낮지만 경찰학교 기수가 높은 채만에게 존댓말 반말을 섞어 쓴다.)

구서장 이게 뭡니까?

채만 긴급체포 기한이 끝나는 내일 저녁 7시 전까지 용의자 구속 못 시키면 이대로 신분증 반납하겠습니다.

구서장 (채만 주변 얼쩡거리며) 용의자 차량에 몰래카메라를 단 경찰, 그것도 모자라 혐의 입증도 안 된 용의자 긴급체포. 이 사실이 언론에 알려져봐요. 지금 경찰에 대한 국민감정이 얼마나 예민할 땐데.
(신분증 흔들며) 이게 고작 당신 신분증 하나로 될 일입니까!!

채만 …

구서장 왜 그러셨을까? 그렇게 원리 원칙 강조하시는 분이. '내로남불', 뭐 그런 건가?

채만 '방기곡경(구불구불한 길. 그릇된 방식으로 억지로 일을 함)'하려다 '교각

살우' 한 꼴이라, '유구무언'입니다. '만시지탄'이긴 하나, '백절불굴'의
의지로 '권토중래' 하겠습니다.

구서장   (뭔 소리? 이해 불가, 반응하기 애매) 누가 지금 그런 얘기 들재요!!

S#12. TCI 사무실 (저녁)

소희와 현경, 들어온다.

소희   팀장님은, 아직 안 오셨어?
동기   네, 아직.

채만, 들어온다. 여느 때와 같은 표정.

채만   (소희 현경 보고) 뭐 좀 나왔어?
소희   것보다 어떻게 되셨어요?
채만   잘 말씀드리고 이해시켰어. 우린 이제 증거만 찾으면 돼.
소희   (채만 안주머니 뒤적뒤적, 신분증 없다) 내 이럴 줄 알았어. 신분증 어딨
          어요?
채만   (뒷주머니에서 신분증 꺼내 보이는) 여기 있잖아.
현경   (소희에게) 거 봐요. 그럴 리 없다니까.
소희   (아니었구나, 다행)

S#13. 남강경찰서 서장실 (저녁)

PC 화면에 사자성어 검색. '방귀…'가 검색어 난에 입력된다.

구서장, 자리에서 사자성어 찾고 있다.

구서장 아까 방귀… 뭐라고 했는데. 방귀… 곡성? (쳐보는) 아닌데,

S#14. TCI 사무실 (밤)

정호규의 GPS 기록 검토 중인 동기, 뒤에서 소희와 현경이 지켜본다. 모니터 지도 위에 정호규의 행적이 체크된다.

동기 지난 이틀 동안 움직임이 확연히 줄어들었어요.
아마 이 시기에 우리가 뒤쫓고 있다는 걸 눈치챈 거 같아요.

소희 들른 곳이 어디 어디야?

동기 (모니터 보며) 근처 대형마트랑, 24시 설렁탕집, 주유소. 세 군데요.

소희 (이상한 건 없었냐는 듯 보면)

동기 마트에선 장 보고, 설렁탕집에선 식사, 주유소에선 주유.

소희 (특이점이 없네) …

현경 근데, 주유소에 머문 시간이 꽤 기네요. 총 9분 45초. 주유하는 데 보통 3, 4분이면 되지 않나요? (동기 보는)

동기 주유소 사무실로 가길래 난 화장실 가는 줄… 가만, 그리고 보니 좀 이상하긴 했어요. 집 나와서 차에 기름을 넣고, 다시 집으로 갔거든요?

현경 주유하러 간 게 아니라 다른 목적이 있었다면요?

소희 (눈이 반짝) 그 주유소 위치가 어디야?

S#15. 셀프 주유소 전경 (밤)

한적한 외경. 주유 구역엔 차도 없고, 직원도 없다.

S#16. 셀프 주유소 사무실 (밤)

정호규 사진 보고 있는 주유소남. 앞에 소희와 현경.

주유소남　아, 이 사람, 기억나요. 그저껜가 왔었는데.
　　　　　사무실에 들어와서는 다짜고짜 휴대폰 좀 빌려달라고.

소희　　?!! 휴대폰을요?

주유소남　예. 엄청 흥분해 갖고, 암튼 뭐 핸드폰 밧데리가 없는데 급하게 전
　　　　　화할 데가 있다고.

소희　　!!… 그 통화기록 아직 남아 있나요?

주유소남　잠깐만요. (자기 휴대폰 기록 살피는) 없는데요. 지운 거 같은데.

소희　　(현경과 시선 교환)

S#17. 셀프 주유소 밖 (밤)

소희와 현경, 주유소 한편에 세워둔 차로 걸어간다.

현경　　이걸로 통화기록을 안 남기려고 전화기를 빌려 쓴 건 확실해졌네요.

소희　　정호규 중고차 구매자 통화기록은?

현경　　곧 나올 거예요.

소희　　(멈칫, 뭔가 떠오른) 가만, 그거 어딨지? 그, 콜센터.

현경   ??

S#18. TCI 사무실 (밤)

소희의 책상 주위로 채만, 동기, 현경 모여 있다.
소희, 플레이하면 스피커에서 정호규와 콜센터 상담원 통화 녹취
흐른다.

호규   (필터) …혹시 피해자가 사망하게 되면 형사합의지원금은 얼마나
             나오나요?
콜센터   (필터) 보장에 따라 조금씩 차이는 있는데 대략 3천에서 5천 사이
             로 보시면 됩니다.
호규   (필터) 3천에서 5천이요… 잠시만요… 뭐? (5초 정도의 팀) 여보세요?
콜센터   (필터) 네 말씀하세요.
호규   (필터) 그 보험 만기 시 환급 말고, 사고 시 보장만 받는 보험으로
             가입하고 싶은데요.

소희, 녹음 눌러 끄고, 뭔지 알겠냐는 듯 팀원들 본다.

채만   (눈치챈) 옆에서 코치하는 사람이 있네.
동기/현경   ??
소희   들어봐. (다시 플레이, 소리 크게)
호규   (필터) 3천에서 5천이요… 잠시만요… 뭐? (5초 정도의 팀) 여보세요?
현경   !! 중간에 옆 사람에게 묻는 거 맞죠!
소희   아무래도 이자가 뒤에서 정호규를 조종하는 거 같아.
동기   …공범이 있었다. 치밀하고 용의주도한.

소희, 휴대폰 울린다. 액정 보면 차연호.

소희	네, 차연,
연호	(OL, 필터) 상의드릴 게 있습니다.
소희	(이 인간 인사도 없네) 얘기하세요.
연호	(필터) 저희 팀장이 정호규 보험사기를 알고도 묵인하고 있었어요. 찾아보니 통합전산망에 사고기록을 일부러 누락시킨 정황도 있고.
소희	(그랬구나) 정호규에게 공범이 있어요. 지금 휴대폰 번호 추적 중인데, 어쩌면, 그쪽 팀장일지도 모르겠네요.
연호	(필터) 이름은 박현정. 휴대폰 번호는 문자로 보내놓겠습니다. 그리고 한 가지 더, 정호규 피해자 중에… (사이)
소희	? 정호규 피해자 중에, 뭐요?

S#19. 자동차 래핑 업체 밖 (밤)

연호	(잠시 생각) 아닙니다. 이건 좀 더 알아보고 말씀드리겠습니다.
소희	(필터) (또 이러네) 그래요. 저도 신원 확인되면 연락드릴게요.
연호	네, 그럼.

연호, 전화 끊고 보면 어딘가 올려다본다.
화면, 연호의 시선을 따라가면, 어둠이 내려앉은 음산한 공터 부지.
저만치 도로변에 덩그러니 래핑 업체가 보인다.
연호, 천천히 래핑 업체를 향해 걸어간다.

S#20. 자동차 래핑 업체 사무실 (밤)

라텍스 장갑 낀 손이 연호 앞 테이블에 믹스커피 종이컵을 내려놓는다. 세 번째 피해자 윤승옥의 아들 '송지만'이다.

지만   그때 얘긴 다 드린 거 같은데,

연호   (가방에서 서류 꺼내며) 제가 예전 보험기록을 살펴보다 이상한 점을 발견했는데, 가해 운전자 정호규 씨랑은 예전에도 인연이 있으시더라고요. 2021년도에 교통사고 피해자와 가해자로 만나셨던데.

지만   (갸웃) 저는 전혀 기억이,

연호   모르셨군요. 저는 혹시 두 분이 그전부터 서로 알고 지낸 사이는 아니었나 해서,

지만   (말도 안 된다는 듯 피식) 그럴 리가요. 저야 당연히 저희 어머니 사고 때문에 처음 봤다고 생각했는데,

연호   밤늦게 죄송했습니다.

연호, 가방 챙겨 일어선다. 지만, 배웅한다.
연호, 사무실을 나와 업장을 가로질러 문으로 향한다.
셔터가 반쯤 내려진 문. 연호, 문을 빠져나가기 직전 돌아선다.

연호   (불쑥) 송지만 씨, 사망보험금을 노리고 어머니를 살해하셨죠?

지만   ?!! (연호의 기습적인 질문에 뜨악한 표정)

S#21. TCI 사무실 (밤)

동기   수신자 번호 확인했어요. 휴대폰 명의자는 송지만. 32세.

소희	송지만? 박현정이 아니고? (기억 더듬는) 송지만… 어디서,

순간, 소희 책상에 툭 날아드는 서류. 보면 채만이 던졌다.

채만	송지만. 세 번째 피해자 윤승옥 아들이야. (기억 상기) 래핑업체.
소희	!!! (채만 보는)

S#22. 자동차 래핑 업체 사무실 (밤)

지만	(정색) 지금 무슨 말씀을, 저 피해자 아들입니다.
연호	네. 피해자 중 유일하게 직계가족을 잃으셨죠. 그리고 유일하게 거액의 보험금을 탄 수혜자이기도 하고.
지만	보험은 생전에 우리 어머님이 드신 거예요. 못 믿겠음 보험사 가서,
연호	설마 자식이 보험금 때문에 어머닐 죽일 거란 생각은 못 하셨겠죠.
지만	(말도 안 된다는 듯) 보험금 지급한 거 아까워서 이러나 본데,
연호	박현정 팀장 아시죠?
지만	(표정이 미세하게 변한다)
연호	정호규의 세 번째 사건 담당자였는데 보험사기를 인지하고도 눈감아줬더군요. 돈 5천 땜에 그랬을 리 없을 테고, 아마 더 큰 보상이 있었겠죠. 이를테면 피해자 가족으로부터 거액의 사망보험금 일부를 받기로 했다거나.
지만	(경고하듯) 그만합시다. 경찰 부르기 전에,
연호	(휴대폰 꺼내 전화 거는) 경찰 제가 부르죠. 어차피 박현정 팀장이랑 송지만 씨 통장 거래 내역도 좀 확인해봐야 하고,
지만	(휴대폰 쥔 연호의 손 쳐서 휴대폰 떨구는)
연호	?!!! …지금 이 행동, 범행 인정하는 걸로 봐도 되겠습니까?

지만	(연호를 바라보는 지만의 눈빛이 어둡게 가라앉는다)
연호	(진심 궁금) 이해가 안 되는 게 하나 있는데, 10억이 넘는 사망보험금을 수령하고, 왜 또 김봉순 할머니를 살해한 거죠? 5천만 원 때문에 또 그런 위험을 감수할 필요가 있었나요?

지만, 잠시 손으로 얼굴을 비비고는, 연호를 바라보며 잠시 갈등하는 표정.
이내, 천천히 연호를 지나쳐 가서 반쯤 닫힌 철문을 힘껏 닫아 잠근다.

연호	?
지만	그건 내가 시킨 게 아니에요.
연호	??
지만	(돌아보며) 그건 호규가 지 멋대로 혼자 한 짓이라고.
연호	!!!

S#23. 도로, 소희 차 안 (밤)

질주하는 소희 차. 운전석에 소희, 옆자리 동기.
뒷자리에 현경, 타고 있다. 소희의 심각한 표정.

연호E	그리고 한 가지 더, 정호규 피해자 중에⋯

소희, 불길한 예감에 연호에게 전화 건다. 신호는 가는데 받지 않는다. 소희의 표정, 점점 심각해진다.

S#24. 자동차 래핑 업체 사무실 (밤)

바닥에 떨어져 있는 연호의 휴대폰 울린다. 지만, 옆에 세워둔 쇠 지렛대로 연호의 휴대폰 액정을 짓이기자, 진동 꺼진다.

연호　　…보험금 때문에 정호규를 시켜 어머니를 살해한 거 인정하십니까?

지만　　(신세 한탄하듯) 가게는 내야겠는데, 돈은 없고… 어떡합니까. 돈 나올 데가 거기밖에 없는데.

연호　　…

지만　　(피식) 우리 엄마가 농담처럼 그러셨거든. 나 죽으면 보험금 받아서 가게 차리라고.

연호　　그럼, 다른 할머니들은 왜 죽인 거죠?

지만　　처음부터 우리 엄마를 죽이면 나한테 의심이 쏠릴 거 아닙니까. 뭐, 일종의 물타기지.

연호　　(밑바닥에서 분노가 치밀어 오르지만 표정은 변함이 없다) 보험사기가 입증된 이상 지급된 보험금 환수 절차 들어갑니다.

지만　　(쇠 지렛대 쥐고 천천히 다가가며) 내가 엄마까지 죽여가며 어떻게 번 돈인데, 그 돈을 토해내라고?

지만, 들고 있던 쇠 지렛대를 다소곳이 내려놓고, 선반 위에 하얀 플라스틱 통을 집어 든다. 뚜껑을 열어 무색투명의 액체를 연호에게 뿌리는 지만.
연호, 팔을 들어 막자 액체가 연호의 오른팔을 적신다.
퀴퀴한 냄새가 연호의 코를 찌른다. '시너'다.

지만　　(시너 바닥에 뿌리며) 여기도 혹시 몰라 화재보험을 가입해놨거든.

다 합치면 한 2억 되려나?

연호   (천천히 뒷걸음질, 흘러내려간 액체가 연호의 발에 닿는다)

지만   보험조사관의 무례한 추궁에 피해자 유가족이 화가 났고, 몸싸움 도중 불이 옮겨붙었다. 이 정도면 집행유예감 아닌가? (허리춤에 찬 공구 주머니 뒤적이며) 가만, 라이터가… (꺼내며) 여깄네!

연호, 순간 지만을 향해 달려든다. 연호의 기습에 지만이 쓰러진다.
연호, 지만의 손에 든 라이터를 빼앗으려 손을 뻗지만, 지만이 완강히 버틴다.
연호의 손이 지만의 라이터에 닿으려는 순간,
지만, 공구 주머니에서 떨어진 기포 제거용 펜을 집어 연호의 손을 찌른다.

연호   으윽!

S#25. 자동차 래핑 업체 밖 (밤)

소희 차가 업체 앞 공터에 멈춰 서자, 소희가 쏜살같이 나와 철문으로 향한다. 문을 올려보지만 문이 열리지 않는다. 동기와 현경, 달려와 거들지만 역부족.

소희   동기는 여기 있고, 현경은 저쪽!

소희, 건물 뒤편으로 뛰어간다. 현경은 반대편으로 뛴다.

S#26. 자동차 래핑 업체 사무실 (밤)

지만, 바닥에 떨어진 라이터를 향해 기어간다. (바닥의 시너가 지만의 옷을 적신다) 연호가 지만의 다리를 붙잡는다. 지만, 연호를 발로 차 뿌리친다.

지만, 가쁜 숨을 몰아쉬며 일어나 라이터를 붙잡는다. 이제 다 끝났다는 듯 쓰러져 있는 연호를 향해 미소를 보내는 지만.

라이터 불을 당기는 순간, 자신의 팔에 불이 옮겨붙는다!

지만   (몸부림) 으아악~!!!

고통스럽게 미쳐 날뛰는 지만.
지만의 몸에 붙은 불을 타고 바닥에 옮겨붙은 불길.
연호, 몸을 굴려 젖은 시너 바닥에서 탈출한다.
지만 고통스럽게 몸부림치다 유리문을 깨고 마당으로 뛰쳐나간다.
각그랜저 시야로 보이는 불붙은 지만.
이때, 빠르게 달려오며 드리프트로 서는 각그랜저.
소희, 차 안 담요를 들고 지만을 향해 몸을 날린다.
지만을 담요로 덮어 뒹구는 소희.
동기와 현경, 구비된 소화기를 찾아 벽으로 옮겨붙기 직전 불길을 잡는다.
불은 꺼졌지만, 화상으로 고통스러워하는 지만.

소희   (달려가) 차연호 씨! 괜찮아요?
연호   (끄덕끄덕)
소희   (그제야 한시름 놓은 듯 바닥에 털썩)

연호, 신음을 내며 쓰러져 있는 지만을 본다. 이들 모습이 부감으로 보인다.

S#27. 자동차 래핑 업체 밖 (밤)

앰뷸런스 2대, 지구대 경찰차 2대 와 있고, 구급대원들 바쁘게 움직인다.
지만을 앰뷸런스에 싣는 구급대원들, 동승하는 동기와 현경. 차, 출발한다.
소희, 앰뷸런스 잠시 보다가 구급대원에게 응급처치 받고 있는 연호에게 다가간다.

구급대원   (손에 붕대 마무리) 다행히 심한 상처는 아니에요. 염증만 조심하면.

구급대원 자리를 뜨면, 소희, 다가선다. 연호 내려다보며 꾸짖는 시선.

소희   생각보다 무모하시네. 우리가 늦었으면 어쩔 뻔했어요?
연호   …
소희   다친 사람한테 이런 말 미안하긴 한데…
         같이 서에 좀 가시죠. 여기서 있었던 일 진술도 필요하고…
연호   이거면 충분할 것 같은데요. (소희 손에 뭔가 건네주는)
소희   (연호가 준 거 확인하고는) ??!
연호   진술서는 메일로 보내겠습니다. 그럼 또 뵙죠. (인사하고 뜨는)
소희   (멀어지는 연호 보며) 또 볼 일이 뭐가 있다고…

S#28. 병원 입원실 (낮)

얼굴과 곳곳에 붕대를 감고 누워 있는 지만.
채만과 소희, 병실로 들어온다. 문밖에 경찰, 지키고 있다.
지만, 눈만 돌려 채만과 소희 본다.
채만, 문병 온 손님처럼 다정히 다가가,

채만 너무 걱정 마요. 의사랑 얘기했는데, 생명에 지장은 없대.
지만 …
채만 얼마나 다행이에요. 보험금 때문에 자기 엄마까지 죽인 양반이 이렇게 허무하게 가면 안 되지.
지만 그 인간이 뭐라고 떠들었는지 모르지만 난 아니에요!
채만 그럼 불은 왜 냈어요?
지만 날 자꾸 보험금 때문에 어머닐 죽인 파렴치한으로 몰잖아요!
    그래서 흥분하다가… 실수였어요! 정말입니다!
채만 …

소희, 펜 모양의 소형 녹음기 재생 버튼을 누른다.

연호 (필터) …보험금 때문에 정호규를 시켜 어머니를 살해한 거…

    – 플래시백 (S#24 자동차 래핑 업체 사무실)
연호의 옷 어딘가에 반짝이는 소형 녹음기.

연호 인정하십니까?
지만 가게는 내야겠는데, 돈은 없고… 어떡합니까? 돈 나올 데가 거기밖에 없는데.

소희	(녹음기 끄고 채만에게) 그만 가시죠. 볼일 끝난 거 같은데.
채만	법정에서 봅시다. (멀쩡한 손 토닥이고 자리 뜨는)
소희	(뒤따라가려다 말고) 아, 이번 사고는 실비보험 적용이 안 된다네요. 피보험자가 고의로 낸 사고라.
지만	(눈만 껌벅) …
소희	(다가가) 얼른 나으세요. 병원 밥 그만 먹고 교도소 밥 드셔야지. (가는)
지만	(혼자 남아, 허탈하고 자조적인 웃음, 그러다 아픈 듯 고통스러운)

S#29. TCI 조사실 (낮)

정호규와 마주 앉은 소희. 정호규는 아무것도 모른 채 뻔뻔한 표정.

소희	정호규 씨, 아직도 자백할 생각 없어요?
호규	(내가 왜) 변호사가 그러던데. 영장 못 받으면 48시간 이상 못 잡아 둔다고.
소희	(끄덕끄덕) 그쵸… 근데, 어쩌죠? 영장 나왔는데.
호규	?? (설마)
소희	…송지만.
호규	?!! (지만이를 어떻게 알지? 당황의 눈빛)
소희	부양가족 없는 할머니들 사고로 위장해 형사합의지원금 타고, 친구 엄마까지 차로 쳐서 사망보험금 타고, 보험조사관들 매수해서 사건 은폐하고, 이거 뭐, 죄목이 한두 개라야 말이지,
호규	누가 그래요. 지만이가 그래요? 아니에요, 난 진짜, 실수로,
소희	(OL) 정호규씨! 당신 살인범이야. 흉기로 차를 이용한! 칼 대신 운전대를 잡은! 연쇄살인범!
호규	…

소희	세상에 함부로 죽여도 되는 목숨은 없어요. 그게 아무리 힘없고 의
	지할 곳 없는 노인들이라고 해도.
호규	(그제야 상황 인식, 절망적인 눈빛, 무너지듯 흐느끼는) 으으으으윽~~

S#30. KM 손해보험 사무실 (낮)

박현정 팀장, 동기와 현경에 의해 수갑 채워진 채 끌려 나간다.
밖에 도열하듯 서 있는 직원들, 그 틈에 연호가 있다. 손에 붕대를
맨 채.
현정, 끌려 나오다 연호와 눈이 마주친다. 연호, 정중히 인사한다.

현정	(피식) 차연호, 또 보자.

현정, 비열한 웃음 남기고 사라진다.
(동기, 현경과도 눈인사 나누는 연호)
연호, 현정의 뒷모습 지켜보다, 사무실 안으로 들어가면,
직원들, 저마다 연호를 보고 수군거린다.
연호, 직원들 시선을 뚫고 담담히 자리로 걸어간다.

S#31. TCI 사무실 (낮)

자리에 앉아 있는 팀원들. 잠시 후, 문이 벌컥 열리고 구경모 서장
들어오자, 일동, 일제히 일어선다. 구서장, 팀원들을 하나씩 살피듯
보더니 채만 책상 앞에 다가선다.

채만	(무슨 일이신지) ??
구서장	(들고 있던 채만 신분증을 책상에 휙 던지며) 이거 왜 안 찾아갑니까?
	채만아, (신분증 주섬주섬 챙기며 팀원들 눈치 살피는)
팀원	(뭐야, 신분증 맡겼었네~ 채만 뜨악하게 보는)
구서장	피의자 구속영장 떨어져서 다행인 줄 알아. 다음엔 감봉으로 안 끝
	나! 조심들 해!
일동	네!

구서장, 쌀쌀맞게 돌아서 나가면, 팀원들, 말없이 채만을 본다.
채만, 시선을 어디다 둬야 할지 난감하다.

동기	(채만 신분증 확인) 이거 재작년 거네! 이걸로 서장님 속이신 거예요?
채만	(쑥스러운) 잃어버린 줄 알았더니, 서랍 안에 있더라고.
소희	(어이없는 헛웃음)

S#32. 납골당 (낮)

유골함 앞에 놓인 여인(현수)의 사진.
유골함 유리문에 다가선 사내의 얼굴이 여인의 사진과 겹쳐진다.
차연호다. 연호, 한동안 여인의 사진을 바라보고 섰다.
이 모습을 멀찍이서 바라보고 있는 초로의 사내.

S#33. 납골당 밖 벤치 (낮)

연호, 경치 좋은 벤치에 앉아 햇살 받으며 가만히 눈 감고 있다.

그 옆에 조용히 다가와 앉는 남자,

납골당 안에서 연호를 바라보던 초로의 사내, 정섭(60대)이다.

연호, 인기척에 눈을 떠 정섭을 본다.

그리 놀라지 않는 표정.

정섭	(하늘 보며) 날 좋다!
연호	언제 오셨어요?
정섭	방금. (연호 보며) 바쁜 사람이 여긴 뭐 하러 와.
연호	…
정섭	벌써 햇수로 10년 됐네. 우리 현수 떠난 지.
연호	…
정섭	(연호 보며) 이제 그만 와. 자네도 할 만큼 했어.
연호	…저, 회사 그만두려고요.
정섭	(보는) ?
연호	다른 일을 해보고 싶어요.
정섭	뭐 생각해둔 일은 있고?
연호	(정섭 보며) 예전에 아버님 하셨던 일이요.
정섭	??
연호	(가만히 하늘 보는, 쪽빛 하늘이 곱다)

Dissolve

자막 '1년 후'.

S#34. 연호의 빌라 근처 (낮)

연호, 터벅터벅 걸어 나오는데, 주차구역에 어정쩡하게 대 놓은 차,

운전석에 중년 여인, 연호를 보고는 다짜고짜,

초보녀   저기… 죄송한데 혹시 주차 좀 해주실 수 있어요?
          제가 초보라 주차가 좀 힘들어서,

연호   (보면)

- 시간 경과
주차구획 밖에 비상 깜박이를 켠 채 어정쩡하게 정차된 초보녀의 차.
초보녀, 연호 손에 차 키 떠넘기듯 쥐여주고, 운전석으로 연호 등
을 떠민다.
얼결에 운전석에 탄 연호, 유리창 밖 보면 초보녀가 부탁한다는 미
소 짓는다.
연호, 오랜만에 앉아보는 운전석에 긴장한 표정.
초보녀, 연호가 시동도 안 걸고 가만히 있자.

초보녀   (유리창 똑똑) 왜 그러고 있어요? 주차 안 해요?

연호   (무표정하게 여인 보는)

-시간 경과
초보녀, 주차장에서 멀어지는 연호의 뒷모습 보며 궁시렁.

초보녀   운전 못 하면 못 한다고 할 것이지, 하기 싫다는 건 또 뭐야. (샐쭉)

S#35. 도로, 소희 차 안 (낮)

도로를 시원하게 달리는 소희의 차(각그랜저).

소희　　날씨 좋다… 아, 출근하기 싫어지네…

그때 소희 옆으로 지나가는 소형차. 뒤에 '아이가 타고 있어요' 스티커 있고.

S#36. 도로, 소형차 안 / 대형차 안 (낮)

대형차, 소형차 향해 클랙슨 울려대며 따라붙는다.
차창 열어 소형차 할아버지에게 욕설 퍼붓는 덩치들.
소형차, 이를 피하려 하지만 대형차가 이리저리 끈질기게 따라붙는다.
그 험악한 기세에 노래 부르던 손녀도 겁에 질려 울음 터뜨리는데.
할아버지, 운전하랴, 손녀 달래랴 어쩔 줄 모르고.
이 상황을 지켜보던 소희, 어딘가에 무전하고, 그때 소희 차가 쌩하고 달려와 소형차와 대형차 사이로 끼어든다.
소희, 왼쪽 소형차 아이 향해서는 웃으며 손 흔들어주고
오른쪽 대형차 덩치들 향해서는 손가락 욕 시전하며 상반된 온도차 보이고.
이에 흥분한 덩치들 소희 향해 소리 지른다.
소희, 덩치들 차선으로 앞질러 한 차선 안에 드리프트 해서 후진으로 덩치들 차와 마주 달린다. 소희 여유 있게 경광등 차에 올리고 자신의 신분증을 덩치들에게 내보인다. 어느새 옆 차선에 따라붙은 경찰 순찰차.
소희의 각그랜저 제이턴으로 방향 바꿔 도로를 질주한다. 부감으로 소희 각그랜저 걸고 경찰 순찰차와 덩치들 차 갓길에 주차한다.

S#37. 도로, 누군가의 차 안 (낮)

조수석의 아이가 게임하다 말고 덩치1, 2, 3을 차례로 제압하는 소희를 본다. 한편의 무술 쇼를 보는 것 같다. "우와!"
그 차에다 대고 쓰러진 덩치1이 소리치는.

덩치1   경찰에 신고 좀 해주세요!

그러다 소희에게 질질 끌려가는 덩치1.

S#38. 도로, 소희 차 안 (낮)

전속력으로 달리는 소희의 차.

소희   지각만 해봐? 내가 니들 가만두나!

뒤에 탄 수갑 찬 덩치들, 생명의 위협을 느끼며 안전벨트를 매려 하는데… 흔들리는 차 안에서 수갑 찬 손으로 안전벨트가 제대로 매어지지 않고.

S#39. TCI 주차장 (낮)

평행 주차 자리에 드리프트 해서 한 번에 주차하는 소희.

S#40. TCI 사무실 (낮)

맑은 하늘에서 빠지면, TCI 창가. 화분에 물 주고 있는 채만.

동기　　　(OFF) 2009년형 그랜저 뉴럭셔리.

채만, 힐끔 돌아보면, 동기가 사이드미러만 보고 차종 맞히기 대결 중. 현경이 사이드미러가 가득 찬 캐비닛에서 무작위로 꺼내 보인다.

동기　　　(사이드미러 보고 술술) 2003년형 아반떼XD.
현경　　　정답! 다음!
동기　　　(사이드미러 요리조리) BMW 5시리즌데…
현경　　　정확한 모델명, 몇 세대까지 맞혀야 정답으로 인정!
동기　　　(얼른) 삐! 정답! M5, 5세대, 2011년 출시, V10, 507마력!
현경　　　딩동댕~! 어떻게 마력까지 다 외워요?
동기　　　외우는 게 아니라 딱 보면 아는 거지.
현경　　　어머 어떡해, 더 재수 없어.

그때 덩치들을 데리고 사무실로 들어서는 소희.

소희　　　애들아, 손님 왔다.
동기　　　헐…
현경　　　좀 있으면 점심시간인데…
소희　　　점심부터 먹고 와서 조서 쓰면 되지!
　　　　　몸 썼더니 배고프다. (채만에게) 가시죠. 식사하러.
채만　　　먼저들 가 있어. 난 서장실에 잠깐 들렀다 갈게.

S#41. 24시 돼지 불백집 앞 (낮)

소희, 동기, 현경, 걸어오는데, 마침 식당 안에서 배달통 들고 나오는 진영(봉순 할매 손자).

소희	(반갑게) 진영아!
진영	(스쿠터에 오르려다 말고 꾸벅)
소희	(다가와) 일은 할 만해?
진영	네. 사장님이 잘 챙겨주세요.
소희	(가게 안 보며) 여기 이모 내가 꽉 잡고 있으니까, 문제 있으면 나한테 얘기하고.
진영	…네.

소희, 진영 어깨 토닥. 진영, 헬멧 쓰고 출발.

동기	(멀어지는 진영 보며) 맞죠? 그 김봉순 할머니 손자.
소희	응.
현경	대학은 어떻게 됐어요?
소희	(아쉽지만 절레절레) 그 일 당하고 공부가 되겠니.

S#42. 24시 돼지 불백집 (낮)

점심 손님으로 분주한 식당. 소희, 동기, 현경 들어온다.

소희	이모, 저희 왔어요~
이모	(반갑) 어서 와. 팀장님은?

소희	올 거예요. 우리 진영이 잘하죠?
이모	애가 착실해. 말 안 해도 지가 알아서 척척.
소희	(뿌듯) 누가 소개시켜줬는데. 이모, 5인분 같은 4인분~
이모	(피식) 그쪽으로 앉어.

소희, 자리 잡으려는데 저만치 구석 자리에서 혼자 식사하는 남자, 차연호다.

소희	응? 저 인간이 왜?

보면, 돼지불백 비곗살 부분을 꼼꼼히 떼어내고 있다.

소희	허,

소희, 연호 앞자리에 가 앉는다. 연호, 쌈 입에 넣다 말고 소희 본다. 동기와 현경, 소희 뒤에 다가와 가볍게 목례.

소희	비곗살은 콜레스테롤 때문에?
연호	(쌈 오물오물 씹어 삼키고는) 아뇨. 식감 때문에.
소희	(뭐야) 오랜만이네요.
연호	감봉 소식은 들었습니다.
소희	(불편) 그건 또 어떻게 아시고. 그럼 그쪽은? (비꼬듯) 뭐 회사에서 승진이라도 하셨나?
연호	그만뒀습니다. 내부고발자로 낙인이 찍혀서.
소희	(이런 대답을 기대한 건 아니었는데) 뭐, 피차 좋을 게 없네요. 근데, 여긴 어쩐 일이에요?
연호	(조신하게 쌈 만들며) 누굴 만나기로 했습니다.

소희	(두리번) 여기서? 누굴?
채만	*(OFF)* 벌써 와 있었네.
소희	(보면 채만이 식당에 들어선다. 뭐지?)
채만	(연호 보고) 식사 시작했어? 기다렸다 같이 먹지.
연호	괜찮습니다. 혼자 먹는 게 익숙해서.
소희	??
채만	인사해. 우리 팀에 새로 온 차연호 경위.
현경/동기	우리 팀? / 경위??
소희	(도무지 뭐가 뭔지)

S#43. TCI 사무실 (낮)

연호, 맨 구석 책상에 짐 풀고 있다.
동기 자리에선 동기와 현경이 연호의 서류를 훑어보고 있다.

동기	(서류 보며) 차연호 경위. 간부 특채. 카이스트 수학과 졸업.
	(놀란, 현경 보며) 카이스트?
현경	보험조사분석사, 도로교통사고분석사, 사고감정사, 교통기술사 자격증에 미국 화재 폭발 조사관(CFEI) 자격증까지⋯ (감탄, 연호 보는)
동기	도대체 여기 왜 오신 거예요? 카이스트 나오신 분이?
연호	(짐 정리하며 덤덤) 카이스트 별거 없어요. 내 동기들 졸업하고 학원 강사, 리서치 회사, 게임 회사⋯ 다 그냥 취직했어요.
현경	보험조사관은 왜?
연호	연봉이 세서요⋯ 혼자 있을 시간도 많고.
동기	근데, 왜 연봉 센 보험조사관 그만두고 형사를?
연호	(갸웃) 글쎄요. (시선이 자연스럽게 입구 유리창 너머 채만과 얘기 중인 소

희로 향한다)

S#44. TCI 사무실 밖 (낮)

소희와 채만이 얘기 중이다.

소희   어떻게 된 거예요? 저한테 말 한마디 없이.

채만   인원 보충 필요하잖아. 우리 팀에 꼭 필요한 친구야.
        내가 구상한 빅 픽처의 마지막 퍼즐!

소희   저한테도 그랬잖아요. 내가 마지막 퍼즐이라고.

채만   (머쓱) 그랬나? 암튼, 민반장한테도 좋은 파트너가 될 거야.

소희   아니, 우리가 인력이 부족한 건 맞는데, 즉시전력감이 필요한 거지.
        어디서 저런 초짜를,

채만   보험조사관 오래했으니까 초짜라곤 말할 수 없지. 수사 능력은 정
        호규 사건 때 검증이 됐고.

소희   암튼 저 인간, 조직이랑 안 맞아요. 아까도 봐요. 혼자 밥 먹는 거.

채만   (미소) 민반장, 니가 잘 키워봐. 잘 다듬으면 꽤 쓸 만할 거야. (가는)

소희   다듬을 걸 다듬어야죠, 팀장님!! (한숨)

S#45. 강희삼거리 (밤)

깊은 밤. 뿌연 안개가 자욱한 강희삼거리. 삼거리가 내려다보이는
조금 높은 장소. 누군가의 시점 샷 (왜곡된)
방금 지하차도를 빠져나온 승용차 한 대가 삼거리 커브 길에 들어
서는 순간, 미끄러지듯 차가 빙그르르 돌더니 갓길 가로수에 쿵! 부

덮히고 멈춰 선다.

이 광경을 지켜보던 시선, 오싹하고 서늘한 웃음을 토해낸다.

F. O

S#46. TCI 사무실 (아침)

무지 화면 위로, 요란한 전화벨 소리.

화면 밝으면, 내선 전화기를 잡는 손, 소희다.

소희   네, 교통범죄수사, (사이, 놀란) 네? 알았어요. 바로 출동할게요!
(전화 끊고 호들갑) 야, 사고! 사고!! (뛰쳐나가는)

채/동/현   (무슨 일인가 보는) ?

S#47. 남강경찰서 구서장 주차장 (아침)

승용차(검정 세단) 후면에 긁힌 자국. 그 앞에는 자전거가 세워져 있고.

소희, 달려와보면, 서장 차 전용 캐노피 주차장 근처에서 접촉사고
를 일으킨 장본인은 다름 아닌 구서장과 연호.

구경꾼 사이에 교통과장 염보연, 서장 옆엔 수사과장 고재덕 있다.

동기, 캠코더로 상황을 촬영하며

동기   (염과장에게) 어떻게 된 거예요?

염과장   (작게) 서장님이 후진하다가 직진 자전거랑 (손으로 충돌)

동기   (서장 과실이구나) 아…

현경	(뒤늦게 달려 나와) 무슨 일이에요? (보고) 헉, 서장님 차!
구서장	(기스 난 접촉 부위 보며 속 쓰린) 아, (일어나 연호 보는) 가만, 자네,
연호	(차분) 얼마 전에 인사드렸죠. 교통범죄수사팀에 새로 온 차연호,
구서장	(OL, 생각났다) 그래, 그 카이스트 나왔다는, (나무라듯) 차 나오는 거 못 봤어? 정신을 얻다 두고 있었길래 차 나오는 것도 모르고,
연호	(빤히 보는)
구서장	(두리번, 염과장 발견) 염과장! (손짓)
염과장	(하필 나야, 인상) 네! (달려가는)
구서장	이거 누구 과실이야? 내가 뒤에서 받힌 거 맞지?
염과장	(난처한) 그게,

염과장 얼굴 스틸 걸리고, 그 옆으로 염과장 프로필 파바박! 박힌다.
'교통과장 염보연. 교통과 경력 18년'

염과장	(에둘러) 딱 떨어지는 도표는 없지만, 도로교통법상 주차구역에서…
고과장	(뒤에서) 여기가 도로도 아닌데 무슨 도로교통법입니까?
현경	도로는 아니지만, 주차장 내 사고도 거기에 적용돼요.
염과장	(아직 설명) 통행로에서 진행 중인 차량이 있는지 없는지 잘 살펴야,
소과장	차량이 아니라 자전건데?
현경	(작게 한숨) 자전거도 도로교통법으로는 차로 분류되거든요?
소과장	(무안한 표정으로 괜히 현경 흘기는)
구서장	(귀찮은) 됐고. 그니까, 몇 대 몇?!
염과장	뭐 여러 가지 요인을 따져봐야겠지만 통상적으로 7 대 3…
구서장	7 대 3? 내가 3?
염과장	(죄송) 서장님이 7…
구서장	(발끈) 무슨, 말이 되는 소릴 해야… (두리번)

소희를 비롯해 지켜보던 교통과 직원들, 시선 피한다.

동기, 안 걸리려고 소희 슬쩍 민다. 소희, 엉겁결에 한 발 앞으로 나온다.

구서장	(민소희 발견) 어 거기, 민소희! (오라고 손짓)
소희	네… 네!

소희, 동기에게 눈 부라리는데 스틸 걸린다. 그 밑으로 자막.

'교통범죄수사팀 반장 민소희. 교통조사계 출신. 교통과 경력 11년'

소희	(달려와 서면)
구서장	(단도직입) 넌 몇 대 몇?
소희	(난처한)
구서장	빨리 말해! 너도 7 대 3?
소희	(송구) 서장님 차가 주차구역에서 후진 중에 일어난 사고라 이런 경우엔 후진 차량에게 과실이 조금 더 가산되거든요.
	또 '교통 강자의 위험부담 원칙'(교통사고 과실 비율 산정 원칙 중 하나)에 의해서…
구서장	(이건 더하네) 그래서?
소희	(죄송하지만) 서장님이 쩜오 더…
구서장	쩜오 더? 그럼, 내가 칠쩜오? (윽박지르듯) 칠쩜오?!
연호	(OFF) 팔쩜오요.
구서장/소희	(동시에 휙 돌아보면)
연호	주차구획으로 진입하시면서 비상점멸등 안 켜셨던데요.
	이런 경우 가산 10프로, (소희 보며) 맞죠?
소희	(대답 못 하고 염과장과 딴청)
구서장	(눈 부라리며 다시 말해봐) 그래서, 내 과실이 '팔쩜오'다?!

연호	(차분) 과실 비율에 불만이 있으시면 일단 보험사에 연락하시죠.
	(보험사에 전화) 여기 남강경찰선데요, 접촉사고가 나서…
구서장	(연호 보며 뭐 저런 새끼가 있어, 표정)
고과장	(금테 안경 올려 쓰며 연호 빤히 보는)

S#48. TCI 사무실 (낮)

채만, 소희, 동기, 현경이 테이블 주변에 흩어져 얘기 중이다.

채만	그래서, 보험사 직원은 뭐래?
소희	8.5 대 1.5. 차연호 얘기대로 됐어요.
동기	것도 보험사 직원이 설득당했다니까요. 첨엔 7 대 3이라더니
	차경위 얘기 듣고는 8.5 대 1.5가 맞다고.
소희	차연호 씨 말이 틀린 말은 아닌데, 서장님 면전에다 대고 꼭 그렇
	게 또박또박 반박을 해야겠냐고. (걱정) 우리 팀, 가뜩이나 서장님
	테 미운털 박혔는데, 앞으로 차연호 씨 지분이 상당하겠어.
채만	(재밌다는 듯 피식) 미운털도 빠지면 춥다. 관리 잘해라.
소희	(그런 채만에게 눈 흘기는)
현경	근데, 차경위님 뭐라 불러야 돼요?
	계급으로 치면 반장이나 주임인데.
동기	반장님 계시니까 주임이 맞지 않을까? (소희와 채만 보는)
채만/소희	(끄덕끄덕) / (끄덕) 뭐, 주임. 차주임. (연호 파티션 향해) 괜찮죠?

연호의 대답이 돌아오지 않는 고요한 사무실.
소희, "저기요, 차연호 씨?" 연호 자리로 다가가면,
텅 비어 있는 자리.

소희   (황당) 뭐야? 어디 갔어? 여태 우리끼리 얘기하고 있던 거니?

S#49. 남강경찰서 구서장 주차장 (낮)

연호, 서장의 주차구역 앞에서 캐노피 이리저리 살핀다.
파란 천막으로 덮인 서장 전용 주차구역. 관용차와 사재차 두 대를
주차할 수 있는 꽤나 넓은 주차 공간. 사고 난 사재차 자리는 비어
있다.
이때, 민원인 차로 보이는 승용차 한 대 캐노피 앞에서 우물쭈물,
캐노피 안에 차를 대려고 하자 의경 달려온다.

의경   여기 차 대시면 안 됩니다!
운전자남   (두리번) 댈 데가 없어서 그러는데. 잠깐만 대면 안 돼요?
의경   (단호) 안 됩니다. 차 빼세요.
운전자남   (난감, 할 수 없이 차 빼는)

연호 보면, 운전자석 앞에 '장애인 자동차 표지' 붙어 있다.
이를 바라보는 연호의 시선.

S#50. 관내 도로 (밤)

고깔로 막아둔 편도 2차선 도로. 교통안전계 소속 경찰들이 음주
단속 중이다. TCI 팀원들도 야광조끼에 경광봉 들고 지원 나왔다.

동기   (경광봉으로 단속구간 앞쪽에서 기운 없이 수신호 하며) 낮에는 수사,

밤에는 단속. 내 몸은 IBM.

소희   IBM?

동기   이미 버린 몸. 우리 팀이 언제부터 음주단속까지 나오게 됐습니까?

현경   서장님의 보복성 조치라고 생각이 드는 건 기분 탓이겠죠.

소희   보복은 무슨, 교통과 일이 다 우리 일이지. 음주운전 집중단속 기
간이니까, 우리도 교통과 일원으로서 힘을 보태야지. 기운들 내! …
라고 말하는 나도 참 기운 안 난다.

음주남   *(OFF)* 그게 무슨 소리야!!

소희, 동기, 현경, 소리에 돌아보면 단속 걸린 음주운전자와 얘기
중인 연호.

음주남   내가 왜 면허정지야? 0.03이라며?

연호   (차분) 0.03% 이상부터 단속 대상입니다. 여기서 이상이라 함은
0.03을 포함한다는 의미이고요.

음주남   (연호 보며 띠꺼운) 누가 그걸 몰라? 당신이 뭔데 날 가리켜!!

연호   (차분) 가리켜가 아니라, 가르쳐,

소희   (연호 밀쳐내며, *OL*) 비켜봐요. 뭘 그걸 일일이 받아주고 있어.
(음주남 끌어내며) 선생님 나오세요. 술 먹고 운전했으면 반성할 줄
알아야지, 뭘 잘했다고 경찰한테 소리를 질러요.

음주남   (나오면서 비틀) 아니 아가씨, 내 얘기 좀 들어봐,

소희   아가씨라니!

유연하게 음주남을 다루는 소희, 한편, 뒤편 경찰차 앞에 가 있던
연호.
순간, 요란한 사이렌 소리를 내며 경주하듯 내달리는 서너 대의 레
커차들.

연호와 TCI의 시선이 일제히 레커차를 쫓는다.

잠시 후, 무전으로 긴박한 목소리 들린다.

무전   순 스물둘, 순 스물둘, 강희삼거리 근처 차량사고.

               근처 순찰차량 출동 바람…

연호   (무전 듣고 있다 무전기 들고) 순 스물셋 스물셋 상황 접수. 종발.

소희   (연호를 돌아본다. 저런 건 어떻게 알았대?)

S#51. 강희삼거리, 사고 현장 (밤)

새로 들어선 소규모 아파트 단지 주변으로 난 삼거리.

우측으로 휜 편도 3차로 곡선 구간. TCI 태운 관용차와 뒤따라온 경찰차 멈춰 서면, 인도 가로수를 들이받고 멈춰 선 승용차.

사고 난 차량 주위에 레커차 서너 대 어지럽게 멈춰 서 있고, 레커차 기사들끼리 실랑이 벌이는 광경.

동기   많이도 왔다.

현경   빨리도 왔고요.

소희   (레커차 기사들에게 다가서며) 거기 뭡니까! 무슨 문제 있어요?!

모여 있던 기사들, 소희 일행과 경찰들 다가오자, 순식간에 흩어진다.

소희, 레커차들 사라지자, 사고 난 차량으로 다가간다.

운전석엔 만취 상태로 고개 떨구고 잠들어 있는 운전자.

소희   (차 문 똑똑) 선생님, 눈 좀 떠보세요. 선생님!

음주남   (양복, 40대, 취한 눈으로 소희 보는, 두리번) 여기가 어디야.

소희	(일깨우듯) 선생님, 사고 나셨어요. 가로수 들이받고. 일단 나오세요.
음주남	(경찰 부축받으며 나오는, 그러다 생각난) 귀신!
소희	예?
음주남	(뒤쪽 휙 가리키며) 귀신! 저쪽에! 흰 소복 입고!
소희	이분, 술 많이 드셨네.
음주남	(두서없는) 저쪽에 있었다니까! 핸들도 갑자기 막 돌아가고,
소희	(말 안 통하네. 데려가라는 고갯짓, 설명) 가서 음주 측정 받으시고, 원하시면 채혈 측정도 가능합니다. 경찰 안내 받으세요.
음주남	(끌려가며) 진짜라니까, 귀신, 허연 소복 입고, (넘어지는) 아얏! 쓰으~
소희	(쯧쯧, 한심하게 보는)
현경	측정해보나 마나 면허 취소 각이네요.
동기	신기하지? 개는 사람이 될 수 없는데, 사람은 개가 될 수 있다는 게.
소희	(뭔가 보고) 저 사람 저기서 뭐 하니?

시선 따라가면, 연호, 가로등 밑에서 도로변 나무 울타리 만지작거리고 있다.
연호, 바싹 타들어간 잎사귀 하나 떼어본다. 둘러보면 주변 가로수 잎도 보기 흉하게 타들어갔다. (영화 〈곡성〉의 '금어초'처럼 불길한 느낌)
연호, 아스팔트 도로 보면 물기에 젖어있는 바닥. 쪼그리고 앉아 바닥 물기 손으로 스윽 닦아 냄새도 맡아 본다.

S#52. 남강경찰서 본관 전경 (아침)

이미 만차된 본관 앞 지상 주차장 부감. 이어지는 본관 전경.

S#53. 남강경찰서 서장실 (아침)

구서장과 고재덕 과장이 심각한 얼굴로 앉아 있다.

구서장   그 정보 확실한 거야?

고과장   제 사시 후배가 본청 인재 선발계에 있습니다. 그 친구 얘기론 본청 차규민 수사국장 아들이 이번 경채 시험에 합격했는데, 이름이 '차연호'랍니다.

구서장   차규민 국장이면, 차기 서울청장 후보군인데… (괴로운 듯 손으로 얼굴 비비며) 하필 그 자식이 차국장 아들이라,

고과장   악연도 인연이라는데, 어쩌면 이것도 인연 아니겠습니까?

구서장   ? (보는)

고과장   이참에 자리 한번 만드시죠. 아, 혼자만 따로 보면 눈에 띌 테니까, 팀원들도 함께 불러서,

구서장   정팀장도? 껄끄러운데,

고과장   칭찬하고 달래주십쇼. 나 너희 미워하지 않는다. 오히려 아낀다. 아드님 음주운전, 이번 접촉사고도 정도에 맞게 잘 처리했다.

구서장   그 말을 내 입으로 하라고?

고과장   멀리 보셔야죠. 차연호, 아직 초짜라 곧이곧대로, 원리원칙 중요시하는 거 같은데, 괜히 책잡히면 안 좋은 말 흘러 들어갈 수도 있고.

구서장   (고민하는 표정)

소희   *(OFF)* 서장님 주차구역을 없애자고요?!

S#54. TCI 사무실 (아침)

연호 책상 주위에 흩어져 있는 팀원들. 채만은 창가 화분 물 주고

있다.

연호 네. 지상 주차구역은 민원인 전용으로 만들고, 서장님을 포함한 직
원들은 지하 주차장을 이용하는 게 어떨까 싶어서요.
본관 지상 주차구역에 주차 가능한 차량수가 열여덟 댄데, 그중 서
장님 전용 주차 공간이 세 대 분량의 공간을 점유하고 있습니다.
다른 간부들 주차 공간까지 합치면 반 이상이고요. 거기에 관용버
스까지 더하면 사실상 민원인들을 위한 주차 공간은 턱없이 부족
합니다.

동기/현경 ⋯

소희 뭐 뜻은 알겠는데, 그걸 왜 우리가. 민원인들 불편 사항은 청문감
사실에서 따로,

연호 (OL, 책상 위 프린트 건네며) 알아봤더니, 이미 여덟 건 주차장 사용
불만에 대한 민원이 있었는데, 번번이 묵살됐더군요.

소희 (프린트 보고는 할 말 잃은, 도움 청하듯 채만 보는)

채만 좋은 생각인 거 같은데? 직협에서 한번 얘기 꺼내보지.

연호 (직협?)

동기 (알려주는) 직장협의회라고 일종의 경찰 노조 같은 건데, 한 달에 한
번 소강당에서 모여요.

연호 (끄덕끄덕) 그럼 그때 얘기해보죠. (자리로 돌아가는)

현경 (속삭이듯 소희에게) 서장님 전용 주차구역을 없애자. 이거 완전 고양
이 목에 방울 달긴데요.

소희 (파티션 아래로 사라진 연호 보며 무거운 한숨)

S#55. 고깃집 (밤)

종업원 안내로 예약석에 자리 잡는 TCI 팀원. 연호는 맨 마지막에 들어와 끝에 자리 잡는다.

소희   서장님이 무슨 일이에요? 우리한테 고길 다 산다고.

채만   새 식구도 들어왔고, 격려 차원이라는데, 속내야 모르지.

소희   서장님 부임한 이래 2년이 다 돼가도록 격려받은 기억이 없어서, 참 당혹스럽네.

현경   소고기로 격려를 바라는 건 제 과욕이겠죠?

동기   (경고) 격려가 경질로 바뀔 수 있다.

구서장, 사복 차림으로 걸어 들어온다. TCI, 구서장 보고 일제히 일어난다.

구서장   앉아 앉아. 뭘 일어나. 부담스럽게.

일동   (그래도 서서 대기)

구서장   가만, 내가 어디 앉을까. (연호 옆자리에 앉는) 여기 앉지.

소희   안쪽으로 들어오시죠.

구서장   (손사래) 뭘 그런 걸 따져. 그런 거 다 권위주의야. 앉아, 앉아.

일동   (앉는다. 부담스러운 침묵)

구서장   그동안 TCI 팀이랑 자리 한번 만든다 한 게, 많이 늦어졌네. 많이들 서운했지. 오늘 술 한잔하면서 그동안 마음에 뒀던 얘기도 좀 털어놓고 그러자고. (소주 들어) 자자, 일단 잔들 채우고.

동기   (제 잔에 물 채우는)

구서장   (연호 보며) 차연호 맞지?

연호   네.

구서장	(미소) 우리 인연이 깊네. 일단 잔부터 받지. (따라주려는데)
연호	(소주잔 손으로 막는) 저 술 못 마십니다. 알코올 분해효소가 없어서. 그냥 물 마시겠습니다.
팀원	(일동 연호 보는)
구서장	(순간 어이없는 표정) 그래? 그래 뭐. 못 마시면 마시지 말아야지. 요즘 경찰들 그런 거 강요 안 해. (소희에게) 민소희는 술 잘하지?
소희	넵. (얼른 깍듯이 잔 내미는)

- 시간 경과

불판에선 껍데기 지글지글, 소주병 쌓여 있고, 분위기가 무르익었다.

구서장	자자 건배,
TCI	(일제히 잔 드는 / 연호와 동기는 물잔)
구서장	(건배하려다 말고) …말이 나온 김에 우리 아들놈 말이야. 음주운전.
팀원	(다들 긴장)
구서장	정팀장님! 잘 처리하셨어! 내 아들이지만 그놈 정신 좀 차려야 돼! 서장 아들이라고 봐주는 거 없이, 원칙대로, 절차대로, 아주 잘했어! 자 건배! (원샷!)
팀원	(건배하며 부담스러운 원샷)
구서장	(직접 고기 뒤집는) 우리 차경위랑 접촉사고 난 것도 말야. 내가 한 수 배웠어. 상황 장소 따지지 않고 당당하게 할 말 하는 그 패기! (껍데기 한 점 놔주며) 이런 건 우리가 젊은 친구들한테 배워야 돼!
연호	(뭔가 얘기 꺼내려는) 서장님, 그…
소희	(얼른 막아서는) 서장님! 제 잔 한잔 받으시죠!
구서장	어, 그래! (잔 들며) 한잔 따라봐.
연호	(소희 힐끔 보는)

S#56. 고깃집 주차장 (밤)

'잘 먹었습니다!' 서장과 TCI 팀원들 나오면, 비 내린 후, 바닥이 젖어 있다.

대리기사	서초동 대리 부르신 분…
구서장	어, 여기 (차 키 넘기고, 옆에 차연호 어깨동무) 차연호, 열심히 해. 내가 지켜보겠어. 기대가 커!
연호	(대답 없이 짧은 목례)

대리기사, 차 빼면, 구서장 차에 오른다.
일동, 인사. 차 빠져나가면, 그제야 긴장 풀어지는 듯 자세 푸는,

소희	저 양반 속내를 모르겠네. 갑자기 왜 저러시는 거야?
채만	우리도 이만 가지.
동기	회사 근처로 가실 분은 제 차 타세요!
채만	동기, 술 안 마셨어?
동기	헤헤, 한약 먹는 게 있어서. (소희에게) 반장님 타세요! 그쪽 방향이잖아요.
소희	그래!
연호	저도 부탁드리겠습니다.
소희	(연호 힐끔, 껄끄러운) 집 그쪽 아니잖아요?
연호	자전거 가지러요. 드릴 말씀도 있고.
소희	(무슨 얘길 하려고)

S#57. 도로, 차 안 (밤)

동기의 차가 밤길을 질주한다.
말없이 운전하는 동기, 조수석에 소희, 뒤엔 연호가 타고 있고.

소희   (동기에게) 근데 웬 한약? 너 어디 아파?

동기   아, 살 빼는 약이요.

소희   어머, 네가 뺄 살이 어딨니? 다 근육이지.

동기   조금만 뺄라고요. 반장님처럼 날렵해지게.

소희   어우, 야… 날렵은 무슨.

연호   (그런 둘에 시선. 서로 띄워주는 이 분위긴 뭐냐?)

소희   (연호에게) 근데, 나한테 하려던 얘긴 뭐예요?

연호   아까 왜 제 얘기 막으셨습니까?

소희   (아 그거) 오늘만 날이 아니잖아요.
            주차 문제는 나중에 직원협의회 때 직원들끼리 논의를 거쳐 의견을 모으는 게 모양새도 좋을 거 같고.

연호   뭔가 오해하신 거 같은데.

소희   ??

연호   제가 아까 하려고 했던 얘긴 그게 아니라, 제가 껍데기를 못 먹는다고…

소희   (허무한) 아, 껍데기… (내가 오버했구나)

지하차도를 통과하고 삼거리 커브 길에 들어서는 동기의 차.
순간 조수석 유리창 쪽으로 휙 스쳐 지나가는 흰 소복의 무언가!

동기/소희   으악!! / !!! 헉!!

연호   (찰나지만 스쳐 지나가는 흰 소복의 정체를 느낀) ?!!

순간, 동기의 핸들 조작도 없는데, 차가 제멋대로 빙그르르 돈다!

소희   (동기 쪽으로 몸 쏠리며) 으아~!!!

갓길 가로수를 들이받고 멈춰선 동기의 차.

동기   (숨 고르고 소희에게) 괜찮으세요?
소희   (끄덕끄덕) 방금 뭐였어? 그 허연 거…
동기   (자신도 모르겠는)

연호, 얼른 차 밖으로 나와 뒤를 살핀다. 흰 소복은 보이지 않는다.
연호, 얼핏 머리 위로 표지판 보는데, '강희삼거리'.

연호   ??
연호, 주변 살펴보면 어제 음주운전 사고 났던 바로 그 자리에 동
기의 차가 멈춰 서 있다. 소희와 동기도 차 밖으로 나온다.

소희   (주위 두리번) 여긴…
연호   맞아요. 어제 그 자리예요. 음주운전자가 귀신을 봤다던,
소희   ?!!!

강희삼거리, 연호와 소희와 동기가 선 사고 지점에서 부감으로 빠
지며,

S#58. 에필로그 : 납골당 밖 벤치 (낮)

채만, 멀찍이 서서 벤치에서 이야기하는 연호와 정섭 보고 있다.
(S#33 연결)

이윽고 연호가 일어나 정섭에게 인사하고 자리 뜨면… 그제야 정섭에게 다가가는 채만.

채만   안 미워요? 차연호…

정섭   저 애도 피해자야…

채만   속도 좋으시네.

정섭   (속이 좋은 게 아니라) 나도 이렇게 생각하기까진 오래 걸렸지. (그나저나) 저 친구, TCI에 관심이 있던데?

채만   (?!) 관심이라뇨? 경찰이 되겠다고요?

정섭   (그런가 봐, 끄덕끄덕)

채만   나더러 어쩌라고요? 뽑으라고요?

정섭   그건 자네가 알아서 할 일이지. 색안경만 끼지 말고 봐.

채만   (난감한) 근데, 갑자기 왜 경찰이랍니까?

정섭   꼭 해야 할 일이 있다던데?

채만   ? (연호가 간 방향 보는)

2부 끝

3부

«««««« 3 부 »»»»»»

S#1. 강희삼거리 (밤 / 2부 엔딩 연결)

가로수를 받고 멈춰 선 동기의 차.
연호와 소희, 그리고 동기가 서 있다.

소희   (상황 이해 안 된다) 이게 어떻게 된 거야? 왜 어제랑 똑같은 곳에서,
        (돌아보며) 아까 그건,

동기   그러게요. 이게 도대체,

연호, 삼거리 커브 길을 거슬러 올라간다. 뭔가 흔적을 찾듯 두리번
거리며, 연호 스치듯 요란한 사이렌 소리 내며 레커차 3대 경주하
듯 달려온다.
제일 처음 도착한 '007' 레커차가 사고 차량에 후진한다.
소희, 운전석에 다가선다. 레커차 기사(최범구, 32세), 민소매 티 차림,
토시로 가린 팔뚝엔 요란한 문신 삐져나와 있다.

동기   차 빼세요. 보험사 부를 거니까.

범구   위험하니까 안전구역으로 차만 빼드릴게. 그냥 가만 계시면,

소희   (경찰 신분증 내미는)

범구   (경찰이잖아) 에이 씨, 똥 밟았네. (차 빼는)

소희   (어이없다) 똥?

주변에 007 레커차들, 소희 신분증 보고는 인상 구기며 하나둘씩

흩어진다.

동기   (어딘가 전화하는) 보험사죠? 네 여기 사고가 났는데요.

소희   (두리번) 이 인간은 어디 간 거야?

지하차도 앞까지 다다른 연호. 허연 소복이 서 있던 경사로 위치에
서서 주변 살핀다. (2부 S#45 강희삼거리에서 '시선'이 내려다봤던 그 위치)
'아까 여기 서 있던 건 뭐지?'

S#2. TCI 사무실 (낮)

화면 가득, 동기의 블랙박스 영상. 지하차도를 지나 삼거리 커브 길
을 도는데, 순간 스치는 허연 소복 차림의 무언가, 스틸!
화면 빠지면, 소희의 책상 주변에 모여 있는 팀원들.

현경   (눈 커다래져 보는) 뭐예요, 저게?

동기   (괜히 봤다, 눈 비비며) 아으, 나 이런 거 보면 밤에 잠 못 자는데.

소희   더 황당한 건, 사고 지점이 전날 음주운전자 사고 지점이랑 똑같아.

현경   그 사람도 하얀 소복 입은 귀신 봤다고 했잖아요.

소희   그니까.

동기   핸들이 제멋대로 흔들렸어요. 진짜 귀신 아닐까요?

현경   어우… 형사란 사람이,
             (동기 끌어당기며) 와서 다시 봐요~ 이게 정말 귀신인지, 아닌지?

동기   (무섭다, 뿌리치며 정색) 왜 이래!

연호   (준비한 서류 내려놓으며) 두 달 사이에만 경찰에 접수된 사고가 네
             건, 보험사에 접수된 사건까지 더하면 총 열세 건이에요. 그중 사망

사고 두 건. 작년 11월부터 사고가 급증하더니, 계속 똑같은 지점에서 사고가 반복되고 있어요.

채만 (신중) 원인이 뭔지 살펴볼 필요는 있겠네. 사고 예방 차원에서라도. 사고 피해자들 다시 만나보고, 최대한 블랙박스 영상 확보해.

소희 네.

채만 그리고 주변 탐문해서 또 다른 소복 목격자 있는지 알아보고.

동기 우리 이제 귀신도 잡아요? 우리가 무슨 귀신 잡는 해병대도 아니고.

화면, 흐릿하게 멈춰 선 모니터 속, 소복의 정체에 다가가는,

S#3. 강희삼거리 주변, 과일 가게 (낮)

노상에 과일 세팅하는 여주인(50대). 근처에 소희와 동기 서 있다.

과일여 일주일이 멀다 하고 사고 소리에, 뭔 놈의 견인차들은 그리 요란한지.
(안으로 들어가며) 저번 달엔 하도 사고가 많이 나길래, 내가 한번 세봤어. (업소 안, 벽에 달력 보여주며) 이거 봐.

소희와 동기, 달력 보면, 기념일 표시처럼 곳곳에 빨간 동그라미 그려져 있는 달력. 총 9건. 소희, 눈짓하면, 동기, 휴대폰으로 사진 찍는다.

과일여 (아무도 없는데 소곤대듯) 저 앞 부동산 아저씨가 이 동네 토박인데, 그 아저씨 말이, 요 주변이 원래 묘지였대. 여기 아파트 들어설 때도 주인 없는 묘지들, 누가 찾아가지도 않으니까, 그냥 싹 밀어버리

고 아파트를 올렸다는 거 아냐~ 그래서 그 귀신들이 여길 못 떠나

고, 사람들한테 해코지를 한다고.

동기	(겁먹어 소희 뒤에 숨듯 바짝 붙어 서는)
소희	(못 믿겠는) 에이, 설마.
과일여	(눈 동그래져) 아님 뭐겠어? 왜 하필 매번 똑같은 데서 사고가 나냐
	고. 귀신이 곡할 노릇이지.
소희	혹시 주변에 소복 입고 돌아다니는 분, 얘기 못 들으셨어요?
과일여	소복?? (갸웃) 글쎄… 저 산 밑으로 점집들이 좀 있긴 한데.
	왜, 이제 소복도 돌아다닌대?
소희/동기	(점집?? 서로를 보는)

S#4. 카페 (낮)

아이패드 속 블랙박스 영상. 연호와 현경 건너편에 앉아 소복 귀신 확인하는 음주남(2부 S#51에 등장했던).

현경	그날 보신 게 이거 맞습니까?
음주남	(영상 속 소복 귀신 보고는 아찔한 듯 고개 돌리는) 맞아요 이거.
	거 봐. 내가 그날 그랬잖아요. 귀신 봤다고. 사람 말 못 믿더니,
연호	(팩폭) 음주운전 하시고 몸도 제대로 못 가누는 분 얘기 믿긴 어렵죠.
음주남	(쪼그라드는)
현경	블랙박스 영상은요?
음주남	(양복 주머니에서 SD카드 꺼내 내려놓는) 근데, 찍힌 게 뭐예요?
연호	조사 중입니다. 혹시, 이거 보고 놀라서 핸들 트신 겁니까?
음주남	(단호히 고개 젓는) 차가 그냥 지멋대로 핑 돌더라니까요. 진짜루!
연호	…

S#5. 강희삼거리 (낮)

삼거리 안전지대. 그 위에 연호가 우두커니 서서 지하차도에서 나오는 차량들을 보고 있다. 그 옆엔 현경도 있고.
편도 3차선, 지하차도를 나온 차량들이 코너를 돌며 크게 작게 중앙분리대 쪽으로 치우친다. 자칫 뒤따라오던 차량과 사고를 유발할 수 있는 상황… 어김없이 뒤따라오던 차들, 경적 울리고, 상향등 깜박인다.

현경   (내려다보며) 여러모로 문제가 많은 곳이네요.
연호   그러네요.
현경   (전화벨 울리자 받는) 네. 어디요?
연호   ?

S#6. 점집 (낮)

뒤편에 연꽃 촛대 위에 가지런히 놓인 수십 개의 촛불.
노랗게 염색한 머리, 하늘하늘한 원피스 차림, 보료 위에 다소곳이 앉아 있는 젊은 무속인, 아이패드로 소복 귀신 영상 보고 있다.
그녀 앞으로 점 보러 온 손님처럼 소희 동기 앉아 있다.
잠시 후, 연호와 현경이 들어와 뒤편에 자리 잡는다.

무속인   (블랙박스 영상 본 후, 평범한 말투) 무속인 아니에요.
소희   그럼 이런 복장은 주로 누가,
무속인   지금 저한테 물으시는 거예요? (무당한테?)
소희   (그렇지) 실례했습니다.

무속인	알아봐드려요?
소희	??
무속인	(잠시 고민) 영상 다시 한번 틀어봐요

'왜 그러지?' 소희, 다시 보여주라는 눈짓.
동기, 블랙박스 영상 재생한다.
무속인, 상 위에 있던 무구(방울)를 흔들며 중얼중얼.
그러다 천천히 눈을 뜨더니 엽전을 상 위에 촥! 펼친다.

무속인	(엽전 형태 살피며) 혼이 안 보여. 귀신 맞대. 우리 할아버지가.
연호	(어이없다, 더는 지켜보기 어려운지 자리 털고 일어나는)
무속인	(연호에게 경고하듯) 이봐. 공수 내릴 때 그러면 안 돼. 부정 타.
연호	(무시하고, 소희에게) 먼저 나가 있겠습니다.

연호, 일어나 나가면 현경 눈치 보다 뒤따라 나가고.

무속인	(연호 빤히 보다가 딱한 듯) 먹구름이 잔뜩 꼈네.
소희	(무속인에게 다가앉으며 호기심) 먹구름이라면, 어떤?
무속인	조심해요. 괜히 붙어 있다 벼락 맞지 말고.
동기	(겁먹은) 벼락이래요! 반장님, 우리 부적 써야 하는 거 아니에요?
소희	부적은 무슨… (슬쩍) 거 한 장에 얼마 해요? 그냥 궁금해서.

S#7. TCI 사무실 (밤)

팀원들, 채만 중심으로 라운드 테이블 주변에 모여 있다.

채만	음주운전자는 만나봤어?
현경	블랙박스 영상 보여줬더니 자신이 본 소복이 맞답니다.
	사고는 차가 제멋대로 흔들려서 났다고 하고.
채만	동기 얘기랑 똑같구만.
연호	도로 상태를 좀 더 면밀히 조사해봐야 할 것 같습니다.
	아파트 들어서면서 도로 폭을 좁혔다는데, 회전각이 생각보다 심했어요.
채만	(끄덕끄덕, 소희에게) 도로교통공단에 연락해서 점검차 요청하지.
소희	…네.
연호	(SD카드 꺼내 보이며) 그리고 이건 음주운전자 차량 블랙박스.

동기, 받았는데 현경에게 주고 현경이 컴퓨터로 가 블랙박스 영상 플레이한다. 소희와 연호는 다가와 서는데, 동기는 안 보려는지 자리에서 버틴다.

현경	(동기 보며) 안 봐요?
동기	어, 난, (두 손으로 정중히 사양)
현경	(피식, 무섭구나)

현경, 플레이하면, 강희삼거리를 지나는 차량 블랙박스 영상.
지하차도 지나서 코너에 진입하기 직전, 화면 오른쪽 상단으로 등장하는 흰 소복의 무언가! "뭐야 저거!" 놀란 운전자의 음성.
(지켜보던 현경은 입틀막. 뒤에 서 있던 소희와 연호의 눈빛도 반짝.)
화면, 어지럽게 돌면서, 급박한 목소리. "어어! 뭐야! 왜 이래! 어어 어어!"
그러다 쿵! 어딘가 충돌한 듯 멈춰서는 영상.

소희	(무심히) 그 귀신 맞네요. 우리가 봤던.
연호	(귀신?) 사람입니다. 우리가 봤던.
동기	귀신이래요. 용하다는 선녀보살이.
현경	말도 안 돼. 무슨 귀신이 블랙박스에 찍혀요?
동기	말 잘했다! 그럼 여기 찍힌 소복 입은 여잔 뭔데?
소희	(채만에게) 주변 점집이란 점집은 다 뒤져봤는데 무속인은 아니에요. 장례식장도 알아봤는데 흰 소복 입는 곳은 없어요. 진짜 귀신이 곡할 노릇이죠.
연호	반장님도 귀신이라고 우기고 싶은 겁니까?
소희	우기는 게 아니라… 그만큼 미스터리하다 그거죠.
채만	귀신이든 뭐든 원인 규명 확실히 해. 만약 누가 고의로 사고를 유발한다면 죄질이 나빠. 애먼 사람이 벌써 둘씩이나 죽었잖아.

S#8. 강희삼거리 (낮)

전방위 영상센서와 3D스캐너 등을 장착한 교통안전 점검차량
(TSCV)이 삼거리를 지난다. 갓길에서 아이스크림 먹으며 점검차량
을 지켜보고 있는 소희. 동기는 선크림 바르는 중. 얼굴이 하얗다.

소희	너도 같이 타서 보라니까.
동기	선녀보살님 말 잊으셨어요?
	(점검 차량 턱으로 가리키며) 먹구름 쫓아다니면 벼락 맞는다잖아요.
소희	(동기 어이없게 보는, 때마침 둘 앞으로 지나치는 점검차량)

S#9. 점검차량(TSCV) 안 (낮)

두 개의 커다란 모니터에 강희삼거리 지형이 3D 공간 좌표화되고, 도로의 기하구조(곡률, 편경사, 종단경사 등)가 그래프와 데이터로 수치화된다.

도로교통공단 연구원 옆에서 수치들을 체크하고 있는 연호.

S#10. TCI 사무실 (초저녁)

테이블 위에 놓이는 두터운 분석 결과 리스트. 각종 수치와 그래프, 공식들이 알아먹기 힘들다.

연호	(그래프 가리키며 주저리주저리) 여기 평면 선형도 보시면 곡률도가 2.12나 돼요. 그만큼 곡선반경이 작아서 사고 위험이 높겠죠. 종단 경사는 2%도 안 돼서 사실상 구배는 없는 편인데, (다음 장) 문제는 편경사예요. 보시면 0.08에서 1.12%. 종단경사와 편경사가 거의 없다시피 한 구간이에요. 그게 사고를 유발하는 원인이 된 거고,
일동	(알 듯 말 듯한 표정, 서로 눈치 보는)
소희	그니까… (어림짐작) 쉽게 말해서… 도로가 무지 평평하다?
일동	(연호 보는, 맞나?)
연호	(맞다는 듯 끄덕끄덕)
소희	(난 또 뭐라고) 간단한 얘길, 뭐 그렇게 복잡하게 얘기해요. 도로가 너무 수평이 잘 맞아서 물이 잘 안 빠진다, 이거잖아요.
연호	물이 안 빠지면 마찰계수도 현저히 떨어질 테고. 비만 오면 미끄럼장이 되겠죠. 바퀴는 제멋대로 돌아갈 테고.
동기	아~ 그래서 차들이 그렇게,

소희	(뭔가 생각난) 가만, 너 그 사진 있지? 달력. 사고 난 날짜!
동기	(알아채고 휴대폰 열며 서둘러 자리로 가며) 제가 체크하죠!
현경	달력이라뇨?
소희	주변 탐문하다가, 삼거리 근처에서 과일상 하시는 아주머니가 사고 난 날짜를 표시해놨더라고. 달력에.
동기	(그사이 인터넷 접속, 기상청 날씨 달력 열어서 사진 찍은 달력과 대조한다) 보세요! 비 온 날이랑 사고 날짜가 얼추 비슷해요!
현경	(다가와 보며) 비 안 온 날 사고도 있네요.
동기	(얘는) '얼추'라고 했잖니.
채만	(자리로 돌아가 앉으며) 결국 사고 원인은 귀신이 아니라, 도로의 구조적 문제란 얘기네.
현경	그치만 강희삼거리 사고율이 다른 사고 유발 장소에 비해 월등히 높지 않아요?
소희	왜 지금껏 관련 조사를 하지 않았나 의아할 정도야.
연호	귀신 때문이라고 생각했겠죠. 그걸 이용한 겁니다.
채만	누군가 귀신 소문을 이용해 사고를 벌인 거다?
연호	(끄덕) 네.
채만	일단 오늘은 퇴근하고. 내일 다시 조사해보자고.
소희	(찝찝한 기분)

S#11. 서장실 (초저녁)

구서장, 서류 본다. 앞에 고과장 서 있다.

구서장	(심기 불편) 서장 주차구역을 없애자? (종이 흔들며) 이거 누구야?
고과장	다음 주에 있을 직협 안건으로 올라왔답니다. 차연호 이름으로.

구서장	(어이없다) 허, 이 자식이 보자보자 하니까,
고과장	없애시죠.
구서장	(발끈) 뭐?
고과장	권위주의적 주차 문화 없애자는 게 경찰청 지침이기도 하고, 만에 하나, 직협에서 의견이 모아져서 서장님께 올라오면, 그야말로 등 떠밀려 하는 꼴 되지 않겠습니까?
구서장	(듣고 보니) 선수를 치자?
고과장	뭐든 모양새가 중요하죠.
구서장	(그렇긴 하지, 그래도) 주차구역 없으면 여간 성가시지 않을 텐데.
고과장	크게 보시죠. 남강서에 계속 계실 건 아니잖습니까.
구서장	(솔깃, 그렇지?)

S#12. 강희삼거리 (밤 / 비)

노란 점멸등 껌벅껌벅. 화면, 천천히 하강하면 갓길에 주차된 소희의 차. 운전석에 소희, 앉아 있다. 소희의 시선, 저만치 강희삼거리를 향한다.

사고 난 지점과 흰 소복을 본 지점이 한 시야에 들어온다.

차 앞 유리로 한두 방울씩 떨어지는 빗방울. 이내 시야를 가린다.

소희, 와이퍼 한번 움직인다. 오래된 와이퍼 때문인지, 유리창 오염 때문인지 닦아도 시야가 뿌옇다. 그 위로 다시 빗방울 채운다. 텅 빈 시선으로 창밖 보는데, 얼핏, 허연 물체가 물방울 사이로 보인다.

소희	??

소희, 얼른 와이퍼 움직이고 보면 물방울과 함께 사라지고 없는 허

연 무언가.

소희의 시선이 앞 유리 너머 이곳저곳을 살핀다. 그때 흰 소복이 서 있는 곳에 흐릿하게 보이는 무언가(연호). 후레시로 제 얼굴 비추고 있는 연호(비옷)가 저 멀리서부터 쿵쿵쿵 다가온다. (《여고괴담》 귀신처럼)

소희	꺄약!!
연호	(조수석 차창 똑똑) 접니다…
소희	(차창 여는) 아, 놀랐잖아요! 후레시는 왜 거기다 비춰요!
연호	모르는 얼굴이면 놀라실까 봐…
소희	(말을 말자) 타기나 해요.
연호	(비옷 벗어 털고는 조수석에 오르는)
소희	거기서 뭐 했어요? 소복 기다렸어요?
연호	네. 그게 뭐가 됐든, 사고의 원인이 될 수 있으니까, 정체는 밝혀야죠.
소희	(하긴) 나도 찜찜하긴 했어요. 뭐 찾아낸 거라도 있어요?
연호	삼거리 주변 가로수들… 강희삼거리 주변 나무들만 잎이 누렇게 말라 죽어 있었어요. 다른 곳은 멀쩡한데 사고가 반복되는 그 구간만.
소희	?!! 그건 왜 그래요? 뭐, 병충해 때문에 그런가?
연호	(서늘하게 쳐다보는) 모르죠. 귀신 때문인지.
소희	(괜히 으스스) 뭐야, 귀신 없다며~ 근데 자전거 타고 왔어요? 비 오는데?
연호	네. 차가 참 클래식하네요.
소희	연식이 좀 오래됐죠? 그래도 저는 이 차가 제일 편하고 좋더라구요. 아버지가 처음으로 몰았던 택시라 그런가… 참, 그때 서장님 차랑 박은 건 괜찮아요?
연호	(말없이 창밖 주시) 괜찮습니다.
소희	그 얘기 진짜 할 거예요? …서장님 주차장.

연호	(그걸 왜 묻느냐는 듯 보는)
소희	차주임은 아직 잘 모르겠지만, 우리 팀, 서장님이랑 관계 별로 안 좋아요. 서장님 아들이,
연호	(OL) 이미 직장협의회 안건으로 올렸습니다.
소희	(허탈, 이젠 나도 모르겠다, 팔짱 끼고 창밖 보는) 비도 부슬부슬 오고, 소복 입고 돌아다니기 딱 좋은 날씨네!

- 시간 경과

비는 그쳤다. 차 안 시계, 자정 넘어가고, 소희, 꾸벅꾸벅 졸고 있다. 연호, 소희 힐끔 보고는.

연호	그만 들어가시죠. 시간도 늦었고.
소희	(잠 깬, 시계 보고 기지개) 그럽시다. 소복은 오늘 출근 안 하나 보네.

소희, 와이퍼 움직여 쌓인 빗물 걷어내는데

연호	(뭔가 발견한 듯) 잠깐!
소희	왜요?
연호	(앞 보라는 고갯짓)

소희, 연호의 시선 따라가 보면, 채 깔끔히 닦이지 않은 차창 너머, 커브 길 경사로 가로수 옆에 우두커니 서서 소희의 차를 바라보고 있는 흰 소복!

소희	!! (섬뜩한)

둘, 소복과 눈싸움하듯 숨 막히는 정적이 이어지는데…

순간, 소복이 가로수 뒤편으로 미끄러지듯 사라지자, 스프링처럼 차 밖으로 튀어 나가는 소희와 연호, 소복이 서 있던 지점으로 내달린다.

도로를 건너 소복이 있던 경사로 가로수 옆에 멈춰 선 소희와 연호. 소희, 숨 고르며 주변 살피면, 경사로 아래 이면 도로, 그 뒤로 다세대 주택들 다닥다닥 모여 있다. 그 집들이 뒷산으로 연결돼 있다.

미로처럼 복잡한 골목들. 연호, 막막한 시선으로 의미 없이 주변을 훑다가,

연호　　(어찌 됐건) 일단 저는 이쪽으로, (달려가려는데)

소희　　(OL, 덥석 붙잡으며) 잠깐만요!

소희, 매의 눈으로 스캔하듯 빠르게 골목들을 살피는데,
순간, 한 골목 센서 등이 반짝 켜진다.

소희　　!! (손 쭉 뻗어 가리키며) 저기요!!

센서 등이 들어왔던 골목으로 달려가는 소희. 뒤따르는 연호.

S#13. 다세대 주택가 골목 (밤)

빨간 벽돌의 오래된 다세대 주택들. 그 사이로 실핏줄처럼 갈라진 좁은 골목들. 소희와 연호, 달려와 멈춰 서면, 오래된 빌라 주차장 센서 등이 켜진다.

소희　　여기였어요. (주변 두리번)

연호   (바닥에 뭔가 발견) 이거 좀,

소희, 다가와 보면 젖은 흙이 묻은 발자국. 언덕 위, 산으로 향한다.
둘, 발자국이 가리키는 방향으로 내달린다.

S#14. 동네 야산 (밤)

소희와 연호, 잘 닦아놓은 산책로를 따라 오르다 보면 갈림길.

소희   그쪽으로 가요. 난 이쪽으로 (주저 없이 가는)
연호   (반대편으로 향하다, 멈칫 돌아보는, 괜찮을까?)

S#15. 동네 야산, 오르막길 (밤)

조성된 산책로가 아닌 사람의 발자국이 낸 길을 오르는 연호.
길 양옆으로 수풀이 우거져 있다. 연호, 소희를 찾듯 후레시로 주
변 살피는데, 작은 소리에도 되게 예민하게 반응한다.
순간 수풀 속에서 부스럭! 연호, 멈칫하고 귀 쫑긋 세운다. 잠시 후,
연속적으로 부스럭 소리! 연호, 다소 겁에 질린 표정.

연호   (들어가는 소리) 반장님… 거기 계세요?

연호, 소리가 들린 어둠 속으로 어렵게 발을 내딛는데…

S#16. 동네 야산, 수풀 (밤)

나뭇가지들을 헤치며 산길을 오르는 연호. 순간 멈칫.
저만치, 수풀 사이로 허연 무언가가 눈에 들어온다.
연호, 긴장한 표정, 소리 안 나게 조심스럽게 다가가면, 낮은 철조망
쳐진 무덤. 그 봉분 위에 허연 무언가가 우두커니 앉아 있다.

연호   !!! (마른침을 꿀꺽)

연호, 긴장된 표정으로 천천히 무덤가로 발길을 옮기는데,
순간, 연호 어깨에 툭 떨어지는 손!

연호   (화들짝) 으허!
소희   (손가락으로 쉿!)
연호   (소희구나, 가슴 쓸어내리는)

몸을 낮춰 봉분 위에 흰 소복을 보는 두 사람.
그때 흰 소복이 이쪽으로 고갤 돌리는데,
마치 소희와 연호가 있는 걸 아는 듯 흰 소복, 소름 끼치는 웃음을
흘리더니, 스르륵 반대쪽으로 멀어져간다.
소희와 연호, 잽싸게 뒤쫓아 달리는데.

언덕을 내려온 소희와 연호. 하지만 흰 소복은 온데간데없다.
그리고, 기분 나쁘게 껌벅이는 간판… '남강 孝 요양원'.
소희와 연호, 서로 눈 마주치고는 요양원으로 향하는데.

S#17. 남강 효 요양원 (밤)

주택가 안, 허름한 2층 양옥. 대문 앞에 아크릴 문패 '남강 孝 요양원'.

S#18. 남강 효 요양원, 1층 로비 (밤)

자다 깬 듯한 중년 여성 간호사가 소희와 연호를 맞는다.

간호사	소복이요?
소희	네, 여기 계신 분 중에 소복 입고 돌아다니는 분이 있나 해서요.
간호사	그건 왜…
소희	있어요?
간호사	강옥금 할머니라고… 젊을 적에 죽은 남편이 자길 데리러 올 거라면서 매일 소복 챙겨 입고 몰래 나갔어요. 그러다 사고도 한 번 났었고.
소희	그분 오늘도 나갔다 왔어요! 확인해보세요.
간호사	그럴 리가 없는데. 그 할머니… 돌아가셨어요. 작년에.
소희	!!

소희, 다리 풀리면. 연호, 얼른 잡아주는.

연호	그분 자료 좀 볼 수 있을까요?

S#19. 남강 효 요양원 앞 (밤)

서류를 보는 연호와 소희.

- 인서트 (입원 서류)
강옥금 할머니 사진과 출생일자, 주소 보호자 정보 등이 기재된.

소희	(공포에 질린) 나 정말 이성적으로 생각하려고 했거든요? 근데… 이 할머니… 죽었다잖아요! 이게 귀신이 아니면 뭐야…
연호	이분 아닙니다. 아까 우리가 본 사람.
소희	아까 우리가 본 귀신이 그 할머니가 아니라고요?
연호	이보다 훨씬 젊었어요.
소희	그건 또 어떻게 봤대.
연호	센서 등이 켜졌죠. 발자국도 남겼고.
소희	?

- 플래시백 (S#12)
소희, 매의 눈으로 스캔하듯 빠르게 골목들을 살피는데,
순간, 한 골목 센서 등이 반짝 켜진다.

- 플래시백 (S#13)
보면 젖은 흙이 묻은 발자국. 언덕 위, 산으로 향한다.
소희와 연호, 발자국이 가리키는 방향으로 내달린다.

연호	명백한 사람입니다.
소희	!

S#20. TCI 사무실 (밤)

소희, 컴퓨터로 강희삼거리 사건 파일들 보고 있다.

그때 뭔가를 찾은 연호가 다가와 파일 하나를 소희 앞에 내밀고.

소희   이게 뭐예요?

연호   강희삼거리에서 최초로 귀신을 목격한 사고 파일입니다.
           이때 사고 차량 운전자가 귀신으로 오인한 게…

소희   강옥금 할머니?

연호   (끄덕) 최초의 사건은 귀신이 아니라 사람이었네요.

소희   그분이 사망한 게 작년이니깐 그럼 이후 사건들은…!

연호   적어도 귀신으로 보이고 싶은 사람이겠죠.
           그리고… 이건 (파일 한 장 내미는) 그때 사고 차량 운전자 정봅니다.

           - 인서트
           최범구 사진, 인적사항이 나와 있는 파일.

소희   (보며) 어라? 낯이 익네?

           - 플래시백 (S#1)

범구   위험하니까 안전구역으로 차만 빼드릴게. 그냥 가만 계시면,

소희   그때 그 렉카 기사네…?

연호   (끄덕) 교통사고 피해자가… 그 일대에서 렉카업체를 운영하는데…
           똑같은 사고들이 속출한다? 이상하지 않습니까?

소희   냄새가 아주 확 나네!

S#21. TCI 사무실 (낮)

연호, 음주운전 사고 차량 블랙박스를 사람들에게 보여주는.
영상 속, 하얀 소복 등장하는 순간 정지! 영상 확대하면,
흐릿한 영상 속, 차량이 소복을 지나칠 때 보닛 위에 비치는 그림자.

연호   (가리키며) 여기, 그림자. 귀신이 그림자가 있을 리 만무하죠.

동기   (그제야 다가와 보는) 거봐. 내가 귀신 같은 거 없다고 했지.

현경   (아기 달래듯) 없는 걸 아는 분이 그렇게 무서워하쪄요?

동기   까분다 또!

연호   그 일대에서 난 사고는 독점하다시피 하는 렉카업체가 있습니다.
공공칠렉카란 곳인데… 거기 대표 최범구가 아무래도 귀신소동과
연관이 있는 것 같습니다.

채만   사고가 나면 이득을 보는 쪽이긴 하네. 근거는?

소희   강옥금 할머니를 귀신으로 오인해서 사고를 낸 첫 번째 운전자가
바로 최범구예요.

현경   자기 경험을 살려서… 그런 사고를 기획한 거다?

소희   아직 증거는 없어. 심증뿐이지. 원래 개인 렉카를 하다가 사고를 당
한 직후인 작년 10월경 공공칠렉카로 상호변경 했더라고요…

현경   어? 강희삼거리 사고가 급증한 게 작년 11월부턴데!

연호   최범구 보험 기록 살펴보니까, 올 4월에 경쟁업체 렉카 기사를 차로
친 적이 있어요. 단순 교통사고로 처리되긴 했지만, 정황상 고의 사
고일 가능성이 높습니다.

소희   이 지역 접수하려고 다른 렉카 기사들뿐 아니라, 심지어는 보험사
긴급출동 직원까지 폭행한 적도 있더라고요.
근데 문제는, 아무도 정식 고소를 하지 않았다는 거.

현경   왜요?

소희	보복이 두려웠나 보지.
동기	역시… 귀신보다 사람이 무섭다니깐?
채만	렉카나 끌자고 벌인 일치곤 스케일이 큰데?
	이전 사고 피해자들부터 만나봐. 무슨 일들이 있었는지 알아보자고.
소희	네.
동기	(느낌 온다. 뻑적지근하게 기지개) 오늘도 외근이구나!
채만	(일어나 나가며) 점심 맛있는 거 먹자. 오삼불고기 어때?
현경	(솔깃, 뒤따르며) 좋죠~ 어디 맛있는 데 있어요?
채만	옆 건물 지하에 괜찮은 집 있어.
동기	옆 건물 지하면… 본관 직원식당이잖아요. (실망) 에이 진짜,
현경	허! (허무함에 그 자리에 얼어붙는)
소희	(현경 끌고 가며) 가자. 3500원에 오삼불고기를 어디 가서 먹냐.

S#22. 창고 (낮)

창고 안, 중년남, 무릎 꿇은 채 서넛의 어깨들에게 매타작당하고 있다.
"이 동네에서 영업하지 말라고 했냐 안 했냐!!"
카메라 쭉 빠지면 간이 라운드 테이블. 신정근을 중심으로 이승학, 최범구 앉아서 식사 중. 중앙에 요리 두세 개, 그리고 짜장, 짬뽕 등 식사, 고량주.

정근	(짜장 먹는 범구에게) 야, 너 마파두부 많이 먹어라.
범구	(짜장면 입에 가득, 힐끔) ?
정근	너 얼마 전에 경찰서 들어갔다 왔다며.
범구	(농담인 거 알고) 아, 하하. (숟가락으로 마파두부 한 숟갈 푹)

정근	(충고) 겁만 줘. 패진 말고. 지저분한 일은 애들 시키고.
범구	(자뻑) 제가 우리 아부지 닮아서, 속이 좀 뜨거워요.
정근	(피식, 썰렁한 농담) 속 뜨거우면 찬물 마시고.
범구	아이~ (그래도 재밌다는 듯 천진) 헤헤… 헤헤.
승학	근데 요즘 왜 이렇게 일이 뜸해? (슬쩍) 신사장, 요즘 작업 안 해?
정근	(술 한 모금) 좀 기다려요. 분위기 보고 있어.
승학	신경 좀 써. (라조기 한 점) 우리 애들도 고기 좀 멕이게. 자기들은 어떨지 모르지만, 우리 쪽은 영 피곤해. 수리비 좀 세게 나왔다 싶으면 바로 항의 들어오고. 얼마 전엔 보험사에서,
정근	(OL, 듣기 싫은, 술잔 탁!) 아이, 거!
승학	(긴장)
정근	(다독이듯) 형님만 힘든 거 아냐. 다 힘들어. 우리나라가 전반적으로 그래!
범구	우리도 아주 죽겠어요. 배우도 섭외해야지, 출연료도 줘여줘야지.
승학	…
정근	(잔 들며) 자자, 조금만 더 힘냅시다. 여기 다 공동운명체 아냐! 하나 무너지면 다 무너지는 거야! 자, 건배!

정근, 잔 내밀면, 셋이 짠!
카메라, 카르텔 일당 지나치고 매타작당하고 있는 중년남에게 쭉
다가가면 중년남 기절한다.

S#23. 남강경찰서, 본관 1층 (낮)

지하 직원식당에서 걸어 올라오는 TCI 팀원들.

현경	와, 어떻게 오징어인 줄 알고 고른 게 다 양파냐.
동기	난 오징어 되게 많았는데. 그니까 풀 때 잘 퍼야지. 재빠르게 사사삭! 스캔해서,
현경	(부럽) 맨날 CCTV만 보더니 확실히 눈이 좋은가 보다.
소희	(뭔가 보고 멈칫) 어! 저거,

소희 시선 따라가 보면, 본관 앞, 서장의 캐노피 주차장이 철거 중이다.
그 앞에서 바라보고 있는 구서장과 고과장, 그리고 몇몇 직원들.

현경	(소희에게) 뭐야, 서장님 주차구역 철거하는 거예요?
구서장	(나와 있는 TCI와 연호 본다. 반갑) 어! 마침 잘 왔네.

서장에게 다가오는 TCI.

소희	(묻기도 송구한) 서장님, 이거 왜,
구서장	(차연호 들으라는 듯) 어, 이게. 차연호랑 사고 나고, 내가 생각이 많아졌어. 이게 너무 권위주의적이다 싶더라고. 서장 주차장만 딱 천막까지 쳐놓고.
소희	아, (연호 힐끔)
구서장	안 그래도 장애인 주차구역이 좀 부족하다 싶었는데, 이거 치우면 장애인 주차구역 한 세 개는 나오겠더라고. 그게 낫잖아.
소희	(모른 척, 오버) 너무 근사하세요. 서장님.
구서장	(대수롭지 않은 척) 뭘, 경찰 개혁 거창하게 생각할 거 있나. 내 주변부터 조금씩 바꿔나가는 거지. 차연호, 안 그래?
연호	(덤덤) …네.
구서장	아 참, (연호에게 다가와 슬쩍) 오늘 내가 본청 들어가는데,

연호	? (그게 뭐?)
구서장	(아버지 거기 계시잖아) 하기야, 집에서 매일 뵐 테니까. 아닌가?
	따로 나와 사나?
소희	(티 안 내지만 귀 쫑긋, 무슨 소리?)
연호	(뭔 소린지 모르겠고 암튼) 저 혼자 삽니다.
구서장	그래?… (그렇구나, 끄덕끄덕)
소희	(연호와 구서장 번갈아 보는, 수상한 시선)

S#24. TCI 사무실 / 창고 (낮)

소희, 현경을 다급히 창고로 데리고 들어온다.

소희	뭘까?
현경	뭐가요?
소희	서장님. 차연호 앞에서 계속 알랑방귀 뀌잖아. 저번 회식 때부터.
	갑자기 서장 전용 주차구역 없앤다는 것도 이상해. 그건 차연호 아
	이디언데. 아까도, 얘기하는 거 못 들었어? 본청 들어가신다고.
현경	그게 왜요?
소희	본청에 들어간단 얘길 왜 차연호한테 하냐고. 이상하잖아.
현경	(느낌 왔다) 혹시, 차주임님, 본청에 누구 있는 거 아니에요?
	'차' 씨면… 본청에 차규민 국장이라고 있긴 한데.
소희	(그래? 근데) 넌 그런 걸 어떻게 다 아니?
현경	(얼버무리듯) 뭐 그냥, 건너 건너…
소희	…

S#25. 경찰청, 무궁화 회의실 (밤)

'경찰 무작위 사건배당 체계 도입 시행 지침' 플래카드 붙어 있는
소회의실.
세미나가 막 끝난 듯, 정복 차림의 본청 간부들과 서울 일선서 서
장들,
간부들 삼삼오오 얘기 나누고 있다.
구서장, 차규민 국장을 찾는 듯 두리번. (뒤편에 고재덕 과장)
그러다 한편에서 간부와 얘기 나누던 채만 본다.

구서장　　　(못마땅) 저 인간, 여긴 또 왜 왔어. 과장급도 안 되면서.
고과장　　　(구서장에게 넌지시) 차국장님 저기,

입구 쪽, 정복 차림의 차규민 국장, 다른 간부들과 얘기 중이다.

구서장　　　(옷매무새 고쳐 입고, 차국장에게 다가선다)
차국장　　　(구서장 보고는 반갑게 악수) 구서장, 바쁠 텐데 와줘서 고마워.
구서장　　　일선서에서 꼭 필요한 시스템인데 와서 봐야죠. 게다가 선배님이
　　　　　　하신 일이면 더욱.
차국장　　　(미소) 당분간은 시범운영 기간이니까, 남강서에서도 잘 좀 운영해봐.
구서장　　　그래야죠. 참, 선배님 섭섭합니다.
차국장　　　?
구서장　　　아드님을 보내셨으면, 귀띔이라도 해주시지.
차국장　　　(의아) 우리 아들?
구서장　　　왜 이러십니까. 아드님 우리 서에 있는 거 다 아시면서.
차국장　　　?
구서장　　　(반응이 왜 이래) 차연호 경위… 교통범죄수사팀… (맞죠?)

차국장	(무슨? 뒤에 누군가 보고) 어, 너 이리 좀 와라.

구서장과 고과장, 돌아보면, 정복 차림에 준수한 청년, 다가선다.

차국장	인사해. 남강서 구경모 서장. (구서장에게) 여기는 요번에 경찰행정 졸업하고 본청 외사과 들어온 우리 아들.
청년	(정중히 인사) 처음 뵙겠습니다. 차현홉니다.
구서장	?? (청년 이름표 보면 '차 현 호') !!! 차**현**호… (작게) 연호가 아니라,
	(실망, 허탈, 분노가 교차한 표정, 고과장 보는 시선 뜨겁다)
고과장	(안경 올리는 손이 미세하게 떨린다)

S#26. 경찰청, 회의실 복도 (밤)

채만, 페이퍼 검토하며 회의실 나서는데, 저만치 팀원들과 걸어오는 '표명학'(50대)이 보인다. 명학도 채만을 보고 표정 굳는다. 중간에서 조우.

명학	(비릿한 미소) 오랜만이에요, 정팀장. 여기서 다 보네.
채만	(인사) 본청으로 영전하셨단 얘긴 들었습니다.
명학	하는 일은 어때요. 부서 이름이 뭐였지?
채만	TCI, 교통범죄수사팀입니다.
명학	아 그래 그거, (건성) 요즘 교통 문제 심각하지. 사고도 많고.
채만	…
명학	언제 술 한잔합시다. 그래도 대전에서 같이 근무한 인연도 있는데, 그동안 너무 소원했네. 한번 사무실에 들러요.
채만	…네.

명학, 채만을 지나쳐 간다. 채만, 슬쩍 돌아보면, 팀원들과 호탕하게
웃으며 멀어지는 명학. 이를 응시하는 채만의 의미심장한 눈빛.

S#27. 경찰청 앞 (밤)

경찰청 앞 나란히 걷는 구서장과 고과장. 싸늘한 침묵.

구서장 (창밖 보며, 차분) 차연호… 차현호… 한 끗 차인데 말이야.
고과장 (조아리며) 제가 경솔했습니다. 더 꼼꼼히 살폈어야 했는데.
구서장 당신, 사시 공부할 땐 이렇게 설렁설렁 안 했을 거 아냐. 그지?
고과장 면목 없습니다.
구서장 (창밖 보며 자조) 그나저나, 앞으로 주차를 어디다 한다~
고과장 (좌불안석)

S#28. 양옥집 (낮)

50대 여자(사고 여)가 소희와 연호 앞에서 그 당시 일 이야기하는 중.

여인 말도 마요. 그때 생각만 하면 진짜… 자다가도 벌떡 일어난다니깐요.
소희 렉카업체에서 바가지를 씌웠나요?
여인 그건 문제도 아니었어요.
소희/연호 ?

S#29. 과거. 몽타주 (낮)

  - 양옥집 앞

대차기사, 끌고 온 렌트 차량을 50대 여자(사고 여)에게 설명 중.

여자, 차량 대충 훑어보더니 알았다고 끄덕끄덕.

대차기사, 공손히 서류에 내밀면, 순순히 사인하는 여자.

여인E 정비하는 동안, 렌터카를 공짜로 지원해주겠다는 거예요.

　　　 얼마나 좋아요? 그래서 했더니…

  - 시간 경과

똑같은 장소, 옷이 바뀐 50대 여자. 건달 같은 외모의 사내 3명이

대차했던 차량 하부를 가리키며 무어라 따지고 있다. 억울한 표정

으로 항변하는 여자.

하지만, 건달 사내들의 협박에 짓눌려 이내 수그러진다.

여인E 나중엔 내가 렌터카를 고장냈다면서 수리비를 왕창 물리더라구.

S#30. 양옥집 마당 (낮)

여인　 렌터카 수리비에, 내 차 수리비에… 아주 도는 줄 알았다니깐?

　　　 내가 볼 땐 그 정비업체도 한패야… 보험회사에서도 수리비 나온

　　　 거 보고 놀라더라고.

소희　 괜찮으시면 서에 나와서 피해사실만 진술해주시면…

여인　 (손사래) 어우, 그놈들 땜에 몇 달을 고생했는데. 집까지 찾아와서

　　　 생난리를 치고, (귀찮은) 됐어요. 그깟 돈 삼백, 적선했다 치지.

그런 인간들 어디다 싹 다 처넣어요. 제발 좀, (가버리는)

소희   (몇 발짝 따라가며) 저기요, 잠깐만…

어떻게 고소하겠단 사람이 한 명도 없어… 정말 징하게들 당했나

봐요.

연호   …

S#31. TCI 사무실 (낮)

화이트보드 위, '신정근' 사진을 정점으로 최범구, 이승학 사진이 트
라이앵글을 이루고 있고, 사진 옆에 업체명과 간단한 신상명세 적
혀 있다. (관계도)

소희   (이승학 사진 가리키며) 이승학, 53세. 뉴비젼 공업사라는 정비업체
사장이에요.

S#32. 뉴비젼 공업사 (낮)

범구의 레커차가 사고 난 중형 세단 끌고 들어서면, 입구에 팻말.
'뉴비젼 공업사'
레커차 따라 들어가면, 사고 차량 서너 대가 정비고에서 수리 중
이다.
정비복 차림으로 어슬렁 다가오는 남자, 이승학(50대)이다.
직원들에게 이런저런 지시하는 이승학.

소희E   공공칠렉카에 견인된 차량은 모두 이곳으로 보내져요.

여기서 대차 서비스를 하는 업체가 있는데…

S#33. 매머드 렌터카 (낮)

렌터카 주차장. 마침, 매서운 인상의 중년 남자가 2층 컨테이너 사무실에서 내려온다. 사내 이름은 신정근(40대). 뒤따르는 덩치 둘과 '대차기사' 있다.
정근, 대차기사에게 뭔가 지시하면, 대차기사, 90도 인사하고 렌터카에 오른다.

소희E   그게 매머드 렌터카예요.
사장 신정근. 45세. 폭력 사기 갈취 업무방해 등, 전과 9범.
작년 8월에 렌터카 회사를 차리고, 이 지역 사업권을 잠식하기 시작했어요. 공공칠렉카 사무실도 신정근 명의로 돼 있어요.
사실상 공공칠렉카를 뒤에서 관리하는 자예요.

S#34. TCI 사무실 (낮)

채만   (감 온다) 이자가 카르텔 정점이구만.

현경   렉카비에, 차 수리비에, 렌터카 수리비까지 귀신 하나에 참 많이들 붙어 먹고 사네요.

연호   적게는 이백에서 많게는 천만 원까지… 피해 금액도 다양했습니다.

동기   진짜 양아치들이네. (난감) 근데, 이거 영장을 칠래도 피해자 고소고발이 있어야 하잖아요. 영장이 나와야 거래기록도 뒤지고, 장부도 압수하고 할 텐데.

연호	문젠… 피해자들 중에 고소하겠다는 사람이 없단 겁니다.
현경	그럼 수살 어떻게 하죠?
채만	…
소희	우리가 피해자가 되면요?
일동	(보는) ?
소희	혹시 알아요? 우리한테도 똑같은 수법을 쓸지.
일동	(이해했다. 신박한데?)

S#35. 불법 중고차 딜러 사무실 (낮)

사무실엔, 조석태를 비롯해 예닐곱의 덩어리1, 2, 3(영업책)이 두 테이블로 나눠져 한쪽은 짜장면을, 한쪽은 피자를 먹다 말고 일제히 문가 쪽 쳐다본다. 식사 중 찾아온 불청객, 소희와 연호다.

소희	니들은 어떻게 된 게 맨날 짜장에 피자니? 골고루 좀 먹어라!
석태	(짜장 먹다 말고) 아니… 왜 매번 밥 먹을 때 온대?
연호	마저 드시죠. 기다리겠습니다.
소희	뭘 기다려요? 바빠 죽겠구만.
석태	(입 닦으며) 경찰분들 세워두고 밥이 넘어가요? 왜? 또 뭔데요?
소희	나 오늘 경찰로 온 거 아니다? 손님으로 온 거지.
석태	(!!) 야, 뭐 하냐? 손님 오셨는데. 음료수 뽑아 오지 않고!
덩어리들	(바쁘게 움직이는)

S#36. 중고차 매매단지 2층 (낮)

석태, 연호와 소희를 차량 사이로 안내하며…

석태   이쪽이 가성비가 좋아. 내 생명의 은인이시니깐 특별하게 내놓는
                거여.

소희   맞다. 너 그때 차주임 덕분에 살았지?

연호   …

석태   다시 태어났다 생각하고… 착실하게 살고 있습니다.

소희   그럼 은혜 갚는다 생각하고… 여기서 제일 싼 차 좀 내놔봐.

석태   그건 폐차급인데…

소희   폐차! 딱 좋다. 그거 어딨니?

석태   ?

S#37. 도로, 차 안 (낮)

덜덜거리는 차를 타고 달리는 소희. 조수석엔 연호 있다.
뒤에서 빵빵거리다 결국 차선 바꾸고 가는 차들 속출하고.

연호   정말… 괜찮으시겠습니까?

소희   ?

연호   그 길 말입니다. 자칫 잘못하다간 크게 사고 날 수도 있습니다.

소희   그니깐 내가 해야죠.
                그리구 그놈들 여자 운전자여야 더 만만하게 생각할 거예요.

연호   최범구와 마주친 적도 있잖습니까.

소희   어떻게, (룸미러로 얼굴 힐끔) 분장이라도 해야 하나.

S#38. TCI 사무실 앞 (낮)

동기와 현경, 소희와 연호가 내린 차 꼬락서니를 보고 표정 어두워
지고.

동기	이거… 가긴 해요?
현경	돈 주고 사 온 건 아니죠?
소희	줬지. 안 그럼 나중에 말 나와서 안 돼.
현경	아깝다… 누가 이걸 돈 주고 사…
동기	이제 디데이만 정하면 되는 거네요?
현경	비가 오든 해야 귀신 사냥을 할 텐데 일주일 동안 비 소식은 없네요.
소희	(손 모으고 기도)
연호	(?) 뭐 하는 겁니까?
소희	누구든 비 좀 내려주십쇼. 그래만 주시면 나쁜 놈들은 제가 잡겠습니다.
현경	아멘.
동기	나무아미타불 관세음보살.
연호	(다들 손 모아서 기도하는 모습에 헛) 그런다고 비가 옵니까?
소희	간절히 바라면 이루어진다! 몰라요?
연호	비 말고… 다른 방법을 생각해보죠.
소희	?
연호	강희삼거리 음주운전자 사고, 기억나요?
	유독 그 길만 물에 젖어 있었어요.

- 소희 플래시백 (2부 S#51 강희삼거리)
소희의 시선. 연호, 아스팔트 도로에 쪼그리고 앉아 젖은 바닥을
손으로 스윽 닦아 냄새 맡아본다.

- 다시 현재

소희	기억나요. 그날은 비도 안 왔는데.
연호	(동기에게) 사고 난 날 중에 비가 안 온 날이 며칠이었죠?
동기	아, 그거 제가 체크한 거 보내드릴게요. (휴대폰으로 뭔가 전송하는)
연호	(전송된 거 보더니) 저 좀 어디 다녀오겠습니다.
소희	어디요?
연호	갔다 오고 말씀드리죠. (가는)
소희	저…저기…! (보면 이미 자전거 출발한)
	하여간 저 인간은 먼저 말하는 법이 없어…
동기	혼자가 편하다잖아요.
소희	…

S#39. 남강구청, 외경 (낮)

구청 앞, 연호 자전거 세워져 있다.

S#40. 남강구청, 복도 (낮)

직원, 연호에게 살수차 스케줄표 내미는.

직원	여깄네요…
연호	(날짜 꼼꼼히 살펴보는)
직원	근데 살수차 스케줄표는 왜…?
연호	(날짜 중 하나 가리키며) 이날 작업 나간 분 좀 만나볼 수 있을까요?

S#41. 살수차 인근 (낮)

연호와 살수차남, 살수차 쪽으로 걸어오며

살수차남	강희삼거리요? 거기도 가죠.
	(갸웃)
연호	뭐든 좋습니다.
살수차남	저기… 이상한 건지 아닌 건지 모르겠는데 하나 걸리는 게 있긴 한데.
연호	?

- 시간 경과 (밤)
살수차남, 살수차 블랙박스 영상을 연호에게 보여주며

살수차남	(영상 멈추며) 여기 트럭 보이죠?
연호	(보는)
살수차남	강희삼거리 가기 직전에 보면 늘 여기 서 있어요.
	근데 차번호 보니깐… 렌터카더라고요.
연호	렌터카요?
살수차남	트럭 렌터카는 흔하진 않잖아요.
연호	!

그때 소나기가 쏟아지고. 연호, 비가 쏟아지는 하늘을 올려다본다.

소희E	간절히 바라면 이루어진다! 몰라요?
연호	(헛웃음이 나고)
살수차남	갑자기 웬 비야? (차에 오르며) 우산 가져왔어요?
연호	아니요. 비가 올 줄 몰랐네요. (하지만 미소)

살수차남	근데 웃음이 나요? 쫄딱 맞게 생겼구만.
연호	그러게요.

S#42. 강희삼거리 (낮→밤)

강희삼거리 도로 위에도 비가 세차게 쏟아지며 도로가 흠뻑 젖고.

- 시간 경과 (밤)
어두워진 밤. 비는 그쳤지만 여전히 도로는 젖은 상태.
어디선가 끼익- 쾅! 소리 들려온다.
보면… 차 한 대가 가로등에 박혀 있고. 보닛에선 김이 모락모락.
잠시 후… 요란한 사이렌 소리 들리더니 '007' 레커차가 달려온다.
범구가 레커차를 세우고는 사고 차량으로 다가와 운전석을 똑똑
두드린다.

범구	괜찮으세요?

그러자 차에서 내리는 소희. 안경에 가발에 평소와는 다른 모습.

소희	(겁에 질린) 아저씨… 귀신… 못 봤어요?
범구	(피식 웃음 숨기고는) 졸다가 사고 나셨나 보네.
소희	아닌데… 분명 있었는데. (울기 직전) 정말 못 봤어요?
범구	(소희 어리버리해 보이자 만만한) 많이 놀라셨네. 가만 계세요.
	바로 빼드릴게.

멀리서 이를 찍는 동기.

S#43. 뉴비젼 공업사 인근 건물 옥상 (밤)

(카메라 뷰) 이승학, 사고 차량 살피며 범구와 잠시 얘기를 나누더니 주머니에서 현금뭉치 빼, 범구에게 은밀히 건넨다.
옆 건물 옥상 난간에 몸을 숨기고 망원렌즈로 이를 내려다보던 현경. 찰칵.
현경, 카메라 돌리면… 분장한 소희가 직원과 이야기하는 모습 보이고.

현경　　(웃으며) 기념사진 한 장. (찰칵)

S#44. 뉴비젼 공업사 (밤)

직원　　수리가 만만치 않겠는데요? 워낙 연식이 오래된 차다 보니…
　　　　부품 구하기도 쉽지 않고…
소희　　아무래도… 그렇겠죠?
직원　　걱정 마세요. 저희가 싹 다 고쳐드리겠습니다.
소희　　그냥 폐차하려고요.
직원　　예… 예??

S#45. 뉴비젼 공업사, 사무실 (밤)

이승학, 직원 보고 받은 후.

승학　　아씨… 그런 것도 확인 안 하고 차를 받으면 어쩌잔 거야?

직원	그게… 이런 경우가 처음이라…
승학	공공칠렉카에 커미션도 나갔잖아. 이럼 우리 마이너스야.
직원	어쩌죠…?
승학	…

S#46. 뉴비젼 공업사 (밤)

소희, 기다리는 동안 공업사 이곳저곳을 둘러보는 중.

소희	보기엔 그냥 평범한 공업산데…

그때 소희에게 다가오는 승학과 직원.

승학	(친절모드) 고객님, 폐차를 원하신다고요?
소희	네…
승학	요즘 차 사려면 일 년은 대기해야 한다던데… 웬만하면 고쳐 쓰시죠? 저희가 특별서비스로 반값에 해드릴게요.
소희	아뇨. 이젠 그 차 무서워서 못 타겠어요.
승학	무서워요? 뭐가요?
소희	이런 말… 이상하게 들리실 거 아는데… 저 차만 타면… 귀신이 보여요.
승학	(입술 꾹) 그럴 리가요. 세상에 귀신이 어딨습니까?
소희	강희삼거리 귀신이요.
승학	그거… 귀신 아닙니다.
소희	귀신이 아니면 뭔데요.
승학	(차마 말해줄 순 없고) 글쎄요.

소희	(안 넘어오네) 폐차할게요. 렌터카나 알아봐주세요.
승학	(씁쓸) 렌터카요…
소희	제가 승차감을 좀 따지는 편이라 직접 고르고 싶은데 괜찮죠?

S#47. 매머드 렌터카 (밤)

전경. 2층 컨테이너를 개조한 사무실, 2층으로 올라가는 외부 계단
있다.
안으로 조용히 들어서는 연호, 보면 아무도 보이지 않고.

S#48. 매머드 렌터카, 주차장 (밤)

연호, 주차장 기웃기웃. 관리가 안 된 듯 주차장 곳곳에 자란 잡
초들, 구석에 쌓아놓은 폐기물들…
그러다 한쪽 구석에 세워진 트럭 보인다. 차번호 허 ××××
연호, 주변 슥 둘러보고는 그 트럭 사진을 찍는다.
그리고 컨테이너 뒤로 천천히 돌아가는데. 트럭 적재함에 뭐가 있
나 올려다보는데, 바닥에 간간이 남아 있는 하얀 가루,
'뭐지?' 살짝 집어 보는데,

정근	(OFF) 거기 뭡니까?

연호, 보면, 2층 컨테이너 계단 위에 서 있는 신정근. 그리고 정근을
호위하듯 뒤따르는 짧은 머리의 덩어리들.

연호	차 렌트하러 온 사람인데요.

정근, 대답 없이 걸어 내려와 연호 앞에 선다. 덩어리들 뒤따른다.
연호를 살피는 정근의 눈빛이 매섭다.

정근	(연호를 위아래로 보더니) 차 빌리러 오셨다고? (다가오며) 여긴 그냥 차 빌리러는 잘 안 오는데.
연호	…
정근	(연호 앞에 서며) 당신, 뭐야?
연호	전…
소희E	여보?!

연호, 보면… 이제 막 승학과 들어선 소희가 달려와 연호 팔짱 끼는.

소희	혼자 와도 된다니깐! 걱정돼서 왔구나?
연호	(난감, 당황) 네, 뭐…
소희	(존대하면 어떡해! 웃으며) 제가 연상이거든요.
정근	(승학에게 눈짓, 뭐야?)
승학	내가 모시고 온 손님.
정근	(그제야 의심 눈초리 거두는)

S#49. 매머드 렌터카, 컨테이너 사무실 (밤)

렌터카 서류 작성하는 손, 소희다. 뒤편에 연호 있고, 좁은 사무실
엔 책상 서넛, 20대로 보이는 직원들 몇이 시시덕거리고 있다.

렌트남	(얼른 페이퍼 가리키며) 요기 주소랑 전화번호.
소희	(순간 렌트남 팔 힐끔, 화상 상처들) ?
연호	여기 화장실이?
렌트남	밖으로 나가서 왼편으로 돌아가시면 있어요. 입구에 키 가져가시고.
연호	네. (걸려 있는 키 들고 나가는)

S#50. 매머드 렌터카, 주차장 (밤)

연호, 화장실 찾는 척 주변 둘러보면…
저 멀리 인상 쓰며 이야기 중인 이승학과 신정근 보인다.
슬쩍 그리로 다가가는 연호.

승학	렌트비는 우리 줘.
정근	뭐?
승학	저 여자 폐차해서 우리 남는 것도 없어. 대신 렌트비 내고 차 빌린 다니깐 그건 우리 주라고. 우리도 먹고살아야지.
정근	그건 그런데… 이건 경우가 아니지.
	우리 차 빌려주는 건데 돈을 왜 거따 내. 안 그래요?
	형님… 이런 날이 있음 저런 날도 있는 거야.
	오늘은 그만 가쇼. 내가 다음에 맛있는 거 사드릴게. (가는)
승학	저 새끼가… 누굴 거지로 아나!

승학, 옆에 있던 쇠꼬치 들고는 화풀이하듯 천막으로 덮은 무언가를
푹푹 찔러대는데… 그리고는 쇠꼬치 툭 던지고는 씩씩대며 자리 뜨는
승학.
그러자 지켜보고 있던 연호가 그리로 다가간다. 보면 흰 가루들이

떨어져 있고…

연호   ?

연호, 주위 살피며 천막 살짝 걷어보면 하얀 포대 수십 개가 차곡
차곡 쌓여 있다.
포대 자루에 찍힌 'CALCIUM CHLORIDE DIHYDRATE (Made
in China)'

연호   ?? (의아한 표정) 염화칼슘… 이게 왜,

           - 인서트 S#48. 주차장 (밤)
트럭 적재함에서 하얀 가루 찍어 보는,

그때, 골목 앞을 지나던 덩어리, 연호를 발견하고 다가온다.

덩어리   당신 뭐야?!
연호   (두리번, 화장실 키 보이며) 여기 화장실이 어딥니까?
덩어리   (어딘가 가리키는)
연호   감사합니다.

가는 척하다가 덩어리를 돌아보는 연호.
보면, 덩어리 목에 커다란 사마귀 보인다.

S#51. 남강경찰서 앞 (밤)

준중형 승용차, 렌터카 번호판, 소희 연호 차에서 내리며

소희   차 사진을 30장도 넘게 찍었네. 나중에 딴소리 못하게.

연호   …

소희   근데 거긴 왜 왔어요? 하마터면 들킬 뻔했잖아요.

연호   비가 오지 않은 날, 도로가 젖어 있던 이유, 알았습니다.

소희   ?

연호   살수차였어요.

소희   아! 살수차.

연호   살수차 작업하신 분 말이, 그 근방에 매번 렌터카 트럭이 있었답니다.

소희   그래서 그거 찾으러 왔던 거예요?

연호   네, 이거, (찍은 사진 보여주며)

소희   트럭이 왜 거기 있었을까요? .

연호   글쎄요…

소희   이상한 게 또 있어요.

연호   (보는)

소희   여기 직원들 팔에 죄다 화상 자국이에요.

              아까 못 봤어요? 렌터카 직원, 팔뚝에 물집 잡힌 거.

- 플래시백 (S#49)

렌트남   (얼른 페이퍼 가리키며) 요기 주소랑 전화번호.

소희   (순간 렌트남 팔 힐끔, 화상 상처들) ?

연호   ?! (뭔가 떠오른) 화상… (번뜩) 염화칼슘!

소희   ?

연호   어떻게 된 일인지 알겠습니다!

소희	?? (무슨 소리야 대체)

S#52. 강희삼거리 (밤 / 다른 날)

아직 어둠이 가시지 않은 새벽. 차량의 흐름이 없다.
코너에 물을 뿌리며 천천히 지나가는 청소 살수차, 점점 멀어지면…
살수차가 지나온 지하차도, 뿌연 안개 속에서 트럭 한 대가 모습을 드러낸다. 강희삼거리 커브 길에 진입하기 전에 멈춰 서는 트럭. 차에서 나온 최범구와 렌트남, 그리고 직원들, 주변 살피며 적재함 위로 올라간다.
적재함 위, 하얀 눈처럼 소복이 쌓여 있는 가루들, 염화칼슘이다!

연호E	살수차가 봤다던 그 트럭! 그거로 염화칼슘을 뿌리고 있는 겁니다.
범구	(차 두드리며) 출발!

트럭, 천천히 코너로 진입하면, 적재함에 쌓여 있던 염화칼슘을 삽으로 퍼 도로에 흩뿌리는 범구와 렌트남들. 젖은 바닥에 하얀 염화칼슘이 빠르게 녹아 없어진다. 그 위로,

연호E	물기가 있는 도로에 염화칼슘을 뿌리면 염화칼슘이 수분을 빨아들여, 도로가 젖은 상태로 오래 유지되게 돼요.
소희E	그럼, 음주운전자 사고 때, 이 도로만 젖어 있던 이유도,

트럭이 지나치는 길가. 하얀 염화칼슘이 주변 화단으로 튄다.
바짝 타 들어간 나뭇잎들. 그 위로,

연호E	염화칼슘 때문이에요. 유독 이 주변 식물만 고사한 이유도 염화칼슘의 염분 때문이고.

목장갑 끼고 염화칼슘 뿌리는 범구와 렌트남들. 팔뚝에 화상자국.

연호E	이런 성질 때문에 염화칼슘이 피부에 닿으면 수분을 뺏기면서 화상자국 같은 상처가 생기기도 하죠.

그때 트럭이 멈추면, 흰 소복남이 차에서 내려 귀신 스팟으로 걸어가는데. 소복남 목에 커다란 사마귀.

소희E	그럼 귀신을 만든 것도…
연호E	염화칼슘으로 차가 미끄러지는 걸 불가사의하게 보이고 싶어서겠죠. 자기들이 꾸민 일이라곤 생각 못 하게,

- 플래시백 (S#16)
봉분 위 흰 소복 보는 연호. 그때 달빛이 비추며 흰 소복 커다란 사마귀 보이고.

- 시간 경과
몸 숨긴 채 휴대폰 영상(밝기 낮추고) 보며 낄낄대는 소복남.
잠시 후, 차 소리가 들리자 돌아보면 차 한 대가 강희삼거리로 들어서는데.
이에 작전 준비하는 소복남, 차가 미끄러지기 직전에 슥- 차 앞에 나타나면 달려오던 차에서 끼익- 급정거하며 팽글 도는가 싶더니 방향 잡는.
보면. 차바퀴에 미끄럼 방지 체인 장착돼 있고.

운전석의 소희, 그 회전에 맞춰 드리프트와 J턴 해서 소복남 향해 돌진한다.

소복남 ?!

소복남, 예상과 다르게 돌아가자 냅다 몸을 피하려는데
소희, 얼른 차로 소복남의 도주로를 끼익- 막는다. 그 바람에 넘어지는 소복남.
그때 차 문이 열리며 소희가 내려 소복남 앞에 선다.

소희 (소복남 내려다보며) 귀신이면 안 잡힐 줄 알았지?

소복남, 소희를 공격하는데. 소희, 거뜬하게 소복남 제압한다.

소희 (머리 때리며) 뭘 잘했다고 개겨? 개기긴!
너 이러고 다니는 거! 강옥금 할머니한테도 실례다?

그때 어디선가 나타난 동기, 손에는 캠 들고 있고.

소희 잘 찍었어?
동기 네, 싹 다 찍었습니다.

S#53. 매머드 렌터카 (밤)

염화칼슘 작업을 마친 트럭이 안으로 들어온다. 범구, 렌트남과 덩어리들이 트럭에서 하나둘씩 내리는데… 그때 한쪽에서 라이트 불빛이 하나둘 켜지더니 범구 일당 쪽을 비추고.

범구   어떤 새끼야?!

그 소동에 2층에서 내려오는 승학, 정근과 덩어리들.

정근   뭐야? 무슨 일이야?
승학   쟤네 뭐냐?

라이트를 등지고 차량으로 다가오는 일련의 그림자들.
범구, 눈이 부신 듯 손으로 가리고 보는데, 가까이 다가오면 서서히
드러나는 인물들, TCI 팀이다.

범구   !!!
채만   최범구 씨, 고생 많으시네. 한여름에 제설작업 하시느라.
범구   …
현경   근데, 보호 장비는 좀 갖추고 하지. 그러다 피부 다 버려요.
정근   (연호 기억나는) 당신…! 야, 덮쳐!

10여 명의 카르텔 멤버들과 TCI팀의 격투씬이 펼쳐진다. 소희와 현
경이 선두에서 일당들을 제압하면, 연호와 동기는 수갑을 채워간
다. 채만, 왕년의 실력을 뽐낸다. 순식간에 카르텔 멤버들이 하나둘
씩 제압당한다.

연호   (정근에게 수갑을 채우며) 차는 잘 쓰고 반납했습니다. 기스 난 데 있
        으면 연락주시고요.
정근   (어이없다)

연호	얼마나 위험한 짓을 해온 건지 체감하셨습니까?
정근/범구	(분한 듯)
채만	자업자득, 인과응보, 사필귀정.

S#54. 매머드 렌터카 (밤)

경찰들에게 끌려 나가는 덩어리 직원들.

사무실 밖. 천막 걷어내면 가득 쌓인 염화칼슘 포대들.
나란히 서서 내려다보는 채만, 연호, 소희. 만면에 미소.

채만	차주임은 안에 애들 좀 돕지. 장부 잘 챙기고.
연호	네. (가면)
채만	어때? 차주임이랑 손발 맞춰보니까.
소희	뭐 아직, 근데 확실히 (머리 가리키며) 이건 좀 쓸 만하네요.
채만	(미소) 민반장이 인정할 정도면, (끄덕끄덕)
소희	(연호 힐끔) 근데 팀장님, 혹시 차주임에 대해서 뭐 좀 아세요?
채만	? (살짝 경직)
소희	아니, 뭐 가족 관계라든가, 혹시 가족 중에 경찰 없어요?
채만	내가 알기론, (고개 젓는)
소희	아니, 서장님이, 이상하게 차주임을 싸고도는 거 같아서,
채만	(피식) 왜, 차주임 주변에 누구 높은 사람이라도 있을까 봐?
소희	뭐 그냥 그렇단 얘기예요. 애들한테 가볼게요. (가는)
채만	(웃다가 멈칫, 굳은 표정으로 소희 보는)

S#55. 남강경찰서 앞 (밤)

소희와 현경이 나란히 걸어 나온다. 뒤편에서 일정 거리를 두고 뒤따르는 연호. 횡단보도 앞에 깜박이를 켜고 정차해 있는 택시.

소희	(반가운, 앞문 유리창에) 아빠!
용건	(돌아보며) 어유, 민반장님! 얼굴 보기 힘드네요.
현경	(고개 내밀며) 아버님 안녕하세요~
용건	(반가운) 어, 어형사. 얼굴 좋아졌네?
소희	(현경에게) 야, 타. 집까지 태워다줄게.
현경	(손사래) 아유, 아니에요. 저 택시 불렀어요.
소희	(눈 흘기며) 너 매번 은근히 빼더라. 너 혼자 사는 거 아니지?
현경	(미소, 뒤에 다가선 택시 보며) 어, 택시 왔다!
	저 갈게요! 들어가세요 아버님! (달려가는)
용건	잘 가요.
소희	(밝게 손 흔들며) 조심해서 가.

현경, 택시 타고 출발하면, 연호, 뒤편에 우두커니 서 있다.

소희	오늘은 자전거 안 가져왔어요?
연호	네, 자전거도 한 번씩 쉬어줘야 오래 탑니다.
소희	거 자전거 되게 아끼네.
용건	(차에서 나와 보며) 누구?
소희	아, 우리 팀에 새로 온 차연호 경위라고, (연호에게) 저희 아버지예요.
연호	(몇 발짝 다가와 인사) 처음 뵙겠습니다. 차연호라고 합니다.
용건	(미소) 반가워요. 우리 민반장 잘 좀 부탁해요.
소희	타요. 어차피 가는 길이니까.

연호	아닙니다. 택시 타고 가겠습니다.
소희	타요. 뭐 하러 돈을 써. 가다 내려주면 되는데.
용건	(미소) 타세요. 가는 길인 거 같은데.
연호	(어쩔까) 그럼, (앞자리에 타는)

S#56. 도로, 택시 안 (밤)

한적한 밤길을 달리는 택시.
택시 안, 소희는 안방처럼 뒷자리에 신발까지 벗고 편히 눕는다.

소희	(이미 눈 감고) 아빠, 나 좀 잘게.
용건	(미소, 창문 닫아주는)
연호	(뒷자리 힐끔)
용건	얘한텐 집이나 다름없어요. 소희 엄마가 일찍 떠나다 보니…
	집에 애 혼자 두기 싫더라고. 그래서 택시만 주구장창 태웠지 뭐요.

그때 연호 시선에 룸미러에 매달린 소희 어릴 적 사진이 보이는데.
(택시 뒷좌석에서 볼멘 표정으로 김밥 먹는 초등학생 소희 사진)

– 인서트
사진 속 초등학생 소희가 택시 뒷좌석에서 김밥 먹는다.

소희	데리러 오지 말라니깐!
용건	우리 공주님 왜 기분이 별로야?
소희	우리 집 자가용은 왜 택시야? 바꾸면 안 돼?
용건	(미안한 표정) 왜? 싫어?

| 소희 | (김밥만 볼 가득 넣어 먹는 볼멘 표정) 내일부턴 걸어갈래. |
| 용건E | 여기서 먹고… |

    - 인서트
뒷좌석의 중학생 소희. 택시도 바뀌었다. 소희, 교재에 줄까지 치며
열중하는.

| 용건E | 공부도 하고… |

    - 인서트
경찰대학 제복 차림으로 자고 있는 대학생 소희.

| 용건E | 잠도 자고. |

    - 다시 현재
운전하는 용건.

| 용건 | 여기서 크다시피 해서… 미안하지, 내가. |

    - 플래시백 (S#12)
| 소희 | 연식이 좀 오래됐죠? 그래도 저는 이 차가 제일 편하고 좋더라구요. 아버지가 처음으로 몰았던 택시라 그런가… |

연호, 돌아보면 가늘게 숨소리 내며 잠들어 있는 소희.
그제야 그런 소희가 이해가 된다는 표정.
연호, 정자세로 앞만 보고 앉아 있다. 차 안이 적막하다.

용건	(연호 힐끔) 말수가 없는 양반이네. 머리는 비상한데, 사람 대하는 데 애 좀 먹겠어.
연호	?
용건	형제는 없고, 지금은 가족들이랑 떨어져 혼자 살고, 혼자 있는 시간을 즐기고, 밥도 혼자 먹고, 맞죠?
연호	(감탄) 그걸 어떻게 아셨어요?
용건	소희한테 들었지.
연호	(허무)
용건	(연호보고 피식) 그래도 가끔 혼자 밥 먹기 적적할 때, 소희랑 같이 집에 와요. 내가 이래 봬도 요리 잘해.

S#57. 연호 빌라 앞 (밤)

높은 언덕, 다세대 주택들 사이에 위치한 낡은 빌라.
잠시 후, 빌라 앞에 멈춰 서는 택시. 연호, 내려서 정중히 인사한다.
택시 사라지면, 잠시 택시를 바라보다 빌라 안으로 걸어가는 연호.
반대편 골목에서 누군가의 시선이 이런 연호를 쫓는다.
연호가 빌라 안으로 사라지자, 천천히 출발하는 차.

S#58. 연호의 빌라 입구 (밤)

연호, 우편함에서 우편물들 꺼내 살핀다.
각종 고지서들, 광고지들, 그리고… 아무것도 적혀 있지 않은 하얀 봉투.

연호	??

연호, 봉투 뜯어 내용물 꺼내 보면, 2014년 신문기사를 프린트한 종이.
'난폭운전 피하려던 운전자 길가에 신혼부부 충격해 사망, 누구의 잘못
인가'
'긴급 피난인가, 전방주시 태만인가? 엇갈리는 시선…'
한국과학기술원(KAIST)을 졸업하고 유학을 앞둔 '차모' 씨(23)는 새벽 숙
소 짐을 옮기기 위해… 유학 준비로 수면 부족 상태이던 차씨는 반대편
차선에서 달려오던 승용차를 피하려다 가게 오픈을 준비 중이던 신혼부
부를 쳐… 한편, 사건을 수사 중인 경찰은 CCTV도 없는 도로에서 일어
난 사고라 수사에 난항… 반대편 차량의 중앙선 침범 여부도 목격자와
진술이 엇갈려…

연호	(기사를 읽는 눈이 흔들리는) !!

후다닥, 집 밖으로 달려 나가는 연호.

S#59. 연호의 빌라 앞 (밤)

연호, 달려 나와 길거리 살피면, 텅 빈 길가엔 사람도 차도 보이지
않는다.

3부 끝

194 크래시

4부

«««««« 4 부 »»»»»»

S#1. 연호의 빌라 앞 (밤 / 3부 엔딩 연결)

연호, 달려 나와 길거리 살피면, 텅 빈 도로엔 사람도 차도 보이지 않는다.

S#2. 연호의 빌라 방 (밤)

(10평 남짓 아담하고 낡은 빌라. 침대, 책상, 식탁 등 기본적인 가구뿐. 책장에 보험사기, 교통범죄에 관련된 전문서적들 외에 생활용품 없다.)

선반 책장 밑, 지함을 꺼내는 손. 연호, 책상 위에 지함을 올리고 판도라의 상자를 열듯 조심스럽게 연다.
상자 안, 스프링철로 된 대학노트. 연호, 노트 열어보면, 빼곡히 스크랩된 10년 전 교통사고 관련 신문 기사, 인터넷 기사들…
그중 한 페이지에 멈칫, 우편함에 있던 종이와 비교하면 똑같은 신문기사다.

'새벽 빗길 운전자, 길가에 신혼부부 충격해 사망, 전방주시 태만이 원인.'
나란히 놓인 신문 기사를 유심히 보는 연호.
"도대체 누가 이 기사를 나에게 보냈을까?"
연호, 페이지 몇 장 넘기면 다른 기사.

(병실에 누워서 형사와 얘기 중인 연호 사진, 얼굴 가려진)
그 위로 제목, '사망사고 유발한 운전자, 알고 보니 카이스트 대학생'

지난 3일 새벽 5시 25분경 대전 은성구 은동네거리 근처에서 신혼부부를 쳐 사망케 한 교통사고… 사고를 유발한 운전자가 경찰에 구속됐다… 신혼부부를 충격해 사망케 한 운전자 차씨(23)는 한국과학기술원 (KAIST) 수학과를 조기졸업하고, 매사추세츠 공과대학교(MIT) 유학을 앞두고 있는… 한편 차씨는 중앙선을 침범한 차를 피하려다 이와 같은 사고를 냈다고 주장하는 것으로… 차씨의 주장을 뒷받침할 중앙선 침범 차량은 아직까지 확인되지 않은…

지함 안엔 가지런히 놓인 고장 난 손목시계 보이고.
그때 멈춰 있던 손목시계 초침이 째깍째깍 움직이다 쿵 하고 멈추더니 갑자기 바늘들이 빠른 속도로 뒤로 움직이면 연호의 시간도 거꾸로 흐르는데.
- 용건의 택시에서 내려 빌라로 들어가던 연호 리와인드.
(화면이 빠르게 리와인드되다가 연호에게 터닝포인트가 된 지점만 알아볼 수 있는 속도로 리와인드)
- 연호가 TCI 사무실에서 짐 풀던 2부 S#43, 돼지불백집 리와인드 (2부 S#42).
- 자전거로 정호규 차로 돌진하는 연호 리와인드(1부 S#64).
- 어느덧 화면을 알아볼 수 없을 정도로 빠르게 리와인드 되고는 사고현장으로.
- 전봇대에 부딪혀 반파된 연호의 차가 말짱해지고, 비가 거꾸로 올라가고, 차가 다시 도로로 들어서고, 아무 일 없다는 듯 달리는.
- 출발했던 차가 연호의 집 앞에 서고. 연호가 집으로 들어가면…

S#3. 과거. 연호의 집 외경 (새벽)

연호 집. 그 위로,

연호모   *(OFF)* 시간도 이른데 천천히 가지.

S#4. 동, 현관 (새벽, 비)

연호, 앉아서 신발끈 묶고 있고, 연호모와 연호부가 배웅한다.

연호   가기 전까지 스케줄도 다 찼고, 지금밖에 시간 없어요. (짐 챙겨 일어
나며 미소) 걱정 마요. 조심할게요.

연호부   그래, 조심해서 다녀와.

연호모   (그래, 등 토닥토닥)

연호   (집 나서는)

연호모   (현관문 밖에서 마뜩잖은 표정)

연호부   (웃으며) 이렇게 걱정이 많아서 애 유학은 어떻게 보내려고 이래?

S#5. 과거. 대전 거리, 차 안 (새벽)

아직 어둠이 가시지 않은, 적막한 거리. 연호의 차 안.
연호, 이리저리 라디오 주파수를 옮기다, 마땅한 주파수 찾지 못한
듯 라디오 끈다. 조수석 글러브 박스를 열어 안에 있는 CD들 꺼내
는 연호.
그중 눈에 들어온 CD (김현철, 빛과 소금, 아소토유니온 류의 한국 씨티

팝 앨범) 집어 들어 CD 플레이어에 넣으려다 그만 떨군다. 운전석 바닥으로 굴러 들어간 CD.

연호, 앞 유리 확인하고는, 고개 숙여 손 더듬더듬. 잡기 어려운 위치. 회심의 몸짓으로 CD 잡아드는데, 순간 눈앞에 다가와 있는 헤드라이트 불빛!!

반사적으로 핸들을 힘껏 돌리는 연호.

횡단보도를 건너던 30대 신혼부부가 눈앞에 나타나고 이에 경악하는 연호.

(E) 끼익…

그 위로 뉴스 보도 음성, 이어진다.

"어제 새벽, 대전시 은성구 은동네거리에서, 귀가 중이던 신혼부부가 인도로 뛰어든 차에 치여 한 명이 숨지고…"

"사고를 낸 운전자 차모 씨는 카이스트 졸업생으로, 다음 주 유학을 앞두고 기숙사로 짐을 챙기러 가다가 이와 같은 참변을…"

S#6. 과거. 조사실 (낮)

초췌한 얼굴로 조사실에 앉아 있는 연호.

화면, 천천히 연호의 텅 빈 얼굴로 다가가면, 그 위로 형사 질문 이어진다.

형사　　*(OFF)* 전날 음주하셨어요? …새벽 일찍 움직이셨으면 잠을 충분히 못 잤을 것 같은데… 차연호 씨 사고 당시 기억이 나세요?

형사의 무차별 질문들을 넋 나간 표정으로 받아내는 연호.

S#7. 과거. 현수의 장례식장 (낮)

식장 입구에 죄인처럼 무릎 꿇은 연호부, 연호모.
근처에는 구경난 듯 사람들, 삼삼오오 모여 있다.
잠시 후, 초췌한 몰골의 현수모, 나온다.

현수모	(치를 떨듯) 가라고 몇 번을 얘기해요~!!! 가요 좀 제발~!!!
연호부/모	(참담한/고개 떨구는)
현수모	당신들이 그런다고, 우리 딸이 살아와요? 그리고 고개만 숙인다고 죽은 애가 살아오냐고~~ (주저앉아 흐느끼는)
연호부	(조아리며) 죄송합니다. 죄송하단 말밖엔 드릴 말씀이 없습니다.

뒤늦게 나온 정섭(현수부), 현수모 일으켜 세운다.

정섭	이 사람들한테 이럴 게 뭐 있어. (연호 부모에게) 그만 돌아들 가세요. 이러고 있으면 괜히 마음만 더 시끄러워요.
현수모	(울부짖음) 당신들이 내 속을 알아? 당신 새끼가 죽어봐야 알지! 내 속을 어떻게 알아~~~
정섭	(다그치는) 그만하라니까,

정섭, 현수모 이끌고 장례식장 안으로 사라진다.
연호모, 고개를 바닥에 대고 참았던 울음을 터뜨린다.

연호모	(울음을 어렵게 삼키는) 윽윽~~
연호부	(눈이 시뻘게져 아내 등을 어루만지며) 여보⋯

강 건너 불구경하듯 이 모습을 보며 수군대는 사람들.

그들 뒤로, 몸을 숨기고 이 광경을 처연히 지켜보는 목발 짚은 연호.

S#8. 과거. 연호 방 (밤)

침대 구석에 멍한 표정으로 쪼그리고 앉아 있는 연호.
방 한 귀퉁이엔 싸다 만 트렁크가 그대로 열려 있다.
노크 소리.

연호부   *(OFF)* 연호야, 밥 먹자… 연호야… 한술이라도 떠야지. 응? 연호
          야…

연호부의 읍소가 무색하게, 목석처럼 앉아 있는 연호.

S#9. 과거. 대전, 하늘 (낮 / 비)

낮이지만 밤 같은 검은 먹구름.
회색빛 도시에 내리는 비.

S#10. 과거. 사고 지점, 은동네거리 (낮 / 비)

버스 한 대, 정류장에 멈춰 섰다 지나가면,
버스에서 내린 듯 목발 짚은 연호 서 있다.
연호, 비 오는 거리를 절룩거리며, 사고 지점이 있는 네거리 앞에 다
가선다.

그때의 흔적이 채 가시지 않은 듯, 부서진 가드레일과 파인 도로, 망가진 상점 입구의 흔적이 고스란히 남아 있다.

그리고 저만치, 장대처럼 쏟아지는 비를 오롯이 맞으며 우두커니 서 있는 남자가 보인다. 정섭이다. 죽은 딸아이의 흔적을 찾듯, 근처를 서성이던 정섭, 고개를 들다 연호와 눈이 마주친다.

소나기에 발길을 재촉하는 사람들… 그들 사이에 비를 맞는 두 남자의 시간만 정지된 듯, 그렇게 멈춰 서서 무거운 시선만 교차한다.

Dissolve

타이틀 뜨고.

S#11. 현재. 연호의 빌라 앞 (밤)

고등학생 딸 가방을 어깨에 메고, 투덕거리며 집에 가는 부녀,
팔짱 끼고 나란히 퇴근 중인 부부의 모습이 보인다.
가로등 아래서 이 모습을 보고 있는 연호.
연호의 표정이 거리 풍경과는 다르게 적막하다.

S#12. TCI 사무실 (밤)

모니터 화면에 떠 있는 10년 전 연호의 교통사고 관련 기사.
'신혼부부 사망사고 최초 신고자, 목격자 10대 고등학생들'.
은동네거리 신혼부부 사망사고를 수사 중인 경찰은 최초 신고자인 10대 고등학생 3인을 참고인 신분으로 조사 중이다. 사고 당시 무면허 상태였던 표군은 아버지의 차량으로 같은 반 친구 양군, 한군과 함께 새벽길을

질주하다 이 사건을 목격했다고 진술한 것으로 알려졌다. 표군의 아버지는 대전 은동경찰서 표모 서장으로… 한편, 경찰은 피의자 차씨가 중앙선 침범 차량을 피하려다 이와 같은 사고를 냈다고 일관되게 주장하고 있어, 목격자인 한모군 일행의 사고 관련성 여부를…

카메라, 천천히 이동하면, 어둠 속에서 기사를 보고 있는 남자, 채만이다.
어두운 사무실, 모니터의 파란 불빛에 드러난 채만의 표정이 서늘하다.

– 플래시백
과거. 은동경찰서 교통계, 복도 (낮)

(고속촬영)
형사의 안내를 받으며 조사실을 빠져나오는 목발을 짚은 연호.
저만치 복도 반대편에서 걸어오는 일군의 무리.
목격자인 한경수(18), 양재영(18), 표정욱(18)과 '표명학'(40대 후반, 당시 대전 은동경찰서장)과 은동경찰서 교통과 소속 경찰들이 걸어오고 있다.
평소 친분이 있는 듯 교통과 경찰들과 스스럼없이 얘기 나누는 명학.
연호 옆을 지나치는 경수 일행. 연호, 경수 / 재영 / 정욱과 시선이 엇갈리고…
연호, 멈춰 서서 멀어지는 경수 일행을 돌아본다.
이를 멀리서 지켜보고 있는 채만.

S#13. 내부 순환 도로, 차 (밤)

누군가의 승용차 안. 라디오 음악소리 흐르고, 시간은 자정에 가깝다. 화면은 블랙박스 영상처럼 앞유리 너머, 전방을 비춘다. 잠시 후, 굉음을 내며 차량 앞으로 끼어드는 포르쉐. 앞차에 막혀 속도가 줄어든다.

그리고 얼마 후, 앞서던 포르쉐 조수석에서 뛰어내리는 누군가!

"히이~!!" 운전남의 놀란 탄식. 급정거하는 차량. 운전남, 차에서 내려 쓰러져 있는 여자에게 달려가 살핀다. 저만치, 앞에 포르쉐. 멈춰 선다.

주변에 비상등을 켜고 차를 멈춘 사람들, 하나둘씩 몰려든다.

F. O

S#14. 연호의 빌라 방 (아침)

커튼 쳐진 어두운 실내. 이불 뒤집어쓴 연호. 머리맡엔 숫자가 큰 알람시계.

6시 59분 51… 52… 53… 시계가 7시를 가리키기 직전, 손을 뻗어 알람을 눌러 끄는 연호. 이불 밖으로 고개 내밀고 시계 확인하며 한숨.

한숨 못 잔 듯 퀭한 얼굴로 침대를 빠져나온다.

S#15. 연호의 빌라, 화장실 샤워 부스 (아침)

눈을 감고 쏟아지는 샤워기 헤드에서 쏟아지는 물줄기를 맞고 있는 연호.

- 플래시컷 (사고 관련)
- 한껏 쏟아지는 빗줄기에 연호 차 와이퍼가 쉴 새 없이 움직이고.
- 연호의 차 헤드라이트 불빛에 나타난 현수.
- 사고현장 바닥에 굴러다니는 연호의 CD들…
- 피를 흘리며 차가운 아스팔트 바닥에 쓰러져 있는 현수.

괴로운 기억에서 빠져나오려는 듯 얼른 눈을 뜨는 연호.
물을 잠그고, 머리를 쓸어 넘기며 호흡을 가다듬는다.

S#16. 남강경찰서, 구서장 주차장 (아침)

서장 전용 주차구역에 만들어진 장애인 전용 주차구역.

S#17. 남강경찰서, 본관 앞 주차장 (아침)

연호의 자전거, 주차할 자리를 찾듯 느리게 주행 중.
그때 빵- 소리 보면 구서장의 차다.
구서장, 뭘 보냐는 듯 얼른 비키라는 손짓.
연호, 할 수 없이 다른 쪽으로 이동하고.

구서장   차연호… 이놈 (약 오르지?)

구서장, 얼른 주차구역에 차 넣고, 문 여는데, 큰 차라 그런지, 문이 기둥에 닿아 반도 열리지 않는다. 구서장, 억지로 몸을 구겨서 차 밖으로 빠져 나오려고 안간힘, 거의 차 문에 끼다시피, 나오지도 들어가지도 못하는 상황,

구서장   (꿈틀) 아우, 뭐가 이렇게,

이때, 자전거 세우고 걸어가는 연호, 구서장 앞을 지나쳐가는데.
끼겨 있는 구서장 보고는 목례하고 유유히 사라진다.
구서장, 차 문에 낀 채 연호 보며 부글부글.

구서장   저저…

S#18. 남강경찰서 본관 로비 (낮)

소희, 교통과에서 나오던 교통과장 염보연과 마주친다.

소희   (꾸벅 인사) 과장님.
염과장   마침 잘 만났다. (서류와 SD카드 건네며) 이거.
소희   (받아들며) 이게 뭔데요?
염과장   (건조) 사건.
소희   네? 갑자기 무슨,
염과장   (까칠) 사건이 갑자기 나지. 뭐 예고하고 나니? (눈 흘기고 들어가는)
소희   말이 은근 뾰족한데 왜 저러실까?

연호, 생각에 잠겨 계단을 오른다. 조사계 앞 소희 못 본 듯 지나치는데,

소희	(얼씨구?) 저기요⋯ 차주임?
연호	(그제야 소희 보고 인사)
소희	무슨 생각을 하길래⋯ (연호의 까칠한 얼굴 보고) 얼굴은 왜 그래요? 잠 한숨 못 잔 사람처럼,
연호	(반응 없이) 먼저 가보겠습니다. (계단 오르는)
소희	(왜 저래?) 한쪽은 뾰족하고, 한쪽은 칙칙하고,

S#19. TCI 사무실 (낮)

동기의 자리에 모여 있는 채만, 소희, 동기, 현경 그리고 연호.
소희는 염과장의 태도에 대해 팀원들에게 얘기한 듯.

동기	어제 서장님이 따로 염과장님 불렀나 봐요. 교통과 기강이 해이해졌다고. 이유인즉슨, 청문감사실에 올라온 주차장 개편안이 교통과 내부에서 나왔단 건데.
현경	우리 들으라고 한 소리네요.
소희	(연호 힐끔 보고는) 아니, 경찰개혁이니 뭐니, 본인이 신나서 주차장 없애놓고 왜 이제 와서 딴소리예요. 웃겨 진짜.
채만	겉만 그렇지, 속도 그럴라고.
소희	진짜 싫다. 겉과 속이 다른 이런 어떤, 이런 걸 뭐라 그러죠?
채만	(술술) 표리부동. 구밀복검. 양두구육. 면종복⋯
소희	(OL) 거기까지. 그냥 표리부동. 표리부동한 인간들!
연호	영상 안 보실 거면 전 그만 자리로,

소희	(붙잡는, 가긴 어딜) 봐요. 동기야.
동기	넵. (영상 플레이)

화면 아래 타임코드. 2023-08-** 23:41:43.

동기	어젯밤 11시 41분이네요.

블랙박스 영상. 한산한 도로. 잠시 후, 칼치기로 끼어든 포르쉐.
차량이 좌우로 비틀하더니, 조수석 밖으로 몸을 날리는 누군가!

동기	(입 막는) 헉!!

급정거하는 블박 차량. 운전남 내려서 여자 살피고 전화 거는 사이,
여자가 뛰어내린 차량에서 나온 남자(양재영, 27세), 쓰러진 여자 근
처에 어중되게 서서 난감한 표정.

소희	(모니터에 고개 내밀고) 뛰어내린 거, 여자 맞지?
동기	그런 거 같아요. (설마) 탈출?
소희	(글쎄) …
현경	(어느새 서류 읽고 있는) 뛰어내린 여자는 김민주, 25세. 현재 동성병원 중환자실에 입원 중. 운전석 남자는 양재영, 27세. 양재영 진술에 의하면 조수석에 타고 있던 김민주가 갑자기 가슴이 답답하다며 말릴 틈도 없이 차에서 뛰어내렸대요.
소희	두 사람 관계는, 애인?
현경	(서류 확인하고, 소희 보며) 양재영 아버지 회사 비서요.
소희	(잉? 이건 또 무슨 관계?)
채만	피해자 상태가 어떨지 궁금하네. 운전자랑 말이 맞는지도 확인해

봐야 될 것 같고. (소희 보는)

소희　(현경에게) 병원은 내가 움직일 테니까, 동기랑 현경인 양재영 참고인
　　　조사 요청해. 전과 기록이나 운전 경력도 살펴보고.

S#20. 동성병원 중환자실 (낮)

　　　호흡기 끼고 중환자실에 누워 있는 민주.
　　　의사와 얘기 나누는 소희. 그 뒤에 연호.

의사　머리랑 골반, 척추 쪽 골절. 일단 고비는 넘겼는데 뇌출혈이 심해서
　　　코마상태가 얼마나 지속될진 아직 장담하기 어려워요.

소희　깨어나면 당시 상황 기억할까요?

의사　케이스 바이 케이슨데, 뇌진탕 환자들이 흔히 기억상실을 겪죠.
　　　물론, 것도 깨어나봐야 알겠지만.

소희　(소리 없는 한숨) 알겠습니다. (인사하고 돌아서는데)

연호　(움직일 기색 없이 민주 보고 서 있는)

소희　뭐 해요? 안 가요?

연호　…네. (그제야 발길 옮기는)

S#21. 동성병원 중환자 보호자 대기실 (낮)

　　　의자에 누워 쪽잠을 자는 보호자들.
　　　음식을 먹는 사람들로 어수선한.
　　　일각에서 민주모와 얘기 나누는 소희와 연호. (민주모는 화장기 없는
　　　까칠한)

민주모	대학교 가서 부모한테 손 한 번 안 벌린 애예요. 부모가 해준 거 하나 없는데, 지 혼자 서울 올라와서 자리 잡고, 직장도 얻고. 매달 생활비 부치고. 말이 딸이지, 우리 집 가장이에요 얘가.
소희	평소에 어디, 몸이 불편한 데가 있었나요?
민주모	원래 허리가 좀 안 좋긴 했지만, 가슴이 답답하다 이런 건, (첨 듣는)
소희	(끄덕) 혹시 남자친구는…?
민주모	못 들었어요.
연호	운전했던 양재영 씨에 대해선 혹시 들은 얘기 없으세요?
민주모	(주저) 그게…
소희	어머니, 사소한 거라도 상관없으니까 다 얘기해 주세요.
민주모	민주가 모시는 회장님 아들이 있는데, 행실이 좀… 여직원들한테 많이 치근댔나 봐요. 결혼도 했는데… 그게 지금 이 사람인지는 모르겠고…
소희	(연호와 시선 교환)

S#22. TCI 주차장 (낮)

배기음 요란한 포르쉐 등장에 주변 사람들의 시선 집중.
주차공간에 거침없는 주차, 시끄러운 베이스 음 꺼지고,
차에서 내려 선글라스 벗고 교통과 올려다보는 남자, 양재영(27)이다.

S#23. TCI 내부 조사실 (낮)

재영, 손가락에 선글라스 끼고, 다소 불량한 자세.
그 앞, 동기와 현경, 있다.

동기	동승한 김민주 씨랑은 어떤 관곕니까?
재영	그냥 우리 아부지 회사 직원이에요. 회사 오가다 몇 번 본 사이?
동기	그날 만난 이유는요?
재영	예전부터 밥 한번 사겠다고 말만 하다가, 그날 산 거예요.
	택시 타고 가라긴 뭐해서 집까지 바래다주다, (그렇게)
동기	(서류 보며) 아내분 있으시죠?
재영	(살짝 발끈) 네. 집에 잘 있습니다. 와이프.
동기	(도발) 평소 김민주 씨한테 호감이 있으셨나요? 아님, 반대로 김민주 씨가 양재영 씨한테 먼저 관심을 표했든가.
재영	(짜증) 아까 말했잖아요. 그냥 아부지 회사 직원이라고.
현경	(화제 전환) 차에서 무슨 얘길 나누셨죠?
재영	뭐 별 얘기 없었어요. 얘긴 밥 먹을 때 다 해서. 그냥 음악 듣고.
현경	김민주 씨가 가슴이 답답하다고 한 게 언제죠? 뛰어내리기 직전? 아님 그전부터?
재영	뛰어내리기 직전이요. (귀찮은) 암튼 걔 좀 이상해요. 회사에선 몰랐는데, 멘탈도 좀 문제가 있는 거 같고.
현경	문제라면 어떤?
재영	왜 그런 애들 있잖아요. 피해망상 같은,
현경	(듣다 보니 살짝 기분 나쁘다)
동기	혹시 피해자가 뛰어내리기 전에 신체적 접촉은 없었나요?
재영	(동기 노려보는, 지금 나 의심해?)
동기	없었으면 없었다고 말씀하시면 돼요.
재영	(도전적, 또박또박) 없었습니다.
현경	괜찮으시면 차량 블랙박스 확인해봐도 될까요? 블랙박스 있으시죠?
재영	있긴 한데… 그거, 거부해도 되죠?
현경	(동기와 시선 교환) 뭐, 거부하셔도 저희가 강제할 방법은,

재영	(표정 풀어지며, 재밌다는 듯, 주머니에서 SD카드 꺼내 책상에 탁)
	보세요 실컷.
동기	(이놈 봐라)

S#24. 남강경찰서 TCI 사무실 앞 주차장 (낮)

소희와 연호, 차에서 내려 TCI 사무실로 걸어가는데, 주차된 포르쉐 본다.

소희	와우~ (발음 굴리며) 깨구리~

포르쉐 지나쳐 별관으로 향하는 소희와 연호.

S#25. 남강경찰서 TCI 복도 (낮)

소희와 연호, 계단 오르는데, 때마침 동기와 현경, 교통조사계에서 나온다.

현경	(소희 보고 반색) 반장님.
소희	왜 여기서 나와?

뒤따라 나오는 재영.

동기	(소개) '양재영' 씨요. 김민주 씨 차량 운전자.
소희	아, (이 사람이구나, 인사) 민소희 반장이에요. 조사 잘 받으셨어요?

재영	(관심 없고, 동기에게) 가도 되죠?
동기	(끄덕끄덕)
재영	(소희 지나쳐 가려다 뒤편에 서 있던 연호 보고 멈칫) 어?
연호	?
재영	(연호 살피며) 어디서 봤는데… 나 몰라요?
연호	(모르겠는, 갸웃)
재영	(연호 목에 걸려있는 신분증) 차연호… (생각난) 아!
연호	??
소희	아는… 사이세요?
재영	(아는 척하면 안 되지) 아뇨, 제가 사람 잘못 봤네. (목례 까닥, 재밌다는 듯 돌아보며 피식, 가는)
소희	(아는 사람? 연호 보면)
연호	(어깨 으쓱)

S#26. TCI 사무실 (낮)

화면 가득, 재영의 차 블랙박스. 영상에 사운드가 없다.
동기 자리에 모인 팀원. 채만은 본인 자리에 있다.

동기	(한숨 섞인) 녹음 기능이 꺼져 있네요.
현경	(분한) 그래서 그렇게 순순히.
동기	일부러 꺼놨을까요?
현경	(안 봐도 비디오) 차에서 못할 짓을 많이 하나 보지.
소희	참고인 조사 때 뭐 알아낸 건 없고?
현경	김민주 집에 데려다주던 길이라는데, 사고 난 위치가 집 방향이랑 전혀 달라요. 아깐 그냥 떠들라고 굳이 캐묻진 않았는데.

소희	(끄덕, 연호에게) 누군지 기억 안 나요? 그쪽은 아는 눈치던데.
연호	(갸웃) 글쎄요. 전 잘…
동기	양재영 인적사항 봤더니 대전이 고향이던데, 혹시.
연호	(대전??)

채만, '대전'이란 말에 슬쩍 고개 들어 본다.

S#27. 여의도, 호텔 휘트니스 (밤)

창밖으로 파랗게 땅거미 내려앉은 한강이 내려다보이는 멤버십 피트니스.
민소매 차림, 잘 다듬어진 몸매의 남자, 표정욱(27). 거울 보며 운동 중이다.
그 옆에 기구 드는 양재영, 있다. 트레이너(여자), 그들 따라다니며 자세 교정.

정욱	(기구 들며) 차연호?
재영	그래, 차연호. 그 왜, (트레이너 신경 쓰이는) 잠깐 얘기 좀 할게요.
트레이너	(인사하고 사라지면)
재영	(일어나 정욱에게 다가서서 작게) 대전 사고 때, 운전했던. 카이스트!
정욱	(기억 더듬는, 생각 난) 아, 걔… 걔가 뭐?
재영	걔 지금 경찰이더라. 오늘 경찰서에서 봤잖아.
정욱	경찰? (웃기네, 피식)
재영	골 때리지 않냐? 사람 죽인 놈이 경찰을 하고. 대한민국, 리버럴해!
정욱	(그나저나) 넌 경찰서는 왜?
재영	(인상) 좀 골치 아픈 일이 있어. 아 진짜, 별 미친년 땜에,

정욱	(대충 감) 또 여자냐? 적당히 해라. 와이프까지 있는 놈이,
재영	그렇잖아도 늬 아버지 함 찾아뵐까 했는데.
정욱	(메커니즘 잘 아는) 경찰서에 사고 접수됐으면, 빽도 소용없어.
재영	(설마) 느이 아버지 빽도? 말이 되냐.
정욱	(고마해라, 가만, 차연호 얘기에 생각 난) 그거, 혹시 니가 보냈냐?
재영	뭐?
정욱	편지. 교통사고 기사.
재영	(목소리 커진) 너도 받았냐?? (욕지거리) 왓더 ㅍ,
정욱	(OL, 침착) 야, (소리 줄여)
재영	(작게) 나도 받았잖아!
정욱	(의심의 시선, 너도?)
재영	(씨발) 진짜야! 와이프가 먼저 보고 뭐냐고… 어떤 새끼냐 도대체?
정욱	…
재영	(머리 굴리는) 혹시 경수 아냐?
정욱	한경수? 걔가 왜?
재영	모르지. 돈이 필요한지. 그 새끼 아님 이거 아는 게 누가 있어.
정욱	(생각, 그럴 만도) 걔 요즘 뭐 하냐?

S#28. TCl 사무실 (낮)

각자의 자리에서 업무 중인 팀원.

동기	(모니터 보다가) 이것 봐라.
일동	(시선이 동기에게로)
동기	양재영! 차 명의가 지 아버지 회사길래 알아봤더니, 회사 명의 차량 다섯 대를 가족들이 사이좋게 나눠 타고 있어요. 근데 그냥 차

가 아냐. 다 뭐 포르쉐, 람보르기니, 페라리, 마이바흐…

현경 (실망했다는 듯) 그때 끌고 왔던 포르쉐가 아빠 차? 어쩐지,

소희 (말은 정확히) 아빠 차가 아니지. 회사 차지. 회사 돈이 마치 자기들 돈인 양. 아빠 회사 차에 아빠 회사 여직원을 태우고… (고개 젓는)

연호 (자리에서 대화에 귀 기울이는)

내선 전화 울리는,

현경 (받는) 교통범죄수사팀입니다… (사이) 네? 깨어났어요??

소희 (보는)

S#29. 중환자실 (낮)

마스크 쓴 소희와 연호, 민주 병상에 다가선다.
옆에 의사(S#20 나온) 동행.

소희 (조심스럽게) 김민주 씨…

민주 (충혈된 눈만 돌려 보는)

소희 (신분증 보이며) 경찰이에요. 김민주 씨 사건 수사 중인,

민주 …

소희 괜찮으시면 뭐 하나만 여쭐게요… 그날 차 안에서 무슨 일이 있었는지 기억나세요?

민주 (갑자기 눈물이 그렁, 부들부들 떠는)

소희 (당황) ? (연호 보는)

연호 (민주 반응에 짐작 가는)

S#30. TCI 사무실 (낮)

소희, 씩씩대며 들어온다. 연호 뒤따른다.

현경   어떻게 됐어요?

동기   기억난대요?

소희   (자리에 앉아 씩씩)

동기   (왜 저러시지? 연호 보는)

연호   (차분) 기억 대부분 돌아왔고, 당시 사고 경위 진술했습니다.

동기/현경   (궁금)

연호   차 안에서 성추행을 피하려다,

동기/현경   ?!!

채만   (고개 들어 보는)

동기   (이글이글) 내가 그럴 줄 알았어, 그 자식.

채만   (진정) 아직 확실한 거 아니잖아. 기억의 오류일 수도 있고.

동기   (단정) 무슨 오류요. 피해자가 당했다는데.

채만   증거 있어?

동기   (증거는) …

소희   팀장님 말이 맞아. 증거 없으면 오히려 김민주 씨가 난처해질 수도
           있어.

동기   (그렇겠구나)

현경   혹시 반대편에서 오던 차량 블랙박스에 찍혔다면,

연호   불가능해요. 시속 60킬로만 잡아도, 반대편에서 오는 차량 속도까
           지 더해져 시속 120킬로. 낮도 아닌 밤이라, 유의미한 장면을 확보
           하긴 어려울 겁니다.

현경   (한숨)

채만   일단 양재영이 다시 만나봐. 김민주 진술 내용 전달하고, 반응이 어

떻게 나오는지 보자고.

S#31. 카페 (낮)

재영   (버럭) 그거 미친년이네!!

손님들의 시선. (양재영, 맞은편에 소희와 연호, 앉아 있다.)

재영   아니 누굴, (속 뜨거운지 음료수 벌컥) 그거 꽃뱀 아냐? 돈 노리고,

소희   양재영 씨. 말씀 좀 가려 하시죠.

재영   (아랑곳 않고) 왜 그런 애들 많잖아요. 유부남 건드려서 뒤통수치는 애들.

소희   김민주 씨 집에 바래다주는 길이라고 하셨죠?

재영   네.

소희   근데 집이랑 반대 방향으로 간 이유는 뭡니까?

재영   (뜨끔) 그건… 그냥 드라이브 좀 하다가 가려고,

소희   회사 소유 별장으로 가려던 건 아니고요? 방향이 파주 쪽이던데.

재영   (발끈) 무슨 그런, (가슴 치며) 나 가정이 있는 사람이에요!

소희   (그니까 더 이상하지)

연호   김민주 씨 말론 차에서 계속 내려달라고 요구했다던데요.

재영   (가만) 뭐야, 나 의심해요 지금?

소희/연호   (의혹의 시선)

재영   허! 어이없네 진짜. (일어나는) 더 이상 할 얘기 없으니까, 증거 가져 오세요. 그리고 걔한테 고소하고 싶음 하라고 해요.
나도 명예훼손, 무고죄로 맞고소할 테니까! (휙 돌아서서 가는)

소희   (등 기대며 팔짱, 예상대로의 전개네)

S#32. 도로, 차 안 (낮)

차들 사이를 칼치기하는 재영의 포르쉐. 정욱과 통화중.

재영　　(흥분 상태) 야, 느이 아버지한테 어떻게 좀 안 되겠냐?

S#33. 한정식 식당 주차장

주차장 일각. 통화 중인 정욱. (화면으로는 어디인지 알 수 없다)

정욱　　얘기했잖아. 사고 접수됐으면 어쩔 수 없다고. 심각해?
재영　　(필터) 아니, 그년이 하도 일을 벌려서.
정욱　　변호사 소개시켜줘?
재영　　(필터) 야 씨, 누군 변호사 없어서 이러냐. 일 커지면 피곤하니까,
정욱　　그니까, 조용조용, 말 안 나게 하는 애들. 법원까지 가면 하수지.
　　　　(사이) 내가 전화번호 줄 테니까 연락해봐.

정욱, 차에서 내리는 누군가 보고는,

정욱　　끊자. (전화 끊고 보면)

정욱 시선이 닿는 곳, 출입통제기를 나서는 남자, 표명학과 양회장
이다.

명학　　(다가와, 밝게) 일찍 왔네.
정욱　　(반듯한 인사) 잘 지내셨죠? 삼촌, 아니 회장님!

양회장	우리 정욱이 미국물 먹고 인물이 더 좋아졌네. 아빠 닮아서.
명학	(흐뭇) 하하 무슨. (나서는) 유학 보낸다고 돈 들인 만큼 이제 사람 구실 해야지.
양회장	형님은, 돈 들인다고 사람 구실 합니까? 돈이 있어야 사람 구실 하지.
명학	맞네, 양회장이 이놈 사람 구실 좀 하게 해봐. 하하! (들어가자는)

S#34. 한정식집, 별실 (밤)

정갈하고 고급스러운 음식들이 한상 차려진 자리. 식사가 어느 정도 끝난 듯,
매실차 마시는 명학과 양회장. 명학 옆에 정욱.

양회장	…건설 경기도 시들하고, 이것만 붙잡고 있어선 답이 안 나와. 이제 우리도 사업다각화가 필요한 시점이란 말이야. 호텔, 리조트, 금융, 엔터, 바이오, 돈이 될 만한 건 뭐든! 무슨 말인지 알지?
명학	이놈이 미국에서 공부하고 온 게 그거 아닌가. 기업 인수 합병. (정욱에게) 우리 양회장 야심가니까 니가 옆에서 잘 도와드려. (양회장에게) 괜히 폐나 끼치는 건 아닌지 모르겠네. 재영이도 있는데.
양회장	폐는 무슨, 우리가 남입니까! 가족이나 다름없지. 재영이랑 정욱인 어려서부터 형제나 다름없었잖아요. 정욱아, 우리 재영이 좀 옆에서 잘 가르쳐라. 내 아들이지만 그놈 아직 멀었어. 아직 철도 없고, 배울 게 많아.
정욱	(응대하는 미소) 제가 많이 배워야죠. 이제 회사 상관인데.
양회장	상관은 무슨, (자리 털고 일어나며) 자세한 얘긴 화장실 갔다 와서. 요즘 나이 먹으니까 (그곳 가리키며) 이게 말썽이에요.
명학	사람이, 파이프 관리 잘해! 약 알아봐줘?

양회장	약은 아침마다 배부르게 먹고 있습니다. (나가는)
명학	(피식, 양회장 사라진 문 힐끔) 양회장, 옛날 대전 시절 뒤나 봐주던 양아치 조폭이 아니다. 이제는 어엿한 기업 집단 오너야. 너도 딴생각 말고 들어가서 자리 잘 잡아. 상장사 하나만 넘겨받아도 우리한텐 크게 이득이야.
정욱	(끄덕끄덕) 네.
명학	(차 한 모금, 그나저나) 재영인 뭐가 어떻게 됐다고?
정욱	회사 여직원이랑 사소한 오해가 있었나 봐요. 성변호사님 소개시켜 줬어요.
명학	(안 봐도 뻔한) 한심한 놈. 그놈은 지 아부지 뒤꿈치도 못 따라가.
정욱	(말 나온 김에) …차연호 아시죠?
명학	(누구?)
정욱	대전 사고 때, 카이스트 다니던,
명학	(생각난) 그래 그놈, 알지. (근데 걘 왜?)
정욱	지금 경찰이래요. 남강경찰서 교통과.
명학	??! 경찰? (뜻밖)
정욱	아버지랑은 별 상관없는 거죠?
명학	(남강경찰서라면 정채만이 있는, 묘한 표정)

S#35. TCI 사무실 (낮)

책상 앞에서 모니터 들여다보는 연호.

소희E	차주임!
연호	(보면, 소희가 외투 입으며 다가오는)
소희	김민주 씨, 일반병실로 옮겼대요.

양재영에 대한 진술 보완하게 차주임도 같이 가요.

연호   네.

S#36. 동성병원, 병실 (낮)

병실 안에 막 들어선 연호와 소희, 굳는다.

안엔 이미 재영과 성변호사(교통사고 전문 변호사, 성인배, 50대 초반) 와 있고…

베드에 기대어 앉아 있는 민주의 떨리는 손이 소희의 시선에 들어 온다.

소희   뭡니까? 형사사건 피의자가 피해자를 함부로 찾아와도 되는 거예 요??

성변호사   피의자요?

소희   네! 피의자요! 김민주 씨가 양재영 씰 고소하셨거든요.

성변호사   방금 김민주 씨랑 얘기 마쳤습니다.

            고소 취하하고 이쯤에서 마무리하고 싶어 하시네요.

소희   (! 민주에게) 김민주 씨… 정말이에요?

연호   (민주 보는)

민주   (아무 말 못 하고)

재영   일하는 거 보면 참… (썩소 날리고) 가죠. (연호 힐끗 보고 가는)

성변호사   (뒤따르는)

연호   (재영 돌아보는)

소희   (민주 걱정돼서) 괜찮아요? 혹시 저 인간들이 협박이라도 했어요?

민주   고소해도… 제가 이긴다는 보장 없잖아요.

소희   힘든 싸움인 거 알아요… 저희가 도울게요! 증거 찾아낼게요.

	민주 씨가 조금만 용기 내주시면…
민주	(OL) 저 싫어요… 왜 저만 싸워야 해요?
	왜 나만 힘들고 어려운 길을 가야 해요? 내가 뭐라고…!
소희	김민주 씨…
연호	…
민주	사람들 입에 오르내리는 것도 싫고… 이젠 그 일 떠올리는 것도 지
	쳐요… 제발 그냥 가주세요. 제발… (울음 터트리는)
민주모E	민주야!
연호/소희	(보면)
민주모	(얼른 달려 들어와 민주 달래며) 애가 싫다잖아요!! 그만 나가주세요.
소희	(뭔가 말하려는데)
연호	(그런 소희 저지하는)
소희	(어쩔 수 없고)

S#37. 동성병원, 복도 일각 (낮)

착잡한 심정으로 병실 나서는 소희. 연호도 옆에 있고.

소희	(멈칫) 아까 김민주 씨 떨고 있었어요…
	내 잘못이에요… 접근금지신청부터 하게 하는 건데…
연호	그럴 겨를 없었던 거 반장님도 아시잖아요.
소희	(발길이 떨어지지 않는. 민주 병실 돌아본다)

S#38. 동성병원, 병실 (낮)

어느새 잠든 민주. 민주모, 그런 민주에게 이불 덮어주는데…
그때 베개 아래에서 민주의 휴대폰을 발견한다. 휴대폰은 녹음 중.

민주모   ?!

S#39. 동성병원, 비상계단 (낮)

민주모, 아무도 없는 비상계단 한곳에 앉은 채 휴대폰 녹음 파일
을 연다.

민주   (필터) 절대 용서 못 해… 꼭 벌 받게 할 거예요!
민주모   !

S#40. S#36 전 상황 : 동성병원, 병실 (낮)

베개 아래 놓인… 녹음 중인 휴대폰 보이고.
재영과 성변호사가 민주를 찾아온 그때다.
재영은 민주 앞에, 성변호사는 멀찍이 문가에 서 있는 상황.

재영   왜? 감옥이라도 보내보게? 여지껏 너 같은 여자가 없었을까 봐?
        개들 다 어떻게 됐는지 말해줘?
민주   !
재영   (조용히) 회사에서도 짤리고, 취업도 못 했어.

회장 아들한테 들이댄 꽃뱀이라고 소문나서.

민주 (두 손 부들부들 떨리는)

재영 너 니네 집 가장이라며? 너 백수 되면 니네 부모님은?

손가락 빨고 살게 하려고? 너 그거 불효야.

민주 (입술 꾹) 그만해요!

재영 (혀 차며) 그러게… 부모라도 잘 만나지 그랬어. 안 억울하게.

S#41. 동성병원, 비상계단 (낮)

녹음 파일을 듣던 민주모, 숨이 탁 막힌다.

답답한 듯 가슴을 쥐어짜는 민주모, 울분이 섞인 울음소리가 터져

나오고.

민주모, 가슴 쳐대며 목놓아 우는데.

S#42. 동성병원, 지하주차장 (낮)

차에 오르는 소희와 연호.

소희 (운전석에 털썩 앉는, 허무한) 결국 이렇게 끝이네요. 돈 있고 빽 있으

면 죄를 지어도 떳떳, 돈 없고 빽 없으면 피해를 당하고도 죄인.

진짜 경찰 할 맛 안 난다!

연호 (안전벨트 매며) 꼭 그렇지만은 않을 겁니다.

소희 ? (무슨 소리?)

연호 (입 다무는)

S#43. 한남동 고급 빌라, 주차장 (낮)

고급 외제 승용차가 즐비한 주차장. 재영의 포르쉐가 들어온다.
차량 주차하고 콧노래 부르며 차에서 나오는데, 옆에 주차된 마이
바흐 차량에 붙어 있는 노란 딱지. 다가가 보면, '지방세 체납처분에
의한 압류재산'

재영　　??!! …뭐야 이거??

S#44. 한남동 고급 빌라, 재영의 집 (낮)

재영, 들어오면, 현관 입구에 서 있는 재영부와 비서 어깨들.

재영　　아빠, 왜 차에 압류 딱지가,

재영부　야 임마 이게 무슨 일이야. 너 대체 뭐 하고 다니는 거야.

재영, 집 안으로 들어와 보면, 국세청 조사국 조끼 입은 사람들이
집 안 곳곳을 뒤지며, 어깨들과 실랑이를 벌인다.

재영　　뭐야 당신들! 그거 안 내려놔!

징수팀　아드님이세요? (신분증 보이며) 국세청 조사국으로 제보가 들어왔습
니다. 아버님 회사법인 명의 차량 사용하고 계시죠?

재영　　(당황) 그게, 뭐요.

징수팀　오늘부로 압류 들어갑니다. 세무조사 끝나기 전까지는 사용 못 하
세요.

재영　　??!!

재영부   야 이 새끼야, 또 무슨 사고를 친 거야!

재영부, 양회장, 화를 삭이지 못한다.
재영, 아버지 앞에서 어쩔 줄 몰라 한다.

S#45. 바 (밤)

클래식한 분위기. 은은한 조명.
소파에 앉아 싱글몰트 위스키 마시는 정욱, 재영. 다양한 치즈와
견과류 안주.

재영   (자조) 내가 렌터카를 다 탄다. 쪽팔리게 씨,
정욱   (피식, 위스키 한 모금) 차연호 확실하대?
재영   다 알아봤어. 제보한 놈. 그 자식 맞대.
정욱   (재밌다는 듯) 인연이네. 차연호랑은,
재영   (분이 풀리지 않는) 이대론 못 끝내지. 사람까지 죽인 놈이 무슨 자격
       으로… 내가 차연호 그 자식, 옷 벗긴다.
정욱   (경고) 괜히 일 벌리지 마. 그때 일, 사람들 입 타면 골치 아파져.
재영   (정욱 티꺼운 시선으로 힐끗, 위스키 한 모금, 눈빛 이글거리는)

S#46. 연호의 빌라 근처 (밤)

연호, 장 본 봉지 들고 터벅터벅 걸어오는데, 저만치 화단에 꾸부정
하게 앉아 있는 남자, 연호를 보고는 몸을 일으킨다. 정섭이다.
연호에게 인사 대신 흐릿한 미소 날린다. 연호는 무표정하지만 공

손하게 인사.

S#47. 연호의 빌라 근처 (밤)

빌라 앞 벤치 앉은 연호와 정섭. 정섭은 캔맥주, 연호는 음료.

연호	식사를 하시는 게,
정섭	(고개 젓는, 맥주 한 모금) 이거면 됐어. (연호의 봉지 위로 컵밥 보고) 혼자 살면 끼니 챙기는 게 일이지.
연호	…
정섭	경찰 일은 어때? 할 만해? 운전은 아직이지?
연호	아직 배워야 할 게 많습니다.
정섭	(끄덕끄덕) 쉽진 않을 거야. 생각보다 몸도 많이 축나고.
연호	(그보다) 여기까진 어쩐 일이세요? 연락을 주셨으면 제가,

정섭, 가방에서 뭔가 주섬주섬 꺼내 연호 앞에 내려놓는다.
연호, 보면 직인도 주소도 없는 편지다. 내용물을 볼 필요도 없이 자신이 받은 것과 똑같은 편지임을 안다.

정섭	(연호의 반응 보고는) 표정 보니, 자네한테도 왔나 보군.
연호	…
정섭	(편지 챙기는)
연호	누굴까요? 이런 편지를 보낼 사람이.
정섭	(잠시 생각, 처연한) …집사람이 암에 걸렸어…
연호	!!
정섭	의사 얘기론 올해를 넘기기 힘들다고 하더군.

연호	…
정섭	아내는 그날 이후로 하루도 빠짐없이 사고를 곱씹고 있었을 거야. 마음속으로, 되새김질하듯, 반복해서,
연호	…
정섭	(일어나며) 누군가도 이 사고를 잊지 않고 있었나 보지. 집사람처럼…

정섭, 쓸쓸한 미소 남기고 멀어진다. 연호의 시선이 오랫동안 정섭에 머문다.
뒤에서 이 둘을 지켜보는 검은 차.

F. O

S#48. 도로, 용건의 택시 안 (아침)

화면 밝으면, 눈부신 아침 햇살이 비추는 출근길 도심 도로. 용건의 택시가 그곳에 있다. 그 위로,

앵커E	서울 서북부 일대에서 벌어지고 있는 연쇄 강도 강간 사건의 여덟 번째 피해자가 나왔습니다.

용건의 택시가 정체 구간에 진입한다.
택시 안. 앵커의 뉴스 이어지고… "피해자는 다세대 주택 2층에 혼자 거주하는 20대 직장인 여성으로…"
조수석에서 선바이저 거울 보며 화장하는 소희.

소희	(차 막히는 거 힐끔 보고) 거봐. 내가 '전주설렁탕' 골목으로 빠져서 뒷길로 가자고 했지?
용건	'남희슈퍼' 앞부터 일방인 거 몰라? 어차피 큰길로 다시 나와야 돼.
소희	그 윗길은. '도레미피아노' 있는 골목. 거긴 차가 못 다니나?
용건	하수관 공사 땜에 '감나무집' 앞부터 차량 통제. 그건 왜 모르실까? (힐끔 보며) 할 말 없지?
소희	… (분하다)

차, 앞으로 조금 전진하려는데, 순간 택시 앞으로 빠르게 지나가는 전동 킥보드! 용건, 급브레이크! 덕분에 소희의 립스틱이 삐끗한다. (조커처럼 한쪽만 찌익)

| 소희 | (놀란) 뭐야. |

보면, 차들 사이를 요리조리 빠져나가는 전동 킥보드 (헬멧 쓴).

| 용건 | (화나는) 뭐 저런…! |

순간, 차 앞으로 부딪칠 듯 달려드는 여자, 현경이다.
'거기 서!!' 킥보드 뒤쫓는 동기.

| 소희 | 어현경? |

뒤이어 차 앞을 지나치는 남자, 동기다.

| 동기 | (현경 보며) 잡아 빨리!! (지나치는) |
| 소희 | 우동기?? (이게 무슨) |

소희, 이들이 달려온 인도 보면, 유치원생 여자아이 바닥에 쓰러져 울고 있고, 행인들, 아이 주변에 몰려 있다.

소희, 대충 상황파악 된다.

용건 (비장한 표정) 쫓아갈까?

소희 (안전벨트 풀며) 됐어. 괜히 저번처럼 다치려고. 나, 갈게.

(택시 문 열고 내리는)

용건 야야, 너 얼굴, (하여간 성질. 하다 블루투스 모드로 112에 신고)

네, 수고하십니다. (주위 둘러보며) 여기 안수역 사거리 근처인데요.

S#49. 추격 몽타주 (아침)

골목골목을 요리조리 빠져나가는 킥보드.

그 뒤를 뒤쫓는 현경, 동기, 소희.

골목을 엇갈려 뛰기도 하고, 다시 만나기도 하며 킥보드를 뒤쫓는 모습.

S#50. 도로, 횡단보도 (아침)

횡단보도 앞. 서 있는 연호의 자전거.

신호 바뀌고, 연호의 자전거 출발하려는데, 횡단보도를 빠른 속도로 달리던 킥보드가 연호의 자전거를 피하려다, 중심을 잃고 쓰러진다.

킥보드남 (길가에 뒹굴며) 으윽~

놀란 연호, 자전거에서 내려 바닥에 쓰러져 있는 킥보드 사내에게 다가간다.

연호　　　　(다가가 살피며) 괜찮으세요?

킥보드남　　(고통스러운 표정으로 일어나려는)

연호　　　　(진정시키며) 그냥 가만히 계세요. 구급차 부를게요.

킥보드남　　(연호 손 뿌리치며) 놔요 씨. (보면 저만치서 다가오는 소희, 동기, 현경) 어!
　　　　　　(절룩거리며 서둘러 킥보드에 올라타는)

소희　　　　(달려오며) 그놈 잡아요!!

연호　　　　(소희 보고) ??

소희　　　　그놈 잡아! 뺑소니!!

연호　　　　!!!

킥보드남, 킥보드 타고 도주 시도하는데,
연호, 얼른 킥보드남의 허리를 붙잡는다.

연호　　　　(허리 붙잡고) 선생님, 잠깐만요! 지금 경찰이,

킥보드　　　(연호 말 아랑곳없이) 놔요! 놔!!

킥보드, 연호를 뿌리치려는데, 악착같이 붙잡고 놓아주지 않는다.
킥보드, 안 되겠는지, 팔꿈치로 연호의 이마를 가격하자 휘청하며
쓰러지는 연호. 킥보드, 이때다! 얼른 도망가는데.
이를 본 소희, 옆에 세워진 연호의 자전거를 타고 얼른 쫓는다.
소희의 박력 넘치는 사이클링!! (흡사 경륜선수 같은)
킥보드를 옆으로 바짝 나란히 뒤쫓더니 달리는 자전거에서 뛰어
내리며, 소희가 킥보드남을 덮친다.

킥보드남   (자전거에 부딪쳐 나뒹구는) 아악!!!

쓰러져서 고통스러워하는 킥보드남에게 다가가 뒤로 수갑을 채우
는 소희.

소희   (숨 헐떡이며) 도주치상 혐의로 긴급체포합니다. 변호사 선임할 수 있
고, 묵비권 행사할 수 있어요.

소희, 숨 돌리고 일어나 연호 보면, 이마에 찢어진 상처.
뒤늦게 동기와 현경이 달려온다.

현경   (숨 헐떡이며) 어… 어떻게 된 거예요… 왜 다 여기서… (소희 번진 립
스틱 보고 깜짝) 헉!

동기   (뒤늦게 도착, 헐떡) 잡았… 잡았어요? (소희 번진 립스틱) 어, 반장님
(입 가리키는) 립스틱…

소희   (그제야) 아, (손등으로 입 주위 닦는)

현경   (연호 힐끔 보다가 또 놀란) 어! 여긴 또 왜 이래,

연호   (이마 상처에서 흐르는 피, 손으로 쓰윽 닦고는 어딘가 가는)

소희   어디 가요?

연호   (쓰러진 제 자전거 상태 점검하는)

소희   아… 급하다 보니… 어디 고장 난 데 있음 말해요. 고쳐줄게요.

연호   새 건데… (입술 꾹)

소희   (연호 이마에 피 보며) 지금 자전거가 문제가 아닌데 뭐…
이 피 어쩔 거야?

S#51. 도로, 카니발 안 (아침)

카니발 운전석엔 동기, 조수석에 현경, 좁은 뒷자리엔 헬멧 쓴 킥보드남(20대) 양옆으로, 소희과 연호가 앉아 있다. 조금 우스꽝스러운 풍경.
소희는 거울 보며 립스틱 고치고, 연호 이마엔 밴드 붙어 있다.

킥보드남 (조심스럽게) 근데… 제가 왜 뺑소닙니까. 차로 친 것도 아닌데.
소희 (인간아) 현행법상 전동 킥보드는 원동기 장치 자전거로 분류돼요. 그니까 오토바이랑 똑같다 이 말이에요. 선생님은 그 원동기 장치 자전거로 사람을 치고 도주까지 했으니까, 특가법 제5조 3항에 의거, 도주차량 운전자로 가중처벌을 받게 되는 겁니다. 아시겠어요?
킥보드남 (겁먹은) 저는 진짜요… 도망가려던 게 아니라… 약속이 늦어서…
소희 (황당) 이 양반이… 약속이 늦어서 멈추라는 경찰 말도 무시하고, 폭행까지 해요?
킥보드남 (변명, 연호 보며) 저는 저분 경찰인지 모르고… 진짜예요. 어딜 봐서 경찰이라고,
소희 (듣기 싫은) 가서 얘기해요. 가서, (연호 힐끔, 조금 큰 직장인 양복, 자기가 보기에도 경찰 자세 안 나오는)

S#52. TCI 주차장 (낮)

동기가 운전하는 카니발, 별관 앞에 멈춰 서면, 뒷자리에서 소희와 연호가 킥보드남 빼낸다. 운전석에 동기, 조수석 현경도 나온다.

소희 데리고 올라가라.

동기/현경	네, (끌며) 가. (양쪽에서 팔짱 껴서 건물로 이동)
킥보드남	(끌려가며) 헬멧 좀 벗겨주시면 안 돼요? 땀나서,
동기	시끄러! 내가 더 더워!

셋, 건물 안으로 사라지면, 연호는 넘어질 때 손목 삐끗했는지 매만지는,

소희	(딱한 시선) 머린 괜찮아요?
연호	(밴드 붙인 이마 만지작) 네, 뭐.
소희	경찰학교에서 체포술 같은 거 안 배웠어요?
연호	배웠습니다.
소희	아까 한번 써볼 생각은 못 하고?
연호	피해잔지, 피의잔지 확인이 안 된 상황에서 무력을 쓰기가,
소희	(비꼬듯) 아~ 그니까 능히 제압할 수 있었으나 하지 않았다?
연호	… (그런 건 아니지만)
소희	명색이 경찰인데, 그렇게 부실해서 어쩌려고 그래요? 경찰 신분증 내민다고 범죄자들이 순순히 수갑 찰 것도 아니고. 따라와요.
연호	?

S#53. 남강경찰서, 본관 체육관 (낮)

도복 입은 연호 모습 위로, '으앗! 헛! 아자!' 소희의 기합소리 울려 퍼진다.
화면 빠지면, 연호 앞에서 현란한 기술 선보이며 몸 풀고 있는 소희.

소희	(거친 숨 몰아쉬며 교관모드) 경찰 체포술이란, 피의자나 범인 등을 제

압, 체포할 때 쓰는 기술을 말하는데, 이때 기술이라고 함은, 단순히 신체나 장구를 쓰는 데서 그치지 않고, 어떤 말이나 기세 등을 포함한 넓은 의미의 체포술이라 할 수 있어요.

연호   …

소희   예전에 '반다레이 실바'라는 이종격투기 선수가 이런 말을 했어요. "나는 기술이 아닌 심장으로 싸운다." 결국, 몸과 몸이 부딪치기 전에 이미 (가슴 팡팡!) 심장이! 싸움의 승패를 가른다, 이 얘기죠.

연호   … (관심 없는 표정)

소희   (힘 빠진다) 거 참 리액션도 없고… 솔직히 하기 싫죠?

연호   (보는)

소희   솔직히 그렇잖아요. 격투기 이런 거, 관심도 없고, 소질도 없고, 필요성도 못 느끼고.

연호   …뭐, (부인하진 못하겠네)

소희   (유도 자세 잡고) 자, 넘겨봐요.

연호   ?

소희   어떤 식이든 좋으니까 한번 쓰러뜨려 보라고요. 내 무릎이 한 번이라도 바닥에 닿으면, 훈련 없던 걸로 할게요. (자세 잡으며) 자,

연호   (해야 되나 말아야 되나, 주저)

소희   안 하면 내가 해요?

소희, 거침없이 연호를 붙잡아 업어치기 한다.

연호   윽!

소희   이제 좀 동기 부여가 되죠? (들어오라는 듯 자세) 자!

연호, 소희의 도발에 자극이 된 듯, 일어나 소희의 도복 잡고 어설프게 넘어뜨리려고 하는데, 소희의 현란한 되치기 기술에 쓰러진다.

소희	(다시 자세) 장딴지에 힘 딱 주고! 다시!

연호의 패대기 몽타주. "다시! 다시! 다시!"
소희의 현란한 기술에 번번이 매트에 패대기쳐지는 연호.
체육관 유리창. 동기와 현경의 머리가 살짝 올라온다.
바닥에 연신 내동댕이쳐지는 연호 본다.

현경	저러다 사람 잡겠네…
동기	설마 죽이기야 하겠냐. 경찰인데.

동기는 신경 끄고 가자는 듯 현경을 끈다.
동기와 현경, 사라지고… 심하게 내동댕이쳐지는 연호.

연호	아윽… (바닥에 대자로 누워 가쁜 숨 몰아쉰다.)
소희	(도복 고쳐 입으며) 아프죠? 나도 아파요. 지금 어떤 기분일지 누구보다 잘 아니까… 무력하고, 초라하고, 내가 한없이 못난 기분.
연호	…
소희	나도 그랬어요. 예전에. 근데, 결국 그 드러운 기분이 나를 강하게 만들더라고요. 그니까, 그 기분 잊지 마시고. 다음 시간엔 좀 더 의욕적으로! (주먹 불끈, 연호 지나쳐 사라지는)
연호	(일어날 생각 없이, 바닥에 누워 천장 바라보는)

S#54. 남강경찰서 본관 1층 (낮)

소희, 몸 풀면서 계단에서 걸어 내려온다. 그 옆엔 현경 있고.

현경	첫날부터 너무 심한 거 아니에요? 저러다 사람 죽겠어요.
소희	피의자한테 맞아 죽는 것보단 낫지. 이 정도도 못 견뎌서 무슨 경찰을 하겠다고.

순간 멈칫, 소희의 시선. 현관으로 들어오는 일군의 사람들 본다.
서울청 중대범죄수사과 '이태주' 경정(30대 후반)과 팀원들.
훤칠한 키, 준수한 외모, 핏 좋은 정장. 태주 주변이 밝아지는 느낌.
성큼성큼 엘리베이터에 당도하면, 팀원, 얼른 엘리베이터 잡아 세운
다. 태주와 팀원들, 엘리베이터에 오르면, 소희와 바라보는 형국.
소희를 봤는지 못 봤는지 무표정한 태주, 이내 문 닫힌다.

현경	(소희 눈치 보며) 모르셨어요?
소희	?
현경	우리 서에 합동수사본부 설치된대요… 연쇄 강도 강간 사건.
소희	그래? (그런가 보다. 애써 태연한 표정, 휴대폰 울리고) 네… 네? (현경에게 '사건' 입 모양, 가는) 어디요?
현경	(엘리베이터 보며 원망 섞인) 얘기 안 했나 보네. (소희 뒤따르는)

S#55. 안수동 골목 (낮)

좁고 비탈진 골목 일각. 주변에 오래된 빌라와 낡은 가옥들 있다.
바닥에 숨진 채 쓰러져 있는 피해자(50대 남). 주변에 소희, 연호, 동
기, 현경 있다. 전봇대를 중심으로 폴리스라인 쳐놓은 일대를 수색
중인 감식반. 지구대 경찰들, 주변 시민들 통제하고 있다. 지구대 경
찰이 TCI에게 설명 중.

경찰	'정근수' 씨라고 이 동네 주민인데, 특별한 직업은 없고, 거의 맨날 술에 쩔어 사는 분이에요. 동네에서 사건사고도 많았고. 발견 당시에도 술 냄새가 진동을 하더라고요.
소희	신고는요?
경찰	오늘 아침 7시경, 등교하던 여고생이 발견하고 119에 신고했습니다.
현경	?? 근데 왜 이제,
경찰	첨엔 단순 주취자 사망사곤 줄 알고 저희 지구대에 접수됐는데, 이게,

경찰, 장갑 낀 손으로 사망자 고개 살짝 돌리면 목 뒤와 볼을 타고 흐릿하게 남아 있는 타이어 자국.

일동	!!
소희	(앉아서 타이어 자국 확인) 역과사고네요. (경찰에게) 위치는 발견 당시 그대론가요?
경찰	네. 그대롭니다.
동기	뺑소니일까요?
소희	글쎄. 뺑소니건 아니건, 대부분 붙잡히면 몰랐다고 발뺌을 하지. 동기는 현경이랑 국과수 움직여. 여긴 차주임이랑 내가 맡을 테니까.
동기	네.

S#56. 안수동, 근처 술집 (낮)

주방에서 영업 준비 중인 여주인. 주방 밖에 소희와 연호.

여주인	(분주히 움직이며) 그 아저씨 술병 나서 못 오는 날 말곤, 맨날 출근

도장 찍었어요. 어제도 그만 가시라고 가시라고 그렇게 얘길 해도, 그냥 몸도 못 가눌 정도로 끝을 보더니, (쯧쯧)

소희　어제 몇 시쯤 여기서 나갔나요?

여주인　문 닫는다고 겨우 내보냈으니까, 새벽 1시 다 됐죠.

소희　동행은 없었나요?

여주인　누가 그 아저씨랑 술을 먹어요. 무슨 험한 꼴을 당하려고.
　　　　술만 취하면 아무한테나 시비 걸고. (고개 절레절레)

문 열리는 소리. 소희, 돌아보면, 연호, 이미 술집 나서고 있다.

S#57. 안수동, 근처 술집 밖 (낮)

소희, 나오면, 연호, 머리 위에 있는 방범 CCTV 가리키다가 '윽'

소희　왜요? 어디 아파요?

연호　정말 몰라서 묻는 겁니까?

소희　설마 패대기 좀 쳤다고 이러는 거예요?

연호　(말을 말자) 여기가 출발점. 피해자가 발견된 장소를 도착점으로 보
　　　　면, 피해자가 발견된 장소까지 최단 경로는,

아이패드에서 지도 확인. 골목길 최단경로 그림 만들어, 펜슬 이용
해 수학문제 풀듯 푼다.

연호　(작게 중얼) 7팩토리얼 나누기 2팩토리얼 곱하기 5팩토리얼…
　　　　(소희에게) 총 21개의 경로가 있어요. (지도 보며 설명) 제가 홀수길을
　　　　맡고, 반장님이 짝수길을 맡아 훑고 올라가면,

소희	잠깐잠깐,
연호	(보는)
소희	(한심한 듯 보며) 차주임, 술 안 취해봤죠?
연호	?
소희	술이 떡이 된 사람이, 최단경로 따지면서 집에 올라갈까요? 가다가 놀이터에 누워서 잠도 자고, 오줌 마려우면 골목에서 오줌도 싸고.
연호	(듣고 보니, 펜슬로 아이패드 화면 닫으며) 계산은 없던 일로 하죠.
소희	이 일대 골목이란 골목, 차란 차는 하나도 빠짐없이 확인합니다.
연호	(가방에 아이패드 집어넣고 뒤따른다)

S#58. 몽타주 (낮)

- 소희와 연호, 골목을 돌며, 정차된 차량 블랙박스 있는지 확인한다.
- 골목에 주차된 차량. 차주 만나 블랙박스 협조 요청하는 소희.
- 전봇대 위에 설치된 방범 CCTV 번호 확인하는 연호.
- 놀이터 쉼터에 앉아 있는 할머니들과 얘기 중인 소희.

S#59. 다세대 주택 앞 (낮)

소희	어제 피해자를 보셨다고요?

가내복 입은 40대 여자와 대문 앞에서 얘기 중인 소희와 연호.

여자	우리 안방 창이 이 골목 쪽으로 나 있잖아요.
소희	(2층 창문 보는)

여자	(원망 섞인) 그 양반 술 잡수면 꼭 이 앞으로 다녀요. 희한하게. 어제도 새벽에 자는데, 하도 시끄럽길래 내다봤더니,

- 여자의 회상

불 꺼진 방, 남편과 잠들어 있는 여자.
창밖에서 들리는 소란스러운 소리들…'야! 일루 와 봐! 일루 안 와!'
여자, 인상 쓰고 일어나, 창밖 내다보면, 여자의 시점으로 검정색 버킷햇(벙거지모자) 쓴 남자와 실랑이 중인 피해자 정근수.

근수	(혀 꼬인) 어린 노무 쉐끼가 담배꽁초나 아무 데나 버리고 말야.
모자남	(건조) 아저씨가 뭔 상관인데요.
근수	왜 상관이 없어! 여기가 마, 다 우리 동넨데! 어디 남의 동네 와서,
모자남	(피식) 술 드셨으면 조용히 집에 가서 처자세요. (가려는데)
근수	이 새끼가, 야! (팔 뻗어 모자남 붙잡는)
모자남	(거칠게 팔 뿌리치면)
근수	(중심 잃고 넘어지며 모자남 벙거지 모자를 벗긴다) 아, 쓰으~
모자남	(당황, 얼른 모자 주워 쓰고 쓰러진 근수 발로 밟을 듯 포즈) 확! 씨,
근수	(움츠리는, 살짝 겁먹은)
모자남	(성질 누르고, 귀찮다는 듯 걸어가는)
근수	(모자남 멀어지면 다시 기 살아서) 야! 너 거기 안 서!! 마!!!
여자	(창문으로 지켜보다 인상) 허구한 날 진짜. (커튼 닫고 자리에 눕는)

- 다시 현재

여자	하여간 술만 먹으면 왜 그렇게 사람들한테 시비를 거는지.
소희	상대편 남자는 누군지 모르시고요?
여자	(갸웃) 글쎄. 처음 보는 얼굴이던데.
소희	인상착의는?

여자	체격은 좀 크고, 얼굴은 나도 제대론 못 봤는데, 뭐라 그래야 되나,
	좀 기분 나쁘게 생겼어. 왜 그런 얼굴 있잖아. 좀 음산하고.
소희	(더 이상은 안 나오겠다, 끄덕끄덕, 알겠다는 듯 인사)

S#60. 국과수 교통사고 분석과 (낮)

광학 현미경 이용해서 피해자 몸과 옷에 남은 미세한 타이어 흔적을 분석하는 '김현민' 분석관과 연구원들. 모니터에 목에 남아 있던 타이어자국이 선명하게 드러난다. 타이어 DB를 통해 몸에 남은 타이어 트레드와 일치되는 타이어 제품이 검색되고…

S#61. 국과수 교통사고 분석과 복도 (낮)

캔커피 마시며 분석결과 기다리는 동기와 현경.

현경	피해자를 유기하고 도망간 운전자도 잘못이지만, 저렇게 술에 취해
	서 아무 데나 쓰러져 있으면, 운전자들도 억울한 거 아니에요?
	더군다나 한밤중에 조명도 없는 골목길에서,
동기	재수가 없으려면 뭔 일은 못 일어나냐. 그니까 너도 조심해.
	괜히 술 먹고 아무 데서나 자지 말고.
현경	내가 술을 먹으면 얼마나 먹는다고.
동기	(너 모르니?) 너 꽤 먹어.
현경	(눈 흘기는)

연구실에서 김현민 분석관, 분석 결과 들고 나온다. 동기와 현경,

일어나 다가간다.

김분석관 (피곤에 쩐, 동기 보고 하소연) 우리 밀려 있는 사건 엄청 많은데.
현경 (애교 섞인) 죄송해요. 뺑소니는 시간싸움인 거 잘 아시잖아요.
　　　근데, 얼굴이 말이 아니시다. 김분석관님, 건강 잘 챙기셔야겠어요.
김분석관 (금세 화색, 덕후 같은 미소) 네, 뭐. 홍삼 먹고 있는데,
동기 (얘네들 왜 이래, 것보다) 나왔어요?
김분석관 (현실 복귀) 네. (동기에게 서류 넘기며) 근데, 두 대네요.
동기/현경 ??
김분석관 역과 차량이 두 대라고요.
동기/현경 !! (서로 보는)

S#62. TCI 사무실 (낮)

화이트보드에 지도. 피해자의 사고지점과 술집에서 이동경로 체크
돼 있고.
그 밑으로 10여 대의 차량(그날 새벽 그 일대 지나간) 차종과 번호판
일부, 지나간 시간대, 동선, 차량 특징, 적혀 있다.
연호의 자리, 현장 주변 CCTV 영상 체크하고 있는 연호.

연호 (파티션 바깥으로 고개 내밀어) 여기 좀.

소희, 연호 자리로 와서 보면, 주차된 차량 블랙박스 영상.
저만치, 검정색 벙거지모자 쓴 남자가 담배를 물고 골목을 기웃거
린다.

소희	(화면 보며) 검정색 벙거지모자. 아까 아주머니가 얘기한 그 남자네요.
연호	피해자 정근수 씨와 싸움이 났던 시간보다 50분가량 전이에요. 계속 동네를 배회하고 있었던 것 같아요.

화면, 벙거지모자 쓴 남자가 담배 똥을 손가락으로 탁! 털고 사라진다.

소희	(수상한 시선, 혼잣말처럼) 도대체 동네에서 뭘 하느라,
동기/현경	다녀왔습니다!
채만	수고했어.
소희	결과는 언제 나온대?
현경	(서류봉투 들어 보이며) 뺑소니 사고라고 김분석관님 닦달 좀 했죠.
소희	역시! (엄지척)
동기	(불쑥) 역과 차량이 두 대래요.
소희	뭐?!

뜻밖의 얘기에 채만, 연호의 시선이 차례로 동기에게 꽂힌다.

Cut to.

동기E	사망 추정 시각은 대략 새벽 2시에서 4시 사이. 사망 원인은 목과 가슴 등의 다발성 장기손상.

화이트보드에서 사망 추정 시각에 해당되지 않는 차량을 지워나가는 소희. 지켜보는 팀원들.

동기E	목 부위를 지나간 타이어는 '쓰리에이 P306'라는 중국 제품, 다른

하나, '넥센 마일캡'이란 국산 제품인데, 쓰리에이는 단면폭 215에 65R 15인치, 주로 준중형 승용차에 많이 쓰이고, 마일캡은 택시 전용이랍니다.

소희, 동기의 말에 따라 하나씩 차량을 지워나가는데…
화이트보드에 최종 남은 차량은 총 3대다. 그중 한 대는 택시.

소희	승용차는 검정색 K7이랑, 왼쪽 브레이크 등 나간 흰색 토스카. (남은 택시 한 대에 동그라미) 택시는 이게 유일하네. 새벽 2시 27분, 주황색 LF소나타 택시. 번호판은 어두워서 확인 불가.
채만	(끄덕) 현경인 CCTV 뒤져서 승용차 두 대 동선 추적하고.
현경	네.
채만	일단 택시부터 잡아들이지. 늦기 전에 일단 영장부터 받고 스마트 회사에 이 시간대 안수동 골목 지나간 택시 궤적정보 요청해.
연호	(생소) 스마트 회사?
동기	서울시내 대중교통에 장착된 GPS를 관리하는 회사예요. 우린 그냥 '스마트 회사'라고 불러요.
연호	(그렇구나)
소희	동기가 영장 맡아. 스마트 회사는 내가 움직일게.

S#63. TCI 주차장 / TCI 사무실 복도 (저녁)

소희와 연호, TCI 사무실에서 나와 소희 차로 향한다.

소희	퇴근하셔도 된다니까.
연호	아닙니다. 스마트 회사도 볼 겸.

소희, 뭔가 보고 멈칫, 저만치, 누군가를 기다리듯 주차장 앞에 도열해 있는 태주와 본청 파견 형사들. 태주도 소희를 본다. 그 옆에 연호도.

소희, 무시하듯 가려는데, 주차장으로 진입하는 본청 관용차.

소희와 연호를 지나쳐 태주와 도열한 형사들 앞에 멈춘다.

본청 형사, 다가가 문 열면, 차에서 내리는 양복 차림의 중년 사내 뒷모습. 갑작스러운 등장에 구서장 이하 과장들 헐레벌떡 양옆으로 도열해 중년남 맞이하며 지나치게 굽신거린다… 중년남 도열한 경찰들과 악수한다. 차 빠지고, 중년 사내의 모습 천천히 드러나는데, 다름 아닌 '표명학'이다.

연호, 명학의 얼굴이 눈에 들어오자, 순간 떠오르는 기억.

– 연호의 플래시백 (S#12 은동경찰서 교통계, 복도)

함께 형사들과 얘기 나누며 걸어오던 표명학(당시 40대 후반).

- 다시 현재

표명학, 태주와 얘기를 나누며 경찰서 주변을 두리번, 그러다 저만치, 소희 옆에 서서, 자신을 바라보고 있던 연호와 눈이 마주친다. 연호의 얼굴을 알아보는지 못 알아보는지, 명학의 시선이 한동안 연호에게 머문다.

경찰서 일각, 이 광경을 서서 지켜보고 있는 채만에서…

4부 끝

5부

S#1. 남강경찰서 본관 앞 주차장 (저녁, 4부 연결)

명학, 태주, 구서장과 얘기를 나누며 경찰서 주변을 두리번, 그러다 저만치, 소희 옆에 서서, 자신을 바라보고 있던 연호와 눈이 마주친다. 연호의 얼굴을 알아보는지 못 알아보는지, 명학의 시선이 한동안 연호에게 머무른다. (소희는 명학에게 인사한다.) 태주의 시선은, 소희에게 닿아 있다. 그리고 옆의 사내(연호), 낯선 얼굴이다.

채만이 이 광경을 경찰서 일각에서 보고 있다.

명학, 성큼성큼 소희에게 다가오면, 구서장과 과장들 태주, 뒤따른다. 소희, 명학이 다가오자 자세 갖추고 정식으로 인사한다.

명학	(반색) 민소희, 오랜만이야. 작년에 본청에서 보고 처음이지?
소희	(건조) …네.
명학	(시선이 옆에 있던 연호에게 옮겨진다)
소희	아, 여긴 이번에 저희 팀에 새로 온 차연호 경위,
명학	반가워. 빡센 팀에 와서 고생이 많네.

명학, 악수 건네면, 연호, 가만히 명학의 손 바라본다.

- 연호의 회상 (10년 전, 은동경찰서 조사실)

연호, 자리에 앉아 있으면, 연호 뒤편에서 서성이며 심문하는 명학.

명학	운전 중에 CD를 주우려고 고개를 숙였다? 전방주시 태만이네. 그죠?
연호	…
명학	(테이블에 두 손 기대며) 차연호 씨, 우리 서로 인정할 건 쿨하게 인정합시다. 서로 솔직해야 내가 그쪽을 도울 수가 있어요.
연호	(천천히 고개 들어 명학을 바라보는)

- 다시 현재

명학, 내민 손이 민망하고… 뒤에 있던 구서장과 과장, 그리고 태주도 연호의 무례한 태도에 미간 좁히는데,

소희	(뭐 하냐는) 차주임.
연호	(그제야 명학의 손을 맞잡는다)

둘의 알 듯 모를 듯한 시선 교환.
태주의 시선은 소희를 향한다. 소희는 애써 시선 회피.

S#2. 도로, 차 안 (밤)

소희, 운전하고, 연호, 조수석에 있다. 동상이몽.
소희는 태주를, 연호는 명학을 생각하고 있다.

연호	누굽니까? 아까, 저희랑 인사한,
소희	차장님 몰라요? 표명학 차장님.
연호	(그렇구나)

소희	저분은 꿈이 크신 분이에요. 아마 여의도로 가실 것 같아요.
	(고개 절레) 왜요? 차주임도 관심 있어요?
연호	오래전에 뵌 적이 있습니다, 그분.
소희	(힐끔) 차장님을요? 언제요?
연호	(대답 없는) …
소희	(말하기 싫구나) 요즘 아는 사람 많이 만나네.

S#3. 남강경찰서 본관 대회의실 (밤)

태주, 명학 앞에서 수사과정 브리핑 중이다. 본청 파견 형사들, 서 넛 있다.
구서장과 과장들 함께 있다.

태주	…유력한 지역을 선별, 24시간 3교대로 순찰 중에 있습니다.
명학	(서류 건성으로 들춰 보며) 시간 얼마나 필요해? DNA도 확보된 상태 고, 2주면 되나?
태주	열흘 안에 정리하겠습니다.
명학	(만족스러운, 손가락 위를 가리키며) 다들 여론 뜨거운 거 알지. 벌써 며칠째 뉴스고 신문이고 도배되고 있어. 윗선에서도 굉장히 부담 스러워하고 있는 사건이야. 무슨 말인지 알지? (일어나는) 이번 사건 빨리 털고 (태주 팔뚝 툭) 무궁화 하나 더 달자고.

구서장 이하 과장들 비장한 표정이다.

태주	(감사의 목례)

S#4. 남강경찰서 본관, 복도 (밤)

회의실 나선 명학, 앞장서면, 태주 따라붙어 걷는다.

명학 왕년에 자네 관할이라 일하긴 편하겠네.

태주 그래서 저한테 맡기신 거 아닙니까, 이번 일.

명학 일 못하는 비리비리한 놈 데려왔다고 소문나면, 나만 등신 되는 거
아냐. 이번 기회에 내 면 좀 세워달라고.

태주 누가 되지 않게 확실히 하겠습니다.

명학 (슬쩍) 민소희는 아직이야? 아까 보니깐 자네랑 눈도 안 마주치던데.

태주 워낙 고집이 센 친구라, 시간이 좀 걸리네요.

명학 (한심하긴) 아니다 싶으면 빨리 포기하는 게 상수야.

태주 ?

명학 자네가 민소희 본청 데려오고 싶어 하는 거 아는데, 민소희 너무
뻣뻣해. 날만 서 있으면 뭐 하나. 칼날이 어디로 향할지도 모르는데.

태주 (듣기 거북하지만, 내색하지 않는)

S#5. 대중교통 GPS 관리업체 (밤)

수많은 모니터들 앞에 앉아서, 위치기반서비스(GPS)를 기반으로 한
서울 시내 대중교통의 흐름을 모니터링 하고 있는 직원들.
서울시내 대중교통 GPS를 관리하고 교통정보를 제공하는 관리업
체다.
연호는 주변 살피며 이런 곳이 있구나 하는 표정.
소희, 담당 직원과 함께 모니터 보며, 사고 당시 안수동 궤적정보를
살펴보고 있다. 직원, 시간대와 대략적인 위치 데이터를 입력하면

지도상에 그 시간대 대중교통(버스, 택시)의 궤적이 표시된다.

직원남　23일 새벽 2시에서 3시 사이에 안수3동 부근을 지나간 택시예요.

소희　(모니터 보는 눈이 반짝) 차량 번호가 어떻게 되죠?

S#6. 택시 회사 (밤)

'기사모집' 현수막 걸려 있는 사무실 건물.

소희와 연호가 택시회사 배차 직원(30대, 여)과 사무실에서 나온다.

직원　아프다고 결근했어요. 갑자기 그래서 대타도 못 구하고. 차는 저기.

소희와 연호, 직원이 가리키는 택시로 걸어간다.

이미 깨끗하게 세차된 LF소나타 차량.

연호, 타이어 제품 확인한다. '넥센 마일캡', 역과 타이어와 일치한다.

연호, 맞다는 듯 소희 보며 고개 끄덕.

소희　(직원에게 차 안 가리키며) 이 차 블랙박스 좀 확인할 수 있을까요?

직원　(왜 이러나) …네. (차 문 열어주면)

소희, 차에 올라타 시동 켜고 블랙박스 확인하는데, 이미 데이터가 포맷됐다.

소희　(한발 늦었다) 벌써 깨끗이 지웠네요.

연호　(이 사람 확실하구나)

소희　(SD카드 빼서 보이며) 저희가 이거 좀 확인하고 돌려드릴게요.

직원	네, 근데 이 양반이 무슨…
소희	(것보다) 혹시 사무실에서 디지털 운행 기록(DTG) 확인할 수 있나요?

S#7. 대폿집 (밤)

주택가 허름한 대폿집. 손님은 거의 없다. 구석에 혼자 앉아 수심에 찬 얼굴로 소주잔 기울이고 있는 사내, '윤필성'(60대)이다.
그 앞에 드리우는 그림자. 필성, 취한 눈으로 올려다보면, 소희와 연호다.

소희	윤필성 씨?
필성	(누군가 보는)
소희	(앞에 앉으며) 몸 아프다고 병가 내신 분이 이렇게 술 드셔도 돼요?
필성	…누구 …신지?
소희	(신분증 내밀고) 남강경찰서 교통범죄수사팀이에요.
필성	!! (경찰 신분증 보고 흔들리는 눈빛)
소희	그저께, 23일 새벽, 안수동에서 사람 치셨죠. 바닥에 쓰러져 있던.
필성	(정색) 제가요? 그럴 리가, 그럴 리가 없는데. (생각하는 척) 그저께 새벽이면, (뭔가 생각난 듯) 아, 그거 말씀하시는 건가. 고개 위에 손님 내려주고 내려오다 뭔가 고양이 사체 같은 걸 친 거 같긴 한데,
소희	(안 되겠네, 연호 보면)

연호, 가방에서 서류 꺼내 필성 앞에 놓아준다. 필성 택시의 디지털 운행 기록계다. 초단위로 속도, 위치, 핸들 각도까지 세세하게 차트화 돼 있다.

필성	(이게 무슨, 연호 보는) ?
연호	(차분히 설명) 선생님 택시 운행 기록 장치에서 뽑은 운행기록계입니다. 보시면 23일 새벽 2시 34분, 안수동 17길 59번지 앞에서 2분 19초 정차했다 출발하셨네요. 2분 19초면 차 밑에 깔린 게 고양이인지 사람인지 확인할 시간은 충분했을 거 같은데.
필성	!!! (흔들리는)
소희	(설득하듯) 지우신 블랙박스 영상도 금방 복원돼요. 그니까 이제 연기 그만하시죠.
필성	(할 수 없는) …그 사람, 죽었습니까?
소희	(무언의 긍정)
필성	(죽었구나. 참담한 표정)

– 필성의 플래시백 (밤)
사고지점 근처 동네 골목. 내비게이션을 따라 골목 사이사이를 내려가는 필성의 택시.

필성E	손님을 내리고 가는 길이었어요.

– 전봇대 골목 (사고지점)
필성, 좁은 골목으로 천천히 우회전하는데, 헤드라이트 불빛에 바닥에 무언가 얼핏 스친다. 무심코 지나치는 필성의 택시, 순간 덜컹.

필성	(급정거) ??! (불길한 느낌)

필성, 차에서 나와 택시 하부 살핀다.

필성	(차 밑에 쓰러져 있는 검은 무언가) !!!

필성, 경황없이 일어나, 119에 신고하려는 듯 허겁지겁 휴대폰 집어
든다.
순간, 필성의 휴대폰 바탕화면에 떠 있는 사진. 필성과 아내, 성장
한 딸, 셋이 다정하게 찍은 사진.
사진을 바라보는 필성의 눈빛이 흔들린다.
필성, 잠시 고민, 주변을 살핀다. 인적이 없는 어두침침한 골목.
필성, 표정이 어둡게 바뀌고, 차에 올라타 두 눈 질끈 감고 피해자
건너간다. 뒷바퀴가 시체를 역과하는 충격에 차체가 덜컹한다.
황급히 골목을 빠져나가는 필성의 차 위로, 현재 필성의 표정 겹
친다.

- 다시 대폿집
후회로 가득 찬 필성의 표정.

필성   순간 딸애 얼굴이 떠오르더라고요… 딸애 결혼식이 다음 달인데…
애비란 인간이 도움은 못 줄망정… 운전하다 사람을 죽였다는 게
알려지면…

고통스러운 표정으로 고개를 파묻는 필성.
택시기사 아빠가 떠오르는 듯, 필성을 지켜보는 소희의 표정도 편
치 않다.
뒤에서 말없이 지켜보던 연호의 서늘한 한마디.

연호   이미 죽어 있었을지도 모릅니다.
필성   (벌건 눈으로 연호 올려다보는) ?
연호   선생님 이전에 이미 피해자를 치고 달아난 차가 있었어요.
그 차의 역과 위치가 피해자의 직접적인 사망원인이 됐고.

필성	!!!
연호	교통사고 처리특례법상 이미 죽은 사람을 차로 친 경우는 아무런 처벌도 받지 않아요. 선생님은 선생님의 결백을 증명할 기회를 스스로 포기하신 겁니다.

연호의 덤덤한 진실의 목소리가 필성의 폐부를 찌른다.
필성, 표정이 무너져 내린다.

필성	으으으으~~~

후회와 자책에 오열하는 필성. 이 모습을 처연히 지켜보는 소희와 연호.

S#8. 대폿집 앞 (밤)

소희 연호 걸으며 서로 말이 없다.

연호	(소희 힐끔 보고는) 괜찮으세요?
소희	(보는)
연호	아까부터 표정이 안 좋아 보여서.
소희	(가라앉은) 교통범죄 수사하면서 제일 힘든 게 뭔 줄 알아요. 막상 범인 붙잡아보면 가해자도 일면 피해자인 경우가 많다는 거예요.
연호	…
소희	물론, 진짜 나쁜 놈들도 많지만. (앞만 보는)
연호	(무거운 표정)

S#9. 소희 집, 용건의 방 (밤)

어두운 방 안. 문이 빠끔히 열리고, 소희, 방 안을 들여다본다.
벽에는 여러 장의 표창장, 감사장, 용감한 시민상. 그리고 경찰청장
과 용건이 함께 찍은 사진 등이 걸려 있다.
침대 위, 잠들어 있는 듯 침대에 바로 누워 있는 용건.
침대 옆, 협탁 위에 수북한 약봉지 보인다.
소희, 용건을 처연히 바라보다 문 닫으려는데,

용건	(눈 감은 채) 밥은 먹었어?
소희	(다시 빠끔) 안 잤어?
용건	(눈 떠서 보며) 안 먹었음 된장 끓여놨으니까 한술 뜨든가.
소희	신경 쓰지 말고 아빤 얼른 자.
용건	(자리 털고 일어나는)
소희	(괜찮다니까, 호들갑) 나 지금 안 먹어. 배불러. 그냥 자라니까.
용건	(왜 이래) 나 화장실 가는 거야. (지나치는)
소희	아… (뻘쭘)

S#10. 소희의 집, 주방 (밤)

소희, 가스레인지 위에 놓인 된장찌개 뚝배기 살짝 만져본다. 아직
따뜻하다.
소희, 숟가락으로 된장 국물 살짝 떠먹어본다. 맛있다. 건더기도 건
져 먹는다.

용건	*(OFF)* 배부르다며.

소희	(돌아보면 용건 서 있다) 맛만 보려고 했는데.
용건	여태 밥도 못 얻어먹고 다닌 거야? (식탁 밥솥에서 밥 푸는)
소희	밥은 됐어. 나 그냥 국물만… (하다가 에라 모르겠다. 뚝배기 들고 식탁으로 온다) 아빠, 나 모르게 된장에 뭐 넣지? 왜 내가 끓이는 거랑 맛이 달라? 나도 아빠가 알려준 대로 똑같이 끓이는데.
용건	(냉장고에서 밑반찬 꺼내며) 원래 남이 차려주는 밥이 맛있는 거야.
	(반찬 뚜껑 열어주고 맞은편에 앉는)
소희	(알타리 김치 아삭아삭) 이 알타리 미쳤다!
용건	잘 익었지? 이번에 무가 좋았어.
소희	(애틋한 시선, 용건 손 잡으며) 아빠, 나랑 한 가지만 약속해.
용건	?
소희	운전하다 실수로 사람 치거나 그러면 무조건 신고부터 해.
	괜히 아무도 안 봤다고 도망가지 말고. 알았지?
용건	(뜨악하게 보며) 내가 그럴 사람이야!?
소희	(잠시 생각하다) 하긴. 아빠는 잡으면 잡았지. 도망갈 사람은 아니지.
	(하다 살짝 새끼손가락 걸며) 그래도 혹시 모르니까 약속…
용건	(손가락 빼는. OL) 약속은 무슨, 얼른 밥이나 먹어!!
소희	왜 소리를 질러!!

노란 식탁 조명 아래, 토닥거리는 부녀의 모습이 정겹다.

S#11. 주택가 골목 (밤)

깊은 밤, 주택가 골목에 정차된 차량들.
그중 승용차(연식 오래된 아반떼) 운전석 차 문을 비추는 화면.
그 앞에 다가서는 누군가. 장갑 낀 손에 문구용 가위 들려 있다.

문구용 가위를 열쇠구멍에 꽂고, 한두 번 들어 올리자 스르륵 열리는 문!

차에 올라타는 누군가. 잠시 후, 시동 켜지고, 차 출발한다.

S#12. 남강경찰서 본관, 체육관 (낮)

소희와 연호의 트레이닝(유도 시합 느낌).
소희의 공격. 연호, 공격에 속수무책으로 당하는.

소희   아까부터 계속 같은 공격에 당하고 있는 거 알아요?
사람마다 공격하는 패턴이 있어요. 패턴을 먼저 파악해요.

연호   (지친, 숨찬)

소희   (한숨) 이번엔 차주임이 공격해봐요.

연호, 소희의 도복을 붙잡고 기술을 걸어보지만, 소희의 방어가 견고하다.

소희   아니 어떻게 공격 한 번을 못 해요? 이래서 범인 잡겠어요?

연호   (다시 시도)

소희   (방어하며) 머리만 좋으면 뭐 하냐고. 몸이 안 따라주는데.
자전거도 그래… 범인이 차로 도주하면? 자전거로 쫓을 건가?
딴 사람도 아니고 경찰이 늦어서야 되겠어요?
그럼 사람을 구할 기회도 놓친다고요.

연호, 야심차게 소희를 어깨메치기로 넘기려는데… 꿈쩍도 않는 소희.

소희	뭐 해요?
연호	?
소희	어깨메치기로 넘길 땐 팔꿈치를 힘껏 아래로. (순식간에 연호를 어깨메치기로 넘어뜨리며)

쿵- 바닥에 내려꽂힌 연호… 윽, 몸을 뒤집으며 통증 가득한 표정 숨기는데.

소희	거참… 등 보이지 말라니깐? (트라이앵글 초크로 결박하는)
연호	윽… (벗어나려고 발버둥 치지만 역부족)
소희	(조르며) 항복? 항복? 탭해요… 탭…
연호	(이를 악물고 발버둥 치는 연호, 얼굴 벌겋게 달아오르다 살짝 눈 풀리더니 기절한다)

연호의 움직임이 없자, 소희가 초크를 푼다.
뒤늦게 연호가 기절한 걸 확인한 소희.

소희	!! 차주임! (당황, 다급하게 눕히고 의식과 호흡 확인) 정신 차려요. 아니 왜, 탭하라니까,

이때, 문 확 열리고, 동기, 들어온다.

동기	윤필성 씨 택시 블랙박스 영상 복원됐대요… (하다가 기절한 연호 보고 놀란) ?!! 죽었어요?

순간, 요란하게 기침 토해내며 깨어나는 연호. 연호의 갑작스러운 반응에 화들짝 놀라 뒤로 주저앉는 동기.

S#13. TCI 사무실 (낮)

동기의 자리, 윤필성 블랙박스 영상이 모니터에 재생 중.
뒤로 채만, 소희, 현경, 연호 있다. (연호는 목 뻐근한지 좌우로 돌려본다.)
영상, 어두운 골목길을 오르는 택시. 운전석에서 내려 취객남, 부축
해 내려주는 필성. 다시 차에 올라타 길을 따라 운전, 전봇대 있는
코너를 우회전하는데, 바닥에 쓰러져 있는 피해자, 화면 아래 얼핏
드러난다.
동기, 일시정지한다.

동기   생각보다 잘 보이는데. 이걸 못 봤을까요?

소희   (변호하듯) 블랙박스 영상이라, 실제로 운전석에서 보는 것보다 시야
각이 넓을 거야. 좁은 골목길로 방향을 틀고 있었고, 핸들 조작에
신경 쓰다 보면 충분히 놓칠 수 있어.

동기, 다시 플레이하면, 후방카메라 영상에 잡힌 필성. 휴대폰을 들
고 허둥지둥 전화하려다 멈칫, 잠시 고민하더니, 이내 차에 올라타
현장을 빠져나간다.

소희   (안타까운 시선) 윤필성 씨 얘기대로예요. 경찰에 신고하려다 딸 결
혼식이 생각나서… (착잡한)

화면, 서둘러 차에 올라타 급히 차를 출발시키는 필성. 골목을 빠
르게 빠져나가는데,

연호   잠깐…

동기   (영상 멈추는)

일동   (연호 보는) ?

연호   조금만 뒤로 돌려보죠.

동기   (왜 그러지? 영상 다시 돌리는)

연호   거기요.

연호, 화면 오른쪽에 정차된 차량을 가리킨다. 헤드라이트 불빛에 드러난 차의 후면. 왼쪽에 깨진 후미등. 흰색 토스카다!

소희   (고개 들이밀어 확인) !!! …흰색 토스카… 깨진 후미등…
(채만 보며) 용의차량이에요.

채만   (깊어지는 눈) …

현경   이 차가 역과 뺑소니 차량이 맞다면, 왜 도망가지 않고 현장에 남아 있었을까요?

채만   (자신도 궁금하다) 계속 가보지.

동기   (다시 플레이)

필성의 차가 흰색 토스카를 지나쳐 간다. 이제 후방카메라에 흰색 토스카가 들어온다.

채만   스톱.

동기   (멈추면)

채만   후방카메라 영상 키워봐.

동기, 후방카메라를 전체화면으로 바꾼다.

채만   한 프레임씩 앞으로.

동기, 한 프레임씩 앞으로 옮기면, 흐릿하지만 토스카 운전석에서 천천히 고개를 드는 사람의 형상!!

동기　　!! …안에 사람이 있어요!

소희　　(자세히 보는, 차에 탄 남자의 머리에 벙거지모자 실루엣) 가만, 이거, (반사적으로 연호 보는)

연호　　(끄덕) 그 남자네요. 피해자 정근수와 다퉜던.

현경　　(황당) 뭐야 그럼, 저 안에서…

연호　　계속 지켜보고 있었던 거예요. 제2의 역과 차량이 나타날 때까지.

소희　　(혼란스러운 표정)

이때, 요란하게 울리는 내선 전화벨 소리.

현경　　(수화기 들며) 교통범죄수사팀 어현경입니다… (사이) 네… 찾았어요??
　　　　(팀원들에게) 흰색 토스카 찾았대요.

일동　　!!!

S#14. 골목 (낮)

주택가 골목. (S#11 골목과 인근한 골목이지만 더 외진 느낌)
먼지가 잔뜩 쌓인 토스카, 있다. 소희, 동기 차량 후방 확인하면 왼쪽 후미등 깨져 있다. 운전석 근처에서 경찰과 얘기 중인 채만과 현경. 연호는 주변 CCTV 살피고 있다.

경찰남　　누가 자기 지정주차 구역에 차를 대놨는데 연락처도 없다고 신고가 들어왔어요. 확인해보니까 번호판은 가짜고, 차대번호 조회해보니 열흘 전에 도난 신고된 차량이더라고요.

채만, 차량 운전석 열쇠구멍 살핀다. 뾰족한 것으로 후빈 듯, 마모돼 있는 키 구멍.

채만	(익숙한 듯) 가위치기네.
현경	가위… 치기?
채만	문구용 가위 같은 거 집어넣고 위로 당기면… 1, 2초도 안 걸려. (일어나며) 꽤 오래전에 유행하던 수법인데. 요즘 차엔 통하지도 않고.
소희	(다가서며) 차량털이범이 훔친 차로 돌아다니다 사람을 역과해 죽였다? 뺑소니를 할 수밖에 없는 이유가 있었네요.
	(채만에게 비켜달라는 표정, 앞좌석으로 들어가 메모리카드 확인)
	SD카드는 이미 빼갔고.
채만	(예상한 듯 끄덕끄덕)
경찰남	(뭔가 생각난 듯) 혹시,
채만	(보는)
경찰남	며칠 전에 근처에서 차량 도난 신고가 있었거든요.
일동	(보는) ?!!

S#15. 주택가 골목 (낮)

S#11과 동일한 골목.
차량 도난 피해자(서유정, 30대 초)와 얘기 나누고 있는 소희, 채만, 현경과 경찰 있다.

소희	도난당한 차종이 뭐였어요?
유정	아반떼요. 연식이 좀 오래된 건데, 면허 딴 지도 얼마 안 돼서 중고로 싸게, (아깝) 그래도 블랙박스랑 내비는 새로 달았는데.
소희	차 안에 뭐 귀중품 같은 건 없었어요?
유정	지갑이요. (겸연쩍은 미소) 제가 좀 깜박깜박해서,
소희	(알겠다는 미소) 다시 연락드릴게요.

소희, 채만과 차로 걷는다. 경찰남, 뒤따른다.

소희	(경찰남에서) 사건 접수는 어디로 됐어요?
경찰남	남강서 형사과에 접수된 걸로 알고 있습니다.
소희	(채만 힐끔 보고는, 경찰남에게) 알겠어요. 제가 가서 확인해볼게요.
경찰남	네. 그럼 전 들어가보겠습니다. (경례하고 사라지는)
소희	뭐에요. 소과장님, 사건 접수된 지가 언젠데 수사할 생각도 않고.
채만	그쪽 연쇄 강간범 잡느라 정신없잖아. 훔친 차로 돌아다니는 놈이라면 우리 관할 밖에서도 범행을 저질렀을 가능성이 높아. 구형 차량만 노린 차량털이나 차량 절도범 사건 다른 관할에 더 있었는지 확인해봐. (두리번) 동기랑 차주임은 어디 갔어?
소희	주변 CCTV 확인하고 있을 거예요.

S#16. 골목 슈퍼 (낮)

주인 여자, 물건들 정리하며 계산대 힐끗, 불만스러운 시선.
시선이 닿는 곳, 계산대 옆 모니터로 CCTV 영상 확인하고 있는 연호와 동기.
모니터엔 토스카가 발견된 어두운 골목을 비추는 영상, 빠르게 흐르고 있다.

연호　(목 뻐근한지 만지작)

동기　괜찮으세요? 아깐 왜 탭 안 하셨어요?

연호　(화면에 시선 떼지 않고) …그냥, 어떻게 되는지 궁금해서요.

동기　에? (연호를 뜨악하게 보는)

연호　(화면에서 뭔가 발견) 여기.

흐릿한 화면, 영상 안으로 진입하는 차량 한 대, 저만치 골목 앞에
멈춰 선다.
한쪽만 들어오는 브레이크 등, 토스카 차량이다.
차 시동 꺼지고, 운전석에서 나오는 벙거지모자 쓴 남자.
화면을 지켜보는 연호와 동기의 눈빛이 반짝인다.

동기　그놈이에요! 정근수 역과 뺑소니범!

CCTV 화면, 사내, 잠시 멈칫하더니 다시 걷는데, 손에 들린 빨간
불빛 같은 게 보인다.

동기　(들여다보며) 이거… 담배 아니에요?

순간, 연호 머리에 스치는 기억.

- 연호 플래시백 (4부 S#62 TCI 사무실)
블랙박스 영상, 모자 쓴 남자가 담배 똥을 손가락으로 탁! 털고 사
라지는.

- 다시 현재

연호　　담배…

연호. 대뜸 밖으로 튀어 나간다.
동기, 연호의 의도 알아채고 뒤따라 나가려다, 다시 돌아와서,
검정 비닐봉지와 나무젓가락 챙겨간다. "사장님 이거 좀 쓸게요!"
주인 여자, 물건 정리하다 말고 '왜 저래?' 하고 본다.

S#17. 근처 골목 (낮)

CCTV 화면상 벙거지모자남이 있던 골목을 뒤지는 연호와 동기.
하수구 주변, 화단, 전봇대 앞 등 꼼꼼히 살핀다. 하나둘 발견되는
담배꽁초.
반대편 골목에서 걸어오던 소희와 현경이 이 모습을 본다.

소희　　(동기에게) 뭐 하는 거야?

동기　　(찾다 말고 보며) 벙거지모자가 CCTV에 찍혔어요!

소희　　?!! …근데 여기서 뭘,

연호　　(화단 뒤지며) 담배요… 손에 담배를 들고 있었습니다.

소희　　!!! …그래… 담배. (소희도 얼른 동참해서 꽁초 찾는)

뒤늦게 골목에 들어선 채만, 골목 구석구석에 쪼그리고 앉아 있는
셋, 본다.

채만　　(뭐 하는 거야?)

S#18. 도로, 차 안 (저녁)

해 질 녘, 도심을 달리는 카니발. 노릇한 햇살이 빌딩 유리창에 반사
된다.
그 위로,

소희E   담배꽁초요… 현장에서 수거한 건데, 범인 DNA가 남아 있을까 해
서요.

차 안, 운전하는 동기, 조수석에 채만. 뒷자리에 소희와 연호 나란
히 앉아 있다.
소희, 국과수 직원과 통화 중이다. 소희 발아래 검은 비닐봉지, 두
둑하다.

소희   (봉지 내려다보며 죄송스러운) 근데 이게 양이 좀 많은데.

S#19. 스시집 (밤)

바에 앉아서 식사 중인 구경모 서장, 고재덕 과장, 그리고 이태주.

구서장   (태주에게) 고생이 많지? 일선 서까지 내려와서 일하느라.
태주   표차장님 신신당부도 있고, 최대한 빨리 처리해야죠.
구서장   (끄덕끄덕) 그래야지. 하필 우리 관할에서 이런 불미스러운 일이 생
겨서 말이야. (그나저나) 나한테도 귀띔 좀 해주지 그랬어.
태주   표차장님 스타일 아시잖아요.
구서장   사람 참, 섭섭하게, (슬쩍) 우리 이팀장 요새 잘나가잖아? 우리 이팀

장은 표차장님 젊었을 때랑 너무 비슷한 것 같아. 우리 이팀장님 공 좀 치시나?

태주	… (말 아끼려는 듯 술잔 기울이는)
	근데, TCI에 못 보던 친구가 하나 있던데,
구서장	큼, (심기 안 좋은, 술잔 들이켜는)
고과장	(서장 눈치 보며) 차연호라고, 특채로 하나 들어왔어. 뭐 카이스트 출신에 보험조사관도 하고, 암튼 좀 이상한 놈이야.
태주	(그렇구나)
구서장	합수본 책임지느라 바쁜 사람이 교통과 신입까지 신경 써?
태주	(표명학 이름 뜬 휴대폰 화면 보여주며) 저 잠시,

전화 받으며 나가는 태주. 태주 나가면, 궁시렁거리며 쏜살같이 문에 귀를 대며 엿듣는 구서장.

| 구서장 | (궁시렁거리며) 하… 저 싸가지 없는 새끼. |

S#20. 남강경찰서 형사과 앞 (밤)

문 앞에 붙어 있는 종이.
'서북부 연쇄 강도 강간 사건 합동 수사본부' '관계자 외 출입금지'

| 소과장E | 지금 바쁜 거 안 보여?!! |

S#21. 남강경찰서 형사과 사무실 / 합수본 (밤)

썰렁한 형사과 사무실 안. 간간이 의자에서 쪽잠 자고 있는 형사들.
하얀 화이트보드 위엔 거대한 지도, 범행지점들 표시돼 있다.
소병길 과장, 자리에 앉아 있고, 그 앞에 소희, 서 있다.
소희 뒤편에 연호, 지도 힐끔.

소과장   (위압적) 니 눈으로 봐. 지금 우리 애들 연쇄 강간범 잡는다고 며칠
            째 집에도 못 들어가고 이러고 있는데. (고작) 차량털이범?

소희   수사할 상황이 못 되시면 지원요청을 하시든가, 아님 다른 부서로
            넘기시든가 했으면 좋았잖아요.

소과장   (버럭) 야 민소희!! (일어나며) 이게 진짜 상황 파악 못 하고,

태주, 서류 보며 사무실로 들어서다, 이 광경 본다.

소과장   (일어나 소희 어깨를 손가락으로 찌르며) 너 합수본이 뭐 하는 덴지 몰
            라?! 똥인지 된장인지 일일이 가르쳐줘야 해?! 엉!!

소희   (불쾌하지만 참는)

연호   (보고 있다가) 사람이 차에 깔려 죽었습니다. 범인은 차량털이범이고.

소과장   (이건 또 뭐야, 보는)

연호   차량털이범을 좀 일찍 잡았다면, 사람이 죽지도 않았겠죠.

소과장   (미간이 꿈틀) …

연호와 소병길 과장, 뜨거운 시선이 오간다. 병길, 천천히 연호에 다
가가는데,

태주   *(OFF)* 소과장님.

소희	(돌아보면 어느새 태주 서 있다. 지켜보고 있었구나. 민망)
태주	(건조) 여덟 번째 피해자, 진술 보고서 나왔나요?
소과장	아 네. 여기, (서류 찾다 소희 흘낏 보고는) 캐비닛에 서류들 있으니까 니들이 가져가서 지지든 볶든 맘대로 해.

소과장, 소희 어깨를 밀치듯 지나쳐 간다. 소희, 화 누르고 캐비닛으로 가서 서류 챙긴다. 연호, 다가와 거든다.
소과장에게 받은 보고서를 검토하던 태주, 흘낏 소희를 본다.

S#22. 남강경찰서 형사과 복도 (밤)

소희, 서류철 한 아름 들고 사무실 나오면, 연호, 뒤따른다.

연호	(소희의 품에서 서류철 덜어 가며) 무슨 일입니까?
소희	(발걸음 재촉) 뭐가요?
연호	평소답지 않게, 왜 그렇게 서두르시는지,
소희	몰랐어요? 저 원래 걸음 빨라요.
연호	(소희의 반응 의아한)
태주	*(OFF)* 민소희!
소희	(멈칫, 태주구나, 인상 구기고 돌아보면)
태주	(핏 좋은 정장. 곧은 자세로 성큼성큼 걸어와 앞에 서는) 도와줄까?
소희	아니, 됐… (연호 의식) 습니다.
태주	(연호 보는) 아까 잠깐 봤죠. 표차장님이랑 인사할 때,
연호	(누구냐는 듯 소희 보면)
소희	(할 수 없는) 이쪽은 서울청 중대범죄수사과 이태주 경정… 이쪽은 우리 팀 신입 차연호 경위.

태주	(손 내밀며) 이태줍니다. (하다가 서류 들고 있는 연호 보고) 아, (손 거두는, 미소) 인사는 다음에, (다정하게 소희 어깨 두르며) 우리 민반장, 잘 좀 도와주세요.
소희	(태주의 태도 불편한)
연호	(가만히 태주 보는)
태주	(소희가 들고 있던 서류들 빼앗아 앞장서는) 가면서 얘기 좀 하지.
소희	아니, (아 씨, 인상 구기고 따르는)
연호	(상황파악 안 된다. 조용히 뒤따르는)

S#23. 엘리베이터 안 (밤)

연호를 중심으로 좌우에 서 있는 소희와 태주. 어색한 정적 이어진다.
태주, 휴대폰 만지작… 잠시 후, 소희의 휴대폰 울린다.
소희, 휴대폰 확인하고 어이없단 표정.

소희	(연호 너머 태주에게 휴대폰 보이며) 뭐 하시는 겁니까?
태주	(전화 끄며) 번호 바뀐 건 아니었네. 하도 통화가 안 되길래 확인차.
소희	(어이없다, 휴대폰 주머니에 쿡 쑤셔 넣는)
태주	아버님은 여전하시지?
소희	(건조) 사적인 대화는 사적인 자리에서 하시죠.
태주	(그래? 그럼 공적인 얘기하지) 내 문자 확인했을 텐데 답이 없는 이유는 뭐야? 제안이 마음에 안 드나?
소희	(시큰둥) 제가 갈 자린 아닌 거 같아서요.
태주	본인 자리가 아니다… 본청 중대범죄수사과… 다들 못 와서 안달인데.

소희	잘됐네요. 안달 난 사람들 중에 하나 뽑으시죠.
태주	오기 힘든 기회야. 호의를 베풀면 모른 척 받을 줄도 알아.
소희	어쩌죠? 제가 누구처럼 그렇게 약삭빠르지 못해서.
태주	(한발 나서며) 민소희.
소희	(OL, 나서며) 그리고 그 자리, 누가 누구한테 호의 베풀 자린가요? 말 그대로 중대범죄수사관데, 역할에 맞게, 책임에 맞게, 가장 합당한 사람을 뽑으셔야지. 누구처럼 출세의 발판으로 삼아서 끌어주고 땡겨주고. 이제 이런 구태의연한 관행, 개선해야 하지 않겠습니까? 이태주 경정님!

소희 얘기 도중 엘리베이터 문 열린다. 밖에서 얘기 나누며 기다리던 구서장과 고과장, 그리고 직원들, 엘리베이터 안 상황 보고 그대로 멈춤.
소희, 뒤늦게 상황파악하고 난감한 인사. 얼른 태주에게서 서류들 빼앗아 엘리베이터 빠져나간다. 연호, 태주에게 인사하고 소희를 뒤따른다.
구서장과 직원들, 태주는 어떡할 거냐는 듯 보면, 태주, 엘리베이터 구석으로 물러난다. 그제야 엘리베이터에 올라타는 구서장과 직원들, 어색한 분위기.

S#24. TCI 사무실 앞 (밤)

소희, 성난 걸음으로 성큼성큼 TCI 사무실로 향하다 그만 서류철 떨어뜨린다.
열 오르는 듯 입으로 머리카락 '후!' 주저앉아 서류철 줍는다.
연호, 들고 있던 서류철 내려놓고 소희를 거든다.

연호   (소희 눈치 살피는)

소희   (시선 느끼고, 날 선) 뭐요, 왜요. 할 얘기 있으면 해요.

연호   (기세에 눌려) …아닙니다. (말없이 서류철 줍다) 혹시 동전 있으십니까?

소희   ? (갑자기 무슨)

S#25. TCI 사무실 앞, 벤치 (밤)

연호, 자판기에서 캔 음료 뽑아와 건네면, 벤치에 소희, 받아들고 뚜껑 따서 시원하게 한 모금. 한숨 돌리고,

소희   혹시나 얘기하는데, 나중에라도 사내 연애는 하지 마요.
           잘되면 모를까, 안 되면… 아까 봤죠?

연호   …왜 안 가십니까?

소희   ?

연호   중대범죄수사과. 남들은 못 가서 안달이라는,

소희   (그 얘기) …내 능력으로 얻은 자리가 아니잖아요.

연호   (보는)

소희   남의 호의에 기댄 자리라면, 결국 남의 눈치를 봐야 하고,
           내 의지와 상관없는 일도 해야 하니까.
           (고개 젓는) 전 그런 거 못 해요. 성격이 워낙 더러워서.

연호   (소희 새삼스럽게 보다가, 끄덕끄덕) 맞는 얘기네요.

소희   (좀 폼 나게 얘기해서 뿌듯… 하다가, 가만) 뭐가 맞단 거예요?

연호   (캔 버리고, 서류 챙겨 자리 뜨는) 다 드셨으면 가시죠.

소희   (서류 챙겨 따라붙는) 그니까 뭐가 맞단 거냐고.
           내 성격 더러운 거? 예? 왜 말을 못 해?

S#26. 도심 일각 (밤)

서울 야경이 내려다보이는 도심의 언덕. 빨간색 아반떼, 갓길에 서 있다.

운전석, 담배를 문 사내의 손이 여성용 장지갑 안을 살핀다.

운전면허증. 차량 도난 피해자 서유정(S#15)이 환하게 웃고 있는 사진. 사진을 바라보는 남자의 입가에 묘한 미소가 흐른다.

남자, 차량 블랙박스에서 SD카드를 꺼내더니 자신의 휴대폰에 연결한다.

영상을 재생시키고는 영화 보듯 운전석 의자를 편안히 뒤로 젖히는데…

휴대폰엔 차량 블랙박스에 찍힌 서유정이 집을 향해 걸어가는 영상이 흐른다.

S#27. TCI 사무실 (낮)

화이트보드 지도. 남강경찰서를 포함한 인접 지역까지 포함된 지도다. 곳곳에 찍힌 엑스마크. 장소마다 숫자들. 총 12건.

지도 아래, 숫자별 날짜와 대략 주소. 피해상황 표시되어 있다.

동기	(사무실 들어오며) 담배꽁초 DNA 분석결과 나왔는데,
일동	(동기를 바라보는 기대에 찬 시선)
동기	범죄자 DNA 데이터베이스에 일치된 인물은 없었어요.
일동	(실망스러운)
연호	(덤덤한 표정, 하지만 실망감 묻어 있는)
소희	(이해시키듯) 살인, 성폭행 같은 강력범죄 혐의자가 아니면 DNA 채

취 대상에서 제외됐을 가능성이 커요.

채만 전과가 없는 초범이거나 미성년자일 수도 있고.

연호 (어쨌건 위로가 안 되는 말들)

소희 (책상에 산적한 서류들 보며) 정신 산만해.

(서류철 챙겨 일어나는) 차량털이랑 관련 없는 사건파일들 주세요.

형사과에 도로 갖다주게.

(하다가 주춤) 아, 맞다. 그 인간. (이태주, 껄끄러운)

현경 (얼핏 듣고) 네? 그 인간, 누구요?

연호 (소희 눈치 보고 얼른 일어나는) 제가 움직이겠습니다.

소희 ? (내 맘을 읽었나)

S#28. 남강경찰서 형사과 사무실 / 합수본 (낮)

연호, 서류철 들고 들어오면, 썰렁한 사무실. 대부분 외근 중.

연호, 서류철 자리에 깔끔하게 정리하고 돌아서 나가려는데,

얼핏 벽에 붙은 대형 지도 눈에 들어온다.

주변 살피면, 아무도 신경 안 쓰는 분위기. 연호, 천천히 지도로 다

가간다.

서울에서 일어난 8건의 연쇄 강간 사건 발생 장소가 표시된 지도.

연호, 묘한 기시감이 드는 듯, 지도에 표시된 장소들 살피는데,

태주 *(OFF)* 거기 누굽니까?

연호 (돌아보면 이태주)

태주 (다가와, 연호 얼굴 알아보고) 차연호 경위, 맞죠?

연호 (가볍게 목례)

태주 합수본엔 무슨 일로?

연호	서류 반납하러 왔다 잠깐, 그만 가보겠습니다. (인사하고 가는)
태주	(연호 보다가, 연호가 보고 있던 지도 보는, 수상한)

S#29. 서울지방경찰청 (밤)

부감. 서울 한복판에 자리 잡은 경찰청 외경. 환하게 불 밝힌,

S#30. 서울경찰청 수사차장실 (밤)

표명학, 식사 후인 듯 커피잔 들고 들어와 책상에 내려놓고, 구두 벗어 편한 실내화로 갈아 신는다. 책상 위엔 우편물들. 명학, 뒤적뒤적이다, 겉봉에 아무것도 적히지 않은 흰 봉투 발견한다.

명학	??

명학, 거침없이 찢어 내용물 꺼내 보는데, 표정 변한다.
10년 전 연호의 교통사고 관련 기사.

'신혼부부 사망사고 최초 신고자, 목격자 10대 고등학생들'
은동네거리 신혼부부 사망사고를 수사 중인 경찰은 최초 신고자인 10대 고등학생 3인을 참고인 신분으로 조사중이다. 사고 당시 무면허 상태였던 표군은 아버지의 차량으로 같은 반 친구 양군, 한군과 함께 새벽길을 질주하다 이 사건을 목격했다고 진술한 것으로 알려졌다. 표군의 아버지는 대전 은동경찰서 표모 서장으로… 한편, 경찰은 피의자 차씨가 중앙선 침범 차량을 피하려다 이와 같은 사고를 냈다고 일관되게 주장하고 있

어, 목격자인 한모군 일행의 사고 관련성 여부를…

– 플래시백

과거. 은동경찰서 교통계, 복도 (낮)

(고속 촬영)

형사의 안내를 받으며 조사실을 빠져나오는 목발 짚은 연호.

저만치 복도 반대편에서 걸어오는 일군의 무리.

목격자인 한경수(18), 양재영(18), 표정욱(18)과 표명학(40대 후반, 당시 대전 은동경찰서장)과 은동경찰서 교통과 소속 경찰들이 걸어오고 있다.

평소 친분이 있는 듯 교통과 경찰들과 스스럼없이 얘기 나누며 연호를 힐끔 보는 명학.

연호 옆을 지나치는 경수 일행. 연호, 경수 / 재영 / 정욱과 시선이 엇갈리고…

명학, 멈춰 서서 멀어지는 연호를 돌아본다.

S#31. 서울경찰청 수사차장실 (밤)

수사차장실 문 확! 열리고, 명학 나온다.

명학	(다짜고짜) 나 없을 때 누가 내 방에 들어왔어.
직원들	(어리둥절, 무슨 소린지)
명학	(버럭) 누가 들어왔냐고!!!

S#32. TCI 사무실 (아침)

외경 위로,

소희E   지갑이 돌아왔다고요?

S#33. TCI 사무실 (아침)

통화 중인 소희.

소희   도난당한 차 안에 있던 그 지갑 말씀이죠?

S#34. 서유정의 집 거실 (아침)

유정, 소파에 앉아 지갑 내용물 살피며 통화 중.
TV에선 아침 생활정보 방송.

유정   네. 우편함에 들어 있더라고요. 현금만 빼고 나머진 그대로예요.

S#35. TCI 사무실 안 (아침)

소희   (이건 또 무슨 경우) 그래요. 아마 범인이 버린 걸 누가 주워서 우체
통에 집어넣었나 보네. 뭐 다른 이상한 점은 없죠?
(사이) …네, 일단 알겠고요. 또 무슨 일 있으면 연락주세요…

네. (끊는)

채만 (화분에 물 주다 말고) 지갑이 돌아왔다고?

소희 네. 그 서유정 씨요. 아반떼 도난당한. 현금 빼고 그대로래요.

연호 (가만히 얘기 듣고 있다가, 뭔가 가슴에 턱 걸리는, 옷 챙겨 일어나는) 저 잠깐 나갔다 오겠습니다.

소희 ? 어디 가는데요?

연호 다녀와서 말씀드리겠습니다. (나가는)

소희 (뭐지? 미심쩍은)

S#36. TCI 사무실 복도 (아침)

안에서 나온 연호가 걸어가는데 소희가 곧바로 따라 나온다.

소희 같이 가요!

연호 ? (보는)

소희 아니, 차주임이 꼭 나중에 얘기하겠다 그러면 무슨 일이 생기더라고. (뭐 해) 가요. 빨리!

연호 (할 수 없이 가는)

S#37. 서유정의 집 앞 (낮)

연호, 2층이라고 적힌 벨 누른다.
반응이 없자 다시 한번 벨을 누르는 연호. 반응 없다.
연호, 뒤로 물러나 2층 살핀다. 오래된 양옥집. 담 너머, 2층으로 오르는 외부 계단이 보인다. 뒤편엔 전화하는 소희 있다.

소희	서유정 씨, 전화도 안 받는데요. 어디 나갔나?
연호	(다시 벨 누르는)
소희	그만해요. 집에 있으면 벌써 나왔겠지.
연호	(내가 잘못 생각했나)
소희	가요, 그만.

소희, 차로 걸어가면, 연호, 이내 천천히 소희 뒤따른다.

소희	범인이 왜 지갑을 돌려주겠어요. 그 정도 양심이 있었으면 아예 차량털이를 안 했겠지. 안 그래요? (돌아보면)
연호	(저만치 쪼그리고 앉아 바닥에 떨어진 뭔가 보고 있는)
소희	(한숨, 다가와 보는) 뭔데요 또?

소희, 보면 바닥에 떨어져 있는 담배꽁초, 아직도 불씨가 남아 연기가 모락모락 피어오른다.

연호	방금 전까지 누군가 여기서 담배를 피웠어요.
소희	(한숨, 할 수 없는 표정)

- 시간 경과

다시 서유정의 집 앞. 이젠 소희가 2층 벨을 누른다. 반응 없다.
연호, 담을 넘으려는 듯 손을 뻗어 담장을 붙잡는데 버둥버둥 영어설프다.

소희	(애쓴다. 소매 걷으며) 비켜봐요.
연호	? (뒤로 물러서면)

소희, 달려와 가볍게 담을 타고 넘는다. 바라보는 연호는 감탄 어린 시선.

소희, 대문을 열면, 연호, 집 안으로 들어서려는데,

소희	(손으로 막으며) 차주임은 여기 지켜요. 내가 올라가서 확인할 테니까.
연호	(알겠다는 듯 끄덕)

소희, 천천히 외부 계단을 오른다.

2층 서유정의 집, 불투명 샤시 유리창과 샤시문 있고, 샤시문에는 도어락 있다.

소희	(새시문 두드리며) 서유정 씨! 경찰이에요! 서유정 씨!!

S#38. 서유정의 집, 거실 (낮)

어두운 실내. 거실 안에서 보이는 샤시문.

불투명 유리창에 뿌옇게 비치는 소희의 실루엣.

문을 두드리며 "서유정 씨!"를 외치는 소희의 모습이 보인다.

화면, 천천히 안방으로 이동하면, 문 열린 방 안.

라텍스 장갑 낀 손으로 서유정의 입을 틀어막고 있는 복면남.

겁에 질린 서유정의 흔들리는 동공.

조용하라는 듯 날카로운 가위 끝을 유정의 목에 지그시 갖다 댄다.

S#39. 서유정의 집, 현관 밖 (낮)

현관 밖. 소희, 문을 두드리다 말고, 반투명 유리창으로 다가와 손으로 빛을 막고 거실 안을 들여다본다. 반투명한 유리 너머 어두운 실내엔 어떠한 움직임도 없다. '아무도 없나?' 소희, 발길 돌리려는데, '띠리리링~!'
집 안에서 들리는 휴대폰 벨소리!

소희   ?! (의심스러운 표정으로 뿌연 유리창 안 보는)

S#40. 서유정의 집, 안방 / 거실 (낮)

침대 위에 놓인 유정의 휴대폰이 울리고 있다. 액정엔 '엄마' 떠 있다. 복면남, 조용히 하라는 듯 서유정의 목에 위협적으로 가위를 갖다 댄다.
폭풍전야 같은 정적이 흐르고…
한동안 반응이 없자, 복면남, 천천히 거실로 고개를 내밀어 바깥 상황을 살피는데, 순간, '쾅!' 새시문을 부수는 소리! 쿵! 쿵! 부딪칠 때마다 현관이 들썩인다!

복면남   !!!
유정   (급박한 상황에 부들부들)

S#41. 서유정의 집, 현관 밖 (낮)

연신 현관을 부딪치는 소희. 하지만 생각보다 견고한 잠금장치. 소란스러운 소리에 연호가 외부계단 위로 올라와 소희를 본다.

소희 (현관 부수며 연호를 힐끔) 뭘 보고만 있어요! 와서 좀,

연호, 소희에게 다가와서는 슬쩍 소희의 어깨를 짚어 비키라 한다.

소희 ?? (비켜나면)

연호, 번호키 뚜껑을 열어 키판을 잠시 살펴보더니, 색이 바랜 4개의 숫자 체크하고는 이리저리 숫자를 조합한다. 하지만 계속 오류 신호.

소희 (답답) 아니, 지금 뭐 하는…

순간, '띠띠띠~' 경쾌한 소리를 내며 열리는 문.

소희 !!!
연호 운이 좋았네요.

연호, 일어나 물러서면 소희, 얼른 현관문을 열고 안으로 들어간다.

S#42. 서유정의 집, 거실 / 안방 (낮)

소희, 경계를 늦추지 않고 집 안을 빠르게 살핀다.
거실 바닥에 쓰러져 있는 작은 화분, 그리고 희미한 발자국들…
소희, 긴장한 표정으로 거실을 가로지른다.
문 열린 안방, 소희, 들여다보면, 침대 위에 불룩 튀어나와 있는 이불.

소희	?!! (조심스럽게 다가와 이불을 걷으면)
유정	(고개 파묻고 바들바들) 살려주세요! 살려주세요!
소희	(유정을 안심시키며) 서유정 씨, 경찰이에요. (다독이는) 괜찮아요.
유정	(소희 보고 울음 터뜨리는)

연호, 안방 입구에 서서 이 모습 보다가, 시선을 주방으로 돌리면
뒷베란다 문이 바람에 흔들리고 있다.

S#43. 서유정의 집, 뒷베란다 (낮)

연호, 주방 뒷베란다 문 열고 나와 주변 살피면,
베란다 아래, 지금 막 담을 뛰어내리고 있는 복면남 보인다.

연호	!!!
복면남	(착지, 연호를 힐끔 돌아보고는 재빠르게 내달린다)
연호	(복면남 뒤쫓는다)

잠시 후, 소희가 나와 본다. 저 아래, 복면남을 뒤쫓는 연호가 보인다.

소희   차주임! 기다려요! 차연… (안 되겠다, 집으로 들어가는)

S#44. 서유정의 집, 안방 (낮)

소희, 침대 위에서 훌쩍이는 서유정에게 다가가,

소희   (다급) 서유정 씨, 곧 경찰 올 거예요! 여기 그대로 있어요!
유정   (소희 덥석 붙잡는) 가지 마세요!… (울음 섞인) 가지 마세요…
소희   (난감, 어쩌지? 걱정스러운 표정으로 돌아보는)

S#45. 골목 추격전 (낮)

좁은 골목들 사이로 펼쳐지는 복면남과 연호의 추격전.
(런닝화를 신은 복면남과 달리 연호는 캐주얼 구두를 신었다.)
차가 다닐 수 없는 좁은 골목길. 복면남, 집 앞에 나와 있는 화분,
쓰레기, 리어카 등 지형지물을 이용해 연호의 추격을 방해한다.
연호, 방해물들을 요리조리 피하며 끈질기게 따라붙는다.

S#46. 막다른 골목 (낮)

복면남, 좁은 골목으로 들어서면 집으로 막혀 있는 골목.
잠시 멈칫, 뒤를 슬쩍 돌아보고는 담벼락을 뛰어넘으려고 하는데,
담을 넘기 직전, 뒤따라온 연호가 몸을 던져 복면남을 붙잡는다.
바닥에 떨어져 뒹구는 두 사람.

두 사람의 대치, 복면남이 뒤춤에서 가위를 꺼내 쥔다.
칼을 휘두르듯 가위로 연호를 위협하는 복면남, 연호 아슬아슬 피하다가 솜씨 좋게 복면남의 팔을 붙잡아 꺾는다.

복면남　으윽! (가위 놓치는)

연호, 복면남을 바닥에 넘어뜨리고 뒤춤에서 수갑 꺼내려는데,
때마침 대문 밖으로 나오던 노년의 여자.

여자　(둘 보고 놀란) 에그머니나!
연호　나오지 마세요!
여자　(허둥지둥 들어가는)

연호가 여자에게 시선을 뺏긴 사이, 연호에게 붙잡힌 팔을 빼내는 복면남,
연호의 눈 부위를 걷어차고 도주한다. 고통스럽게 뒹구는 연호.
연호, 한쪽 눈을 부여잡고 일어나 보면 뿌연 시선으로 보이는 골목.
이미 복면남은 사라지고 없다. 그 위로 경찰 사이렌 소리.

S#47. 서유정의 집 앞 (낮)

경찰차와 구급차 와 있고, 제복 경찰들이 주변 정리하고 있다.
동네 주민들, 주변에 나와 있다.

S#48. 서유정의 집, 2층 현관 앞 (낮)

난간에 걸터앉아 있는 연호, 충혈된 눈 부위를 얼음찜질 중이다.
그 앞에 소희, 서 있다.

소희	(걱정 섞인) 저번엔 이마, 이번엔 눈. 담엔 어디예요?
연호	거의 잡을 뻔했습니다.
소희	거의 실명할 뻔했어요. 조금만 아래 맞았어도. (연호 발 보면 망가진 구두 뒤축, 아니다 싶은) 이런 걸 신었으니,
연호	… (소희 발 힐끔, 날렵한 러닝화)
소희	얼굴은 봤어요?
연호	(고개 젓는) 복면을 쓰고 있어서.
소희	(막막) …

동기, 외부 계단으로 올라온다.

동기	없어요. (주변 살피며) 이미 빠져나간 거 같아요.
소희	가위는?
동기	과수팀에 넘겼어요. 근데, 지문 나오겠어요? (연호 보며 확인) 장갑 끼고 있었다면서요.
연호	(끄덕끄덕) …
현경	(집 안에서 나오는)
소희	서유정 씬 좀 어때?
현경	많이 진정됐어요. 근데, (주저하는)
소희	?
현경	단순 강도가 아니었던 것 같아요.
동기	그럼… (설마, 입모양으로 작게) 강간?

현경	(끄덕끄덕) 서유정 씨 전화번호랑 직장까지 알고 있더래요.
동기	(황당) 뭐야 그 자식, 피해자 신상까지 털고 왔단 얘기?
연호	지갑을 보고 알았을 겁니다.
동기/현경	?? (무슨 소리?)
소희	(연호 보며 표정, 그랬을까?)
현경	(외부계단 방향 보고) 어, 저기,

소희, 돌아보면. 저만치 계단을 오르는 태주와 합수본 형사들. (프로파일러 포함) 태주, 소희 앞에 다가서면, 동기와 현경, 목례한다.

소희	(시선, 여긴 왜?)

태주, 들어가려는데, 소희, 막아선다. 태주, 소희의 막아선 손 내려다보면, 소희, 슬며시 손 치운다.

소희	(합수본 형사들 신경 쓰며) 이건 TCI 사건인데,
태주	이제부턴 우리가 맡아. 상황 보고는 본부 들어가서 따로 받지.
소희	(발끈) 아니, 누구 맘대로… (주변 신경 쓰이는)
태주	강간미수 사건이야. 연쇄 강간범과 연관성부터 따지는 게 순서 같은데.
소희	…
태주	(들어가려다 멈칫) 격투 끝에 용의자 놓친 위인이 누구야?
동기/현경	(자연스럽게 비켜서면 난간에 걸터앉아 있는 연호)
연호	(태주를 올려다본다)

태주, '너구나' 연호 잠시 보다가, 이내 팀원들과 집 안으로 들어간다. 소희와 TCI 팀원들, 닭 쫓던 개 마냥 멀뚱히 서 있고,

소희, 분하지만 더는 어쩌지 못한다.

S#49. 남강경찰서 형사과 복도 (낮)

눈가에 밴드 붙인 연호와 소희, 나란히 걸어가면, 복도에 나와 있던 합수본 소속 형사들, 연호 보고 수군거린다. 비웃음의 시선들⋯

소희 (연호 소문 다 났구나)

연호 다들 우리 쳐다보는 것 같네요.

소희 우리가 아니라 그쪽이에요. 신경 쓰지 마요.

S#50. 남강경찰서 형사과 사무실 / 합수본 (낮)

소희와 연호, 회의실로 들어오면, 형사과 소병길 과장과 형사들, 건너편에 앉아 있고, 앞에는 브리핑 테이블 있다. 소희와 연호, 반대편에 자리 잡는다.

소과장 괜찮아? (연호 보며) 어유, 저 친구 눈이,

소희 (소과장 힐끔, 무시)

소과장 (조롱 섞인) 그러게 힘들면 지원요청을 좀 하지. 괜히 무리하다 다치면, 다친 놈만 손해야.

소희 (눌러 참는)

연호, 소과장과 형사과 형사들에게 프린트물 돌린다.
소과장, 프린트물 건네는 연호 보고는 피식 썩소 날린다.

이때, 태주와 본청 팀원, 들어오면 자세 바로잡는 형사들.

태주	(착석, 책상에 놓인 프린트물 보며) 시작하죠.
소희	(마음 다잡고) 이번 달 23일 새벽 안수동 골목길에서 역과 뺑소니 사고가 발생했습니다. 피해자는 사망했고, 저희 팀에서 뺑소니 차량을 특정해 수배했는데, 이미 도난 신고된 차량이었습니다.
소과장	그게 뭔 소리야? 뺑소니 차량이 도난 차량이라고?
태주	차량 절도범이 훔친 차량을 끌고 다니다 사람을 치고 도망쳤다?
소희	네. 일명 '가위치기'. 가위를 이용해 차량 키박스를 손괴하고 차 안 금품을 훔치는 수법인데, 인접한 세 개 관할서에 확인해본 결과, 지난 6개월간 같은 방식의 차량털이, 차량 도난 사고가 수십 건 접수돼 있었어요. (소과장 들으라는 듯) 서유정 씨 차량 도난 사건도 이미 우리 서에 신고 접수돼 있었고.
소과장	(갈같은 듯 노려보는)
태주	(서류 보며) 오늘 서유정 집에 찾아간 이유는?
소희	(연호 힐끔 보고는) 오전에 서유정 씨로부터 잃어버린 지갑이 돌아왔단 전화를 받았습니다. 차에 뒀다 잃어버린 지갑인데…
소과장	범인이 차는 훔치고 지갑은 돌려줬다? 친절도 하셔라. 그리고 성폭행하러 집에 찾아오고?
연호	(불쑥) '위선행동'일 수 있죠. 연쇄 성범죄자에게서 나타나는.

태주의 시선이 연호에게 향한다.

소과장	위선… 행동? (아냐는 듯 옆자리 형사 보면)
형사1	(처음 듣는 듯 어깨 으쓱)
태주	(이미 숙지한) 위선행동… 타인에게 좋은 인상을 심어주기 위해 사실을 축소 또는 과장하거나 거짓으로 꾸미는 경향. (연호에게) 당신

	말대로 연쇄 성범죄자에게서 흔히 보이는 패턴인데, 그 말대로라면 서유정을 찾아간 범인이,
연호	(소희 눈치 슬쩍) 확실하진 않지만 저희가 쫓고 있는 차량털이범과 합수본에서 수사 중인 연쇄 강간범이 동일범일 가능성이 있습니다.
태주	?!!
소희	(놀란 표정으로 연호 보는, 무슨 소리?)

연호의 말에 회의실이 술렁인다.

태주	근거가 뭡니까? (페이퍼 보며) 연쇄로 엮기엔, 근거가 너무 부실한데.
소희	(일어나 진화) 아직 단순 추측에 불과합니다. 지금으로선 논의 대상이,
태주	(손으로 제지) 잠깐, 더 들어보고 싶은데.
소희	(할 수 없이 앉는)
태주	(연호에게 계속하라는)
연호	괜찮으시면 연쇄 강간사건 발생지역이 표시된 지도를 보고 싶은데요. (USB 들어 보이며) 그리고 이것도 같이,
태주	(연호를 가만히 보다가 팀원에게 해주라는 신호)

- 팀원들에 의해 지도가 붙은 화이트보드가 회의실로 들어오고,
- 연호의 USB가 빔프로젝터에 연결된다.
- 이를 지켜보는 소과장과 형사과 형사들의 못마땅한 시선

연호	(앞으로 나가 화이트보드 가리키며) 여기 표시된 범행지역과 날짜를 주의 깊게 보시죠. 그리고,

연호, 눈짓하면 켜지는 빔프로젝터. 영사된 차량털이 지도가 허공에 뿌옇게 떠 있다. 연호, 강간사건 지도가 붙은 화이트보드를 천천

히 밀어 영사된 지도와 겹쳐놓는다. 영사된 지도의 초점이 맞춰지자, 두 사건의 범행지역이 묘하게 일치한다. 지켜보던 형사들, 웅성거리고,

연호   5월 지산서 두 건, 6월 다시 남강서 두 건, 7월 서평서 세 건, 8월 문악서 두 건… 두 사건의 발생시기와 발생지역이 거의 일치합니다.

일동   (술렁이는)

태주   흥미롭긴 한데, 정황증거뿐이네요. 두 사건 범인을 일치시키기엔.

연호   DNA가 있습니다. 범행 현장에서 수거한 담배꽁초.

태주   !!

연호   (확신에 찬) 연쇄 강간범 DNA와 비교해보시죠.

태주의 낮게 가라앉은 눈이 연호를 뚫을 듯 쏘아본다.

S#51. 국과수, DNA 분석실 (낮)

분석관들, 감정키트와 DNA 분석기 등을 이용해 DNA 분석 중이다.

S#52. 24시 돼지불백집 (밤)

채만, 연호, 동기, 현경, 구석 자리에서 식사 중. 소희는 보이지 않는다.

현경   근데, 만약에 진짜 범인이 일치하면 어떻게 되는 거예요?

동기   일타쌍피지. 한 놈 잡으면 두 건 해결. 누이 좋고 매부 좋고.

현경   누이만 좋은 거 아니냐고요. 아니, 매부만 좋은 건가?

동일범 확인되면 합수본에서 우리 사건까지 다 퍼갈 거 아녜요.
우린 또 고스란히 수사 자료만 넘기고 땡.

동기   (듣고 보니 그렇네, 묻듯 채만 보는)

채만   분석결과 나와 보면 알겠지. 우린 그전까지 하던 일 하면 되는 거고.

동기   (뭔가 기운 빠지는) 뭐지? 죽 쒀서 개 줄 것만 같은 불길한 기분은,
(현경에게) 너 그거 못 느끼냐? 이태주 경정님이랑만 엮이면 이상하
게 빨리는 거.

현경   괜히 별명이 블랙홀이겠어요. 근처에만 가면 그냥 다 쪽쪽. 작년 '콜
뛰기' 건 때도 괜히 우리만 물먹었잖아요. 그래서 반장님이랑도,

동기   야, (그만 끊으라는 듯 목에 손날질)

현경   흠, (채만 눈치 보며 밥 먹는)

연호   (가만히 듣고 있다 표정)

소희, 들어서면, 구석 자리에서 식사 중인 TCI 팀원들.
현경, 소희 보고 손 흔든다. 소희, 자리에 와 앉으면,

현경   무슨 일이에요? 이태주 경정님이 왜 보자고 하신 거?

소희   별거 아니야. 이모! 나 밥!

동기   (숟가락 놔주며 떠보듯) 왜요, 또 밑밥 까셨어요? 사건 가져가신다고?
(대꾸 없으면 그렇구나, 자조) 필요하면 그러셔야죠. 암요.

소희   (식사하는 연호 힐끗, 날 선) 잠깐 귀띔해줄 시간도 없었어요?

연호   (고개 들어 보는) ?

소희   나한텐 일언반구 상의도 없이 그런 얘길 멋대로 꺼내야 했냐고요.

연호   그땐 상황이 갑작스럽게,

소희   (OL) 성과 중요하죠, 중요한데… 적어도 같이 일하는 동료들까지 힘
빠지게 하진 말자고요. (전투적으로 밥 먹는)

연호   …

동기/현경 (서로 눈치, 화 단단히 나셨다)

S#53. 24시 돼지불백집 앞 (밤)

답답한 듯 안에서 나오는 연호. 현경이 뒤따라 나오고.

현경   반장님한텐 잘 얘기해서 빨리 푸세요.
          반장님 사람 좋다가도, 한번 사람한테 등 돌리면 그 길로 끝이에요.
연호   그건 무슨 얘깁니까?
현경   ?
연호   아까 사무실에서… 이태주 경정… 콜뛰기.
현경   아, 그거… 콜뛰기라고 들어보셨어요?
연호   불법 자가용택시 영업… 주로 강남 유흥업소 일대에서 이루어지는.
현경   (끄덕끄덕) 작년에, 차주임님 오시기 전에, 우리 팀에서 첩보를 입수
          하고 '하이콜'이라는 콜뛰기 강남 최대조직을 수사하고 있었거든요.
          속칭 '대메인'이라고 불리는 두목 '영업폰'을 압수했는데, 그 안에서
          마약거래 정황과 함께, 고위층 자제들 번호가 줄줄이 나왔어요.
          거기 경찰 고위 간부 자제들도 몇몇 끼어 있었고. 이태주 경정이 당
          시 남강서 수사과장이었는데,
연호   (감 온다) 사이즈가 커지자 이태주 경정이 인계받았고, 마무리는…
현경   메인(부두목) 셋이랑 속칭 오바들, 그러니까 콜기사들 한 20여 명 잡
          아넣고 끝. 영업폰에서 나온 자제분들 마약거래 정황은 증거불충분.
          마무리는 용두사민데, 이경정님은 본청 중대범죄수사과 팀장으로
          영전. 대충 무슨 상황인지 아시겠죠?
연호   (끄덕끄덕)
현경   우리 반장님 평소엔 헐렁한 거 같다가도, 위에서 사건 갖고 장난질

치는 거, 이런 거 보면 또 눈 뒤집히거든요. 본청까지 찾아가서 들이받고, 괘씸죄로 문책당하고, 그러다 이경정님이랑도 그렇게 되고,

- 연호의 플래시백 (S#25 TCI 사무실 앞 벤치)

소희   남의 호의에 기댄 자리라면, 결국 남의 눈치를 봐야 되고,
                내 의지와 상관없는 일도 해야 하니까.

- 다시 현재

연호   (그렇구나) 그래서…

S#54. 남강경찰서 본관, 체육관 (밤)

연호와 소희가 복면남을 놓친 이유를 복기 중이다.

소희   (재연하며) 그니까, 이 자세에서 팔을 이렇게 뿌리치고 차주임 얼굴을 이렇게 발로 차고… 도망갔다?

연호   …네.

소희   여기서 명심해야 할 게, 피의자를 뒤에서 수갑 채울 땐 (시범) 항상 이렇게, 피의자 상체를 완전히 제압한 상태에서 이렇게, 네?

연호   (끄덕끄덕)

소희   그리고 아까도 (시범) 여기서 이렇게 뿌리치면, 뭐 이렇게 꺾기를 들어간다거나, 아님 이렇게 트라이앵글 초크!

연호   (알겠다는 듯 끄덕끄덕)

소희   좀 쉬었다 할까요?

정수기 앞으로 가 물 마시는 둘.

소희	(물잔 연호에게 건네며) 마셔요.
연호	(물 한 모금 받아들고) 죄송합니다. 기껏 가르쳐 주셨는데…
	범인이나 놓치고.
소희	(물 마시며) 미안한 포인트가 틀렸네.
연호	?
소희	차주임에게 기술을 알려주는 건 자신을 지킬 줄 알았으면 해서예요.
	차주임, 여기저기 잘도 다쳤잖아요.
연호	아…
소희	범인 잡는 건 그다음 문제예요. 그니깐 앞으론 다치지 말아요.
	범인을 놓치는 한이 있더라도.
연호	…저한테 화나신 거 아니셨어요? 회의실 일…
소희	차주임도 처음이잖아요. 처음부터 잘하는 사람이 어딨어.
연호	…

S#55. 고속도로 / 차 안 (밤)

차 사이사이를 곡예 하듯 빠져나가는 재영의 렌터카.
차 안, 운전석에 재영, 조수석에 정욱 있다.

정욱	(불편, 불안) 죽으려면 너 혼자 죽어.
재영	(너스레) 안 죽어 새끼야, 쫄긴, (그나저나) 늬 아버지 열 많이 받으셨
	겠다.
정욱	(힐끗 보는)
재영	(피식) 새끼 깡도 좋지. 어떻게 늬 아버지까지 협박할 생각을 하냐.
정욱	(대꾸 없이 창밖 보는)

S#56. 화물차 휴게소 (밤)

대형 화물차들이 줄줄이 주차된 휴게소 주차장(신탄진 휴게소 정도).
한경수(27세), 샤워한 후인 듯 젖은 머리, 손에는 목욕바구니, 휘파
람 불며 카캐리어로 걸어간다.

S#57. 카캐리어 안 (밤)

경수, 운전석 뒤 평판시트에 앉아 화장품 꼼꼼히 바르는 중.
이불 정리하고 잘 준비. 차 문 유리에 커튼 치려는데, 운전석 밖에
서 똑똑.
경수, 창밖 내다보면, 서 있는 두 남자, 정욱과 재영이다.
재영의 장난기 어린 손짓. 이를 보는 경수의 표정이 경직된다.

S#58. 카캐리어 근처 (밤)

재영, 타이어 발로 툭툭, 경수 수세적으로 섰다.
정욱은 난간에 기대앉은,

경수	(경계 어린) 무슨 일이야? 나 여깄는 건 어떻게 알고?
재영	(피식) 새낀, 오랜만에 만난 친구 보고 한단 소리가,
정욱	너 우리한테 할 얘기 없냐?
경수	(눈치) 할 얘기? …
재영	(경수 앞에 다가서며) 한띨(별명), 다 알고 왔어. 그거 니가 보냈지?
경수	(영문 모를) ?? 뭘…

재영	(경수 볼 꼬집) 너 돈 필요해서 그래? 그럼 얘길 하지! 친구끼리,
경수	(신경질, 손 치우며) 글쎄! (이내 감정 누르는) 그니까 뭘 보냈단 거야.
재영	허, (이 새끼 어떡할까, 경수 보는)
정욱	(주머니에서 편지 프린트 꺼내 보이며) 이거, 니가 보낸 거 아냐?
경수	이게 뭔데, (사고 기사 확인) …이걸 내가 보냈다고? 니들한테?
재영	와, 이 새끼 연기 쩌네! 그럼 이걸 아는 새끼가 너 말고 또 있어?
경수	(강한 부정, 고개 젓는) 나 진짜 아니야! 내가 이런 걸 왜,
정욱	그거야 보낸 놈이 알겠지. (그게 너잖아)
경수	(말도 안 된다는 듯) 나 아니야. 이걸 내가 뭐 하러, 나 진짜 아니야!
정욱	(진실인지 살피듯 경수 눈 보는)
경수	…

정욱, 확인하려는 듯 차에 오르는데, 경수, 정욱 팔을 붙잡는다.

| 경수 | 뭐 하려고, |
| 재영 | (경수 제지하며) 가만있어 봐. |

정욱, 차에 올라 사소한 단서라도 찾으려는 듯 옷가방도 뒤지고, 매트 아래도 들춰보고… 깔끔하게 정리돼 있던 차 안이 순식간에 난장판이 된다.
하지만 증거가 될 만한 건 없다. 대신 구석에 처박아둔 소주병만 확인한다.
정욱, 빈 소주병 하나 들고 차에서 내려온다.

정욱	(소주병 보이며) 너 술 마시냐? 운전하면서?
경수	(흔들리는 눈빛)
재영	이거 큰일 낼 새끼네. 부전자전이냐? 늬 아버지도 알콜중독이었잖아.

경수	(발끈, 재영이 노려보는)
재영	뭘 또 그렇게 봐. 너 걱정돼서 하는 소리잖아.
정욱	(경수 뒷목 잡으며) 경수야, 우리 입조심하자. 다 끝난 일이잖아, 그지?
경수	(정욱의 침착하지만 위압적인 눈빛, 익숙하고 소름 끼친다)

정욱, 소주병 휙 던져놓고 돌아서면, 경수 발치에서 박살 나는 소
주병.

재영	(발 피하며 인상) 저 새낀 위험하게 씨, (경수에게) 서울에서 함 보자.
	내가 술 살게. 소주 말고 비싼 거. (썩소 날리고, 돌아서는)
경수	(자존심에 상처, 꿈틀) 누가 또 아나 보네! 니들이 한 짓.
정욱	(멈칫, 돌아보는)
경수	그 여자… 니들 땜에 죽었잖아.
정욱	!!! (꿈틀, 나지막이) 너 지금 뭐라 그랬냐?
경수	(지지 않고) 맞잖아. 니들만 아니었음 그 여자 살 수 있었잖아.
	아닌가, 정욱이 너희 아버지 때문인가?

경수의 말이 끝나기 무섭게 정욱의 주먹이 경수의 배에 꽂힌다.

경수	(고통스러운) 으윽~
정욱	(경수 일으키며 살벌한 눈빛) 다시 말해봐.
경수	…왜, 내 말이 틀려? 니들 땜에…

이성을 잃은 정욱의 무자비한 폭력. 옆에서 지켜보는 재영도 질릴
정도. '말려야 되나?' 망보듯 주변만 두리번.
건너편 트럭 뒤, 이 광경을 트럭 뒤에 숨어 바라보는 누군가의 시선.

S#59. 고속도로, 차 안 (밤)

도로를 질주하는 재영의 렌터카.
차 안, 운전석에 재영, 조수석에 정욱. 재영은 정욱의 눈치 살핀다.
정욱의 주먹엔 폭행의 상처들…

재영   경수 자식 아닌가? …그럼, 누구지?
정욱   (말없이 창밖만) …

S#60. 화물차 휴게소, 카캐리어 안 (밤)

사이드미러에 드러나는 경수의 일그러진 얼굴. 구타의 흔적들. 얼굴이 심하게 부어올랐다. 얼굴 이리저리 비춰보던 경수, 운전석에 힘겹게 기대 편지를 꺼내 본다.

경수   (뭐가 재밌는지 킥킥 웃는) 등신 새끼들…

S#61. 연호의 빌라, 방 (밤)

샤워 후 젖은 머리 수건으로 털며 들어오는 연호, 책상에 앉아 노트북 켠다.
기사 검색… '콜뛰기 사건' 관련… '마약 관련 일부 고위층 자제 수사 대상서 빠져… 의혹 '경찰, 제 식구 챙기기? 사건 은폐 축소 정황' 그러다 '딩동~' 노트북과 연계된 카톡 메시지.
연호, 확인하면 소희가 보낸 링크 주소. "확인하고 연락주세요."

연호, '뭐지?' 링크 주소 열어보는데, 화면 가득, 경찰청 게시판에
뜬 제보글.

제목 "사람을 죽인 살인자가 경찰이라니요."
2014년 대전에서 꽤나 유명했던 교통사고 사건이 있었습니다.
당시 카이스트 졸업생이던 차** 씨가 운전부주의로 인도를 걷던 신혼
부부를 치어 사망케 했던 사고였습니다. 우연한 기회에, 그 당시 운전자
차** 씨가 현재 남강서 교통과 경찰로 근무하고 있단 사실을 알게 됐습
니다. 어떻게 과거 범죄기록이 있는 자가 경찰이 될 수 있는지, 만에 하나
차** 씨의 경찰 채용이 경찰공무원법에 저촉이 되지 않는다 하더라도,
국민정서상 살인자에게 어떻게 시민의 안전을 맡길 수 있는...

연호   !!!

멍한 표정으로 모니터 보는 연호에서…

5부 끝

6부

‹‹‹‹‹‹‹‹‹ 6 부 ›››››››››

S#1. 남강경찰서 본관 앞 주차장 (아침)

주차구역에 자전거를 세우는 연호. 맘 굳게 먹고 가방 챙겨 내린다.

S#2. 남강경찰서 일각 (아침)

야외주차장에서 걸어 나오던 연호. 지나가던 직원남1, 2, 연호 보고 수군대는,
'저 사람이야' '게시판… 사람 죽인…' 연호, 꿋꿋이 TCI 사무실로 향하는데,
TCI 사무실 앞, 언젠가부터 이 모습 지켜보고 있던 소희 착잡한 표정.
연호, TCI 사무실 앞에 소희 보고는 멈춰 서는.

S#3. TCI 사무실 일각 (아침)

소희	(조심스럽게) 경찰청 게시판에 올라온 글…
연호	*(OL)* 맞습니다… 제 얘기… 다 사실이고요.
소희	!!… (그랬구나, 난감)
연호	각오하고 있었습니다. 문제 될 일 있으면 책임지겠습니다.
소희	지금 그런 얘길 하려고 온 게 아니라, (아니다) 그래요. 톡 까놓고 애

	기할게요. 문제가 되겠죠. 당연히. 이런 악의적인 글까지 올라왔으니. 게다가 지금 있는 부서가 하필 교통범죄를 다루는…

연호   …

소희   왜 굳이 경찰이에요? 쉽게 가려면 쉽게 갈 수도 있었을 텐데,

연호   도망 다니기 싫어서요… 도망 다닌다고 사라질 기억이 아니니까…
차라리 부딪치는 편이 마음은 홀가분하니까…

소희   혹시 운전을 안 하는 이유도 그때 그 사고 때문에…?

연호   (끄덕) 죄송합니다. 팀에 누가 되는 일은 없게 하겠습니다.

소희   팀에 누가 되는 일은 딱 한 가지예요. 팀원들에게 솔직하지 않은 거.

연호   …

소희   정팀장님은 무슨 결정을 하든 항상 제 의견을 충분히 반영해줬어요. 차주임 뽑는 문제만 빼놓고.

연호   …

소희   분명 거기엔 이유가 있겠죠. 이유가 뭐든 간에, 전 일단 팀장님 판단을 믿으니까… (일어나며) 들어가요.

앞장서 가는 소희. 연호, 그런 소희를 가만 보고.

타이틀 뜨고.

S#4. 남강경찰서 형사과 사무실 / 합수본 (낮)

태주, 사무실로 걸어 들어오면, 삼삼오오 모여서 얘기 중인 형사들.
어수선한 분위기. 모니터엔 연호 관련 게시판 기사 떠 있고…
시시덕대며 얘기 나누던 소과장과 형사과1, 2, 3. 태주 보고 인사.

태주	무슨 일입니까?
형사과1	얘기 못 들으셨어요? 차연호요. 경찰청 게시판이 아주 시끄러운데.
태주	?

S#5. TCI 사무실 (낮)

소희, 사무실로 들어서면, 동기, 현경이 심각한 얼굴로 얘기 나누고 있다.

소희	(다소 가라앉은) 굿모닝.
동기	반장님, 차주임이랑은,

이때, 뒤따라 사무실로 들어서는 연호. 동기, 연호를 보고는 하던 말 멈춘다.
어색한 표정. 연호, '내 얘기 중이었구나.' 담담히 인사하고 자리로 간다.

소희	팀장님은, 아직?
현경	서장님 호출이요.
소희	서장님이? (벌써 아셨구나, 심각)
연호	(모른 척 자리에 앉지만, 복잡한 표정)

S#6. 남강경찰서 서장실 (낮)

구서장, 고민스러운 표정으로 소파 중앙에 앉았고, 채만, 좌측에 앉아 있다.

구서장	차연호, 당분간 쉬게 합시다.
채만	?!!
구서장	분위기 어수선해서 일을 어떻게 합니까. 가뜩이나 합수본도 들어와 있는데. 본청 지시 있을 때까지 당분간 휴가처리를 하든가.
채만	그럴 이유가 없다고 생각합니다. 경찰공무원법상 문제 될 것도 없고,
서장	(OL) 법이 문제가 아니라 국민정서에 어긋나잖아요!!
채만	…
구서장	대통령실 게시판에 국민청원까지 올라갔어요. 차연호 파면시키라고. 본청에서도 감사담당관 내려온다고 하고. 정팀장님 마음은 알겠는데 이게 고집 부린다고 될 일이,
채만	(OL) 책임이 있다면 차연호를 선택한 저한테 있겠죠. 문제가 생긴다면 제가 다 책임지겠습니다. 그전까진 저 믿고 지켜봐주십시오.

채만, 정중히 인사하고 방을 나선다.

| 구서장 | 저저, 어디서 그런 놈을, 인사가 만사라는데 참. |

S#7. 서울경찰청 수사차장실 (낮)

창밖 보고 서 있는 명학. 노크 소리, 다부진 인상의 남자(비서), 들어온다.

비서	부르셨습니까?
명학	(모니터 가리키며) 저 글 올린 놈 누군지 알아봐.

비서	?

비서, 모니터 보면 연호 관련 경찰청 게시판 글.

비서	확인해보겠습니다. (나가는)
명학	(팔짱 끼고 가는 눈으로 창밖 보는)

S#8. TCI 사무실 (낮)

채만, 들어오면, 팀원들 시선이 일제히 채만에게로 쏠린다.
채만, 말없이 자리로 가 앉으면, 소희, 일어나 채만 자리로 다가선다.

소희	뭐래요? 서장님이,
채만	(덤덤) 별일 아니야.
소희	(속을 모르겠는)

이때, 내선 전화 울린다.

현경	(전화 받는) 교통범죄수사팀입니다… (사이) 네… 네, 알겠습니다.
	(전화 끊고) DNA 감정 결과 나왔다는데요?
소희	!! (반사적으로 연호 자리 보면)
연호	(파티션 뒤에서 보이지 않는)
채만	차주임, 같이 가서 결과 확인하고 와.
연호	(그제야 고개 쓰윽 내미는)

소희, 크게 숨 한번 들이쉬고 앞장서면, 연호, 뒤따라 사무실 빠져

나간다.

남아 있는 팀원들, 심란한 표정.

동기	차주임 이제 어떻게 되는 거예요?
채만	글쎄.
동기/현경	(그렇구나, 착잡한)
현경	(태블릿에 뜬 기사 보여주며) 근데 피해자 유가족 인터뷰 보니까 어떻게 해결이 됐었나 봐요. 특이한 게 피해자 유가족이 차주임님이랑 교류가 있었나 본데요.
동기	설마 그 사건 때문에 아직도 운전을 못 하는 거예요?
현경	카이스트… 보험조사관… 아 그래서 자전거 타고 다니시는구나.
채만	차주임도 많이 힘들었을 거야…

S#9. 남강경찰서 형사과 복도 (낮)

나란히 걷는 소희와 연호. 지나치는 직원들, 연호 보고 수군수군.
소희, 연호 힐끔 보면, 연호, 굳게 다문 입술.

S#10. 남강경찰서 형사과 사무실 / 합수본 (낮)

소희와 연호, 들어서면, 태주를 중심으로 주변에 흩어져 서 있는
합수본 형사들. 소과장과 형사과 형사들도 보인다.
소과장과 형사과 형사들, 우르르 소회의실 나서다가 소희 앞에서
멈칫.

소과장	니들 나댈 때부터 알아봤다.
소희	?
소과장	(연호 지나치려다) 어떻게 나왔네. 다신 못 볼 줄 알았더니.

소과장과 형사과 형사들, 비웃음 날리고 빠져나가면,

소희	(어떻게 된 거냐는 듯 태주 보는)
태주	(팀원남에게 눈짓)

팀원남, 소희에게 페이퍼 건네면, 소희, 페이퍼 본다.

소희	(국과수 감정서 보고 표정 굳는, 고개 천천히 돌려 연호 보는)
연호	?

연호, 소희에게 다가가 페이퍼 건네받아 보면,
'국과수 감정서' 'DNA 불일치' 등의 단어가 눈에 들어온다.

연호	!! (믿어지지 않는 표정)
태주	(연호 앞에 다가서며) 아쉽게 됐네요. 흥미로운 접근이었는데.

태주, 팀원들 이끌고 사라지면, 이제 덩그러니 둘만 남은 회의실.
연호는 아직도 이해가 안 가는 표정. 그런 연호를 바라보는 소희.

S#11. TCI 사무실 (낮)

소희, DNA 불일치 결과 애기한 듯,

현경	…차량털이가 연쇄 강간범이 아니라고요?
소희	(끄덕끄덕)
동기	(못 믿겠는) 그럼 차주님 얘기가… (틀렸다는, 연호 보는)
연호	… (조용히 자리로 가 앉는)
채만	잘됐네. 우린 하던 대로 차량털이 수사 계속하면 되는 거지. (기운 북돋는) 우리도 속도 좀 내보자고. 범행 방법은 가위치기가 확실해졌으니까, 동종범죄 전과자들 좀 추려보고. 현경인 본청 112센터 가서 서유정 도난차량 최대한 빨리 찾고.
소희	네. (자리로 가 나갈 채비, 연호 자리 보는, 신경 쓰이는)
채만	차주임.
연호	(일어나며, 기운 없는) …네.
채만	(다그치듯) 일 안 할 거야? 멋대로 내뱉은 말이 보기 좋게 틀렸으면, 어떻게든 만회할 생각을 해야지. 그렇게 풀 죽어 있으면 범인이 알아서 찾아오나? 이러려고 우리 팀 들어왔어? 힘들면 지금이라도 딴 일 찾아보든가.
연호	…
동기	(연호 일으키며) 자자, 나갑시다! 이럴 때일수록 움직여야 해!
현경	(얼른 짐 챙기며) 저도 중간에 좀 떨궈주세요. 경찰청에,
동기	거기 중간 아닌데,
현경	뭐래,
소희	(나가면서 채만 보는, 속뜻 알겠는, 파이팅해라 이거지?)

S#12. 남강경찰서 형사과 사무실 / 합수본 (낮)

태주, 자리에 앉아 사건 파일 검토, 심각한 표정.

팀원남	*(OFF)* 본부장님.
태주	(보면)
팀원남	국과수에서 연락이 왔는데, 범인이 사용한 가위에서 또 다른 DNA 가 나왔답니다.
태주	?! …어차피 감정결과 불일치로 나왔잖아.
팀원남	근데 담배꽁초라는 게… 그 안에 범인이 핀 담배가 있다는 확실한 증거도 없고,
태주	(고민하는)
팀원남	너무 이상하지 않습니까. 우연의 일치라고 하기엔. 장소랑 시기가 이렇게 겹치기가…
태주	(손가락으로 책상 톡톡, 고민 끝에) …재감정 요청해.
팀원남	네. (돌아서는)

태주, 책상 위, 사건 파일 걷어내면 연쇄 강간과 차량털이 사건 장소 표시된 범행지도. 복잡한 표정으로 손 모으는.

S#13. 수사 몽타주 (낮)

- 경찰청 112센터, 담당직원과 모니터 보며 서유정 도난차량(빨간 아반떼) 추적 중인 현경. (낮)
- TCI 사무실, 범죄경력조회 등으로 차량털이 동종 전과자를 찾고 있는 동기. 화이트보드에 줄줄이 붙은 동종 전과자 사진들… 동기, 새로운 사진 붙이고 신상 명세, 범죄 이력, 출소 일자 등 적어나간 다. (밤)
- 정비소, 차량 하부에서 작업 중인 작업자, 장갑 벗고 차 밖으로 나오면 화이트보드 사진에 있던 전과자다. 소희와 연호, 다가가 이

것저것 묻는다. (낮)

- PC방, 헤드폰 끼고 게임 삼매경에 빠진 또 다른 전자자. 현경, 다
가가 모니터 앞에 신분증 내민다. (밤)

- TCI 사무실, 화이트보드에 붙어 있던 사진들이 하나둘씩 떨어져
나가고…

이제 두 장의 사진만 남았다. '강민철' 그리고 '박성진'. (낮) (동기만)

S#14. 서울 변두리 골목 (밤)

골목 입구에 경찰차 한 대 있고, 정복 경찰 둘 지키고 서 있다.

차에서 내린 소희와 연호가 다가서면, 경찰, 경례한다.

소희와 연호, 경찰 지나쳐 뒤편 어두운 골목에 정차된 차량으로 다
가선다.

이미 와 있던 현경이 빨간색 아반떼 앞에서 소희와 연호를 맞는다.

소희	어떻게 된 거야?
현경	오후에 이쪽 지자체 주정차 단속 카메라에 잡혔나 봐요. 다행히 수배차량 검색시스템(WASS)에 떴더라고요.

소희, 장갑 낀 손으로 차 문 열고 손전등으로 앞자리 살핀다. 먼지
하나 없이 깔끔하게 정리된 차량. 운전석 커버, 쿠션, 방향제 등등
아기자기하다.

현경	엄청 깔끔해요. 증거 안 남기려고 싹 치운 것 같아요.
소희	(블랙박스 살피면, 사라지고 없는 메모리카드) !
현경	SD카드는 이미 빼갔더라고요.

연호, 뒷자리 살피는데 조수석 뒷자리 바닥에 놓여 있는 스틸레토 힐(뾰족구두).

연호, 가지런히 놓인 하이힐 중 한 짝을 들어 본다.

소희	(연호 힐끔, 차량 살피며 대수롭지 않게) 직장 여성들, 만약을 대비해서 차에 구두 하나 정도는 갖고 다녀요. 구두는 운전할 때 불편하기도 하고… 근데 이상하지 않아요?
연호	?
소희	이렇게 쓰고 말 거면 왜 굳이 차를 훔쳤을까요?
연호	(구두 보며 생각에 잠긴)
소희	(헛기침) 것 좀 내려놓죠. 그거 들고 그러고 있으니까 사람이 좀… 이상해 보이네.
현경	(연호 보고 비슷한 생각 했는지 풉)
연호	(아랑곳 않고) 흰색 토스카, 정근수 씨 친 역과 차량에도 SD카드 없었나요?
소희	네, 당연히, 자기 행적이 드러날 게 뻔하니까.
연호	내가 범인이라면 운전자 개인정보를 어떻게 알아낼까요? 운전자가 누군지, 직장은 어딘지, 집은 어딘지.
소희	(뭔가 번뜩) 차량 블랙박스?!
연호	(끄덕끄덕)
소희	이전 사건들 중에 비슷한 케이스가 있는지 찾아보죠!

S#15. TCI 사무실 (밤)

불 꺼진 사무실, 자리에서 차량털이 사건 파일을 검토하는 소희.

피해자 '조문주'. 도난목록(호신용 전기충격기… 블랙박스 SD카드).

조문주 피해 차량(경차) 내부 사진 보는데, 캐릭터 방향제, 운전석 시트 등등 여성 운전자임을 드러내는 소품들…

소희, 사진 들어 본다.

소희, 서류를 들어 연호에게 가서 건넨다.

연호   (서류 빠르게 살피며) 찾으셨군요.

소희   서유정 씨 사건과 패턴이 똑같아요. 조문주. 34세. 여성 자가운전자. 차 안에 여성용품 다수. 호신용 전기충격기, 블랙박스 SD카드 분실.

            (짐 챙겨 일어나며) 제가 연락해둘게요. 내일 만나보죠.

연호   (서류 보며) 내일 일찍 출발하죠. 조문주 씨 출근 전에 만나 보는 게 좋을 것 같으니까.

소희   (질린다) 잠은 자요?

연호   깨어 있을 정도는요.

소희   (어이없는, 신기하게 보는) DNA 결과가 틀려서 그런가,

연호   (보는) ?

소희   열심이라고요. 아니, 뭐 전에 열심히 안 했다는 건 아닌데,

연호   (서류 보는) 어쩌면… 마지막 사건일지도 모르니깐요.

소희   (많이 심란하구나, 좀 측은한) 차주임,

연호   (고개 들어 보는) ?

소희   내일 봅시다! (손 흔들고 가는)

연호   (소희 보며 흐릿한 미소, 다시 서류 보는)

S#16. 조문주의 빌라 앞 (아침)

오피스룩 차림, 도도한 인상의 조문주(30대)가 빌라에서 나와 지정

주차구역으로 향하는데, 근처에서 기다리던 소희와 연호가 불쑥 나타나자 흠칫 놀란다.

문주 (경계의 시선)

소희 (신분증 내밀며) 조문주 씨 맞죠? 어제 전화드렸던,

문주 (신분증 보고는 빠른 걸음으로 차로 향하며, 건조) 어제 말씀드렸을 텐데요. 별로 할 얘기 없다고. (차 문 열며) 제가 출근해야 해서요.

소희 (따라가며) 혹시 차에서 잃어버린 물건 돌려받지 않으셨나요?

문주 (멈칫, 흔들리는 눈빛, 반사적으로 빌라 돌아보는)

빌라 2층. 베란다 창으로 어린 아기를 안고 배웅하듯 내려다보고 있는 문주의 남편. 무슨 일인가 하는 시선.

문주 (소희 보며) 차에서 얘기하죠. (먼저 타는)

소희 (문주의 태도에 심상치 않은 기운 느끼는, 조수석에 타는)
연호, 차 근처에 서서 대기한다.
빌라 2층, 문주의 남편이 불안한 시선으로 이 광경을 내려다보고 있다.

S#17. 차 안 (낮)

말이 없는 문주, 무거운 표정. 소희도 쉽게 말을 꺼내지 못한다.

문주 (건조) 물어보고 싶은 게 뭐예요?

소희 …차량 도난 사건과 관련해서… 조문주 씨랑 비슷한 케이스가 있었어요. 여성 운전자인데… 차 안엔 구두를 비롯해서 다양한 여성

용품을 두고 다녔고, 블랙박스 SD카드도 없어졌어요.

문주   (말없이 듣는)

소희   며칠 전엔 잃어버렸던 지갑을 돌려받았다고 연락이 왔는데… 얼마 있다 피해자 집에 괴한이 침입해, 성폭행을 시도한 사건이 있었어요. 다행히 최악의 상황은 면했지만,

문주   (내색은 하지 않지만 미묘한 표정의 변화)

소희   저희 쪽에서는 차량털이범이 피해자 집에 침입한 성폭행범과 동일 인이라고 생각하고 수사 중인데,

문주   (단호) 전 아니에요… 그런 일 없었다고요.

소희   …그럼 혹시 차에 뒀다 잃어버린 물건을 돌려받은 적은,

문주   (절레절레) 없었어요. 그리고 그런 일을 당했다면 벌써 신고를 했겠죠.

소희   (설득조) 저는 문주 씨한테 뭘 캐내려고 온 게 아니라,

문주   (신경질 섞인) 글쎄 아무 일 없었다니까요.

소희   (가만히 문주 살피는)

문주   더 하실 얘기 없으면 갈게요. 출근해야 해서,

소희   …네. (차에서 내리려다 멈칫, 명함 꺼내 건네며) 이거, 혹시라도 하실 말씀이 있으시면,

문주, 얼른 명함 받아 대충 중앙 콘솔박스에 집어넣는데, 얼핏 콘솔박스 안에 놓인 빨간색 '호신용 전기충격기' 보인다.

소희   …조문주 씨.

문주   (소희 보는)

소희   제가 도울 게 있으면 언제든 연락주세요. 경찰로서가 아니라, 그냥 같은 여자로…

문주   …

소희, 이내 차에서 내리면, 내리기 무섭게 출발하는 문주의 차.
소희, 멀어지는 차 보며 우두커니 섰는데, 연호, 다가선다.

연호   뭐라던가요?

소희   그런 일 없었대요. 돌려받은 물건도 없고. 근데…

연호   ?

소희   (연호 보며) 차 안에 전기충격기가 있었어요. 빨간색.

연호   …조문주 씨 도난 목록에도 빨간색 호신용 전기충격기를 분실했
         다고,

소희   (끄덕끄덕)

연호   (대충 감이 오는 표정) 조문주가 성폭행 피해자가 맞다면,

소희   서유정 집에 침입한 용의자와 동일범이 확실해요. 블랙박스 SD카
         드가 분실된 것도 그렇고, 잃어버린 물품을 돌려받은 것도.

연호   근데 왜 DNA 결과는 다르게 나왔을까요?

소희   (자신도 의문)

S#18. 남강경찰서 형사과 사무실 / 합수본 (낮)

프로파일러(남), 범인 프로파일링이 한창이다. 태주를 중심으로 본
청 파견 형사들, 소병길 과장 주변에 남강서 형사들 앉아 있다.

프로파일러 범죄현장 행동 유형으로 보면 흉기 위협, 결박, 체외사정, 피해자의
         체모나 소지품을 전리품으로 가져가고, 피해자를 나체상태로 둔다
         거나 샤워를 하게 만들어, 증거를 없애고 신고 시간을 지연시키는
         등의 수법으로 봤을 때, 범인은 통제형에 가깝습니다. 그 말은,

태주   (OL, 압박하듯) 그 말은?

프로파일러	다른 유형보다 단기간 안에 다시 범행할 가능성이 높다는…
태주	(어이없는 듯 피식, 도움 안 된다, 불쑥) 부본부장님.
소과장	(깜짝, 자세 고치며) 네?
태주	동종범죄 전과자 수사는 어떻게 돼가고 있습니까?
소과장	네, 일단 범행이 일어났던 인근 네 개 관할 지역에 거주하는 성범죄자 중심으로 조사 중인데, 아직까진… 그리고 걔네들은 DNA 기록도 다 남아 있어서 나왔으면 벌써…
태주	(답답, 손바닥으로 마른세수) 수사본부 설치한 지 열흘이 다 돼 가는데,

죄인마냥 고개 숙이는 합수본 형사들. 이때, 팀원남 회의실로 들어온다.

팀원남	(태주에게 다가가 귓속말)
태주	(일어서서) 연쇄 강간범이 범죄자 DNA 데이터베이스에 없다면 분명 이유가 있을 겁니다. 아직 범죄전력이 없거나 미성년자거나 뭐가 됐건! 조금이라도 의심되는 인간들 하나도 빠지지 말고 DNA 채취하세요. 이번 주 안에 어떻게든 용의자 특정합니다. (나가면)
팀원남	(뒤따르는)
소과장	(태주 사라진 문 보며 궁시렁) 요즘 같은 세상에 DNA 채취를 어떻게 함부로. 법 바뀐 지가 언젠데 씨,

S#19. 남강경찰서 형사과 복도 (낮)

창가 일각에서 은밀히 대화 나누는 태주와 팀원남.

태주	확실해?

팀원남	네, 가위에서 나온 DNA와 100프로 일치한답니다.
태주	(머리 복잡해지는) 이 사실, 또 누가 알아?
팀원남	국과수 담당자랑 저희 말곤,
태주	(끄덕끄덕) 수고했어. 당분간 오프 더 레코드, 알지?
팀원남	(당연히) …네.
태주	(표정)

S#20. TCI 사무실 (낮)

돋보기안경 끼고 박성진 등 용의자 수사기록 보고 있는 채만. 휴대
폰 울리면,

채만	(받으며) 어, 강민철 만났어?
현경	(필터) 강민철 아니에요.

S#21. 병원 입원실 (낮)

현경, 병실 입구에서 통화 중. 그 뒤로 침대에 누워 동기와 얘기 중
인 환자(강민철, 허리에 보호대) 보인다.

현경	(통화하며 강민철 힐끔) 지금 병원인데, 강민철 입원 중이에요.
	저번 달에 공사현장에서 허릴 다쳐서.

S#22. TCI 사무실 (낮)

채만, 안경 벗고 일어나서 화이트보드로 다가가며,

채만   (통화) 병원기록 확인했다고? (사이) 그럼 강민철도 아웃이네.

채만, 화이트보드에 붙어 있던 강민철 사진 뗀다.
이제 유일하게 남은 사진.
밑에 적힌 이름 '박성진(31) 강도, 차량 절도 4범, 20**년 3월 출소'.

채만   수고했어. 들어와서 보자고. (전화 끊고 박성진 사진 보는) 박성진이…

노크 소리, 문 열리고 태주 들어온다.

태주   (정중히 인사, 형식적인 미소)
채만   (감정을 읽기 어려운 표정으로 태주 보는)

- 시간 경과
원형 테이블, 채만이 태주 앞에 믹스커피잔 내려놓는다.

채만   (자리에 앉으며) 어쩐 일이야? 바쁜 사람이 여기까지.
태주   (커피 한 모금, 앓는 소리) 하소연 좀 하러 왔습니다. 바쁘기만 하고,
          수사 진척은 없고. 본청에선 빨리 결과 내라고 푸시하고.
채만   (끄덕끄덕) 괜히 우리 애들이 바쁜 사람 시간만 뺏었나 몰라.
태주   (손사래) 충분히 의심해볼 만했습니다… 차연호 맞죠?
          그 친구 꽤 스마트하던데.
채만   (끄덕끄덕) 좀 별난 구석은 있지만, 쓸 만해.

태주	근데 안 좋은 소문이, 과거에 문제가 좀 있었다고.
채만	(알고 왔구나, 미소) 뭐 절차상 문제는 없으니까 잘 해결되겠지.
태주	그래야죠. 오랜만에 눈에 띄는 친구던데.

태주, 커피 한 모금 마시며 화이트보드 힐끔. 박성진의 사진에 눈이 간다.
채만, 슬쩍 일어나 화이트보드 위 박성진 사진을 떼어 손에 들고 본다.

태주	(대수롭지 않게) 용의잔가 보네요.
채만	응, 차량털이범… 아직 확실한 건 아니고.
태주	가위치기라… 꽤 오래전 수법인데. 한동안 잠잠하다 다시 시작한 이유가 뭘까요?
채만	(말 아끼는)
태주	(번뜩) 출소한 지 얼마 안 된 전과자… 그쵸? 한동안 범행을 할 수 없었으니까.
채만	(능청) 자네 같은 친구가 우리 팀에 오면 일하기 한결 수월할 텐데 말이야. 어때, 생각 있어?
태주	(미소) 늑대새끼 품어서 뭐 하시게요. 이빨 무서워서 어디 잠이나 편하게 주무시겠어요?
채만	(응수) 그러게. 늑대는 무리 지어 다니는 걸 좋아하니까. 나 같은 독고다이 밑에선 좀 힘들겠네. (커피 한 모금)
태주	(서늘한 눈빛으로 채만 올려다보는)

둘 사이에 흐르는 묘한 긴장감.

S#23. 남강경찰서 형사과 사무실 / 합수본 (낮)

태주, 빠르게 들어서면, 팀원들, 일어난다.

태주	(자리로 오며 빠르게 지시) 1차 강간사건 직전에 출소한 전과자들 중에 '차량털이범' 리스트 작성해서 나한테 가져와.
팀원남	(영문 모르지만 일단) …네. (돌아서는데)
태주	아, 그리고,
팀원남	(멈칫)

- 태주의 플래시백 (S#22 TCI 사무실)
태주가 박성진의 이름을 확인하려는 순간, 채만이 화이트보드에서 사진을 뗀다. 아쉽게 이름까진 확인 못 한, 성이 '박'인 것만 가까스로 캐치.

- 다시 현재
태주, 창밖 TCI 컨테이너쪽 바라본다.

S#24. 경찰청 근처 설렁탕집 (낮)

허름하지만 손님들로 붐비는, 전통의 맛집. 시끌벅적 분위기.
구석 자리, 명학, 앉아서 설렁탕에 깍두기 국물 붓고 있다.
먹성 좋게 설렁탕 한술 뜨는 명학.
잠시 후, 정욱과 재영, 명학 앞에 다가와 선다.

재영	(꾸벅) 아버님, 재영입니다! 건강하시죠?

명학	(먹으며, 앉으라는 손짓) 이모! 두 개!
재영	(앉으며 두리번) 분위기가 딱 맛집이네!
명학	(눈도 안 마주치고) 일찍 다녀라.
재영	…
명학	(끄덕끄덕, 밥 말아 우걱우걱 먹는)
정욱	(명학 눈치 슬쩍)
재영	근데, 절 보자고 하셨다고.
명학	(먹으며) 그 글 왜 올렸어? 차연호에 관한 글.
재영	(아셨구나) 그걸 어떻게,
명학	(서늘한 눈빛) 이거, 어디 가서 떠들고 다니지 말라고 했지.
재영	(긴장) 갑자기 열이 받아서… 그 자식이 경찰이라는 게 말이 안 되는,
명학	(서늘한 눈빛으로 쏘아보는)
재영	(식겁, 조아리는) 잘못했습니다.
명학	(천천히 눈에 힘 풀며) 당분간 조용히 살자. 편지 보낸 놈은 내가 찾을 테니까, 알았지?
재영	예.

식탁에 놓이는 설렁탕 두 그릇.

명학	먹어.
정욱	(차분히 먹기 시작)
재영	(살짝 언, 새삼 느끼는 살벌한 명학)

S#25. 남강경찰서 본관 주차장 입구 (낮)

차에서 내리는 연호와 소희.

그때 그들 앞에 다가와 서는 두 남자. (말쑥한 양복 차림)

감찰1	차연호 경위 맞죠?
연호	?
소희	(나서며) 누구시죠?
감찰2	(신분증 보이며) 본청 감사관에서 나왔어요. 잠깐 얘기 좀 하시죠.
소희	!! (연호 보면)
연호	(예상한 듯 덤덤)

S#26. 남강경찰서 조사실 앞 (낮)

유리창 안, 조사실엔 감찰담당관1, 2와 마주 앉은 연호의 모습.
조사실 밖에선 염보연 과장을 비롯한 교통과 직원들이 구경난 듯 모여 있다.
근처에 소희도 걱정스러운 표정으로 있고…

염과장	(소희에게 다가와, 살짝 상기된) 나 이런 거 처음 본다. 교통과에 본청 감찰담당관이 다 들이닥치고.
소희	과장님, (그게 지금 할 소리?)
염과장	(뻘쭘) 아니, 그냥 그렇다고, 맨날 민원인들만 보다가,

잠시 후, 채만을 위시해서 동기, 현경, 들어온다.

동기	무슨 일이에요? 누가 왔다고요?
소희	(조사실 안 턱짓)

팀원들 보면, 조사실 안에 연호와 감찰1, 2. 채만과 동기, 현경, 심란한 표정.

S#27. 남강경찰서 조사실 (낮)

감찰1   (서류 보며) 사고 이후에 정신과 치료를 꽤 오래 받았네요.
　　　　　현재 복용하는 약 있습니까?

연호   없습니다.

감찰1   후유 증상은요. 사고가 계속 떠오른다거나, 수면장애가 있다든가,

연호   …

감찰1   (대답 없자 고개 들어 보는) 있어요?

연호   그게 경찰 일을 하는 데 문제가 됩니까?

감찰2   (설득하듯) 이봐요, 차경위. 우린 당신 도우러 온 사람들이에요.
　　　　　솔직히 얘길 해야 저희가 도울 방법을 찾죠.

　　　　　- 연호의 회상 (5부 S#1 은동경찰서)

명학   (테이블에 두 손 기대며) 차연호 씨, 우리 서로 인정할 건 쿨하게 인정
　　　　　합시다. 서로 솔직해야 내가 그쪽을 도울 수가 있어요.

　　　　　- 다시 현재

연호   종종 악몽에 시달립니다. 잠을 깊게 못 자고… 가끔 이명을 듣습니
　　　　　다. 한 2, 30초 지속되는데, 그때마다 하얀 빛 같은 것도 봅니다. 사
　　　　　고현장을 볼 때마다 근육경련이 있는데, 이젠 제법 통제할 정도가
　　　　　됐고요.
　　　　　그리고… 아직은 운전하기 힘듭니다.

감찰1, 2   (연호의 솔직한 토로에 놀란 듯, 서로 보는)

S#28. 남강경찰서 조사실 밖 (낮)

유리창 너머에서 지켜보던 소희와 팀원들.

채만   시간이 좀 걸릴 것 같은데, 우린 올라가서 기다리지.

채만, 팀원들 이끌고 조사실 나선다. 소희, 좀처럼 발걸음이 떨어지지 않는다.

S#29. TCI 사무실 (낮)

소희, 팀원들에게 조문주 만난 얘기 중.

소희   ···조문주 씨 차 안에 호신용 전기충격기가 있었어요.
동기   전기충격기 잃어버린 거 아니었어요? (그러다) 어! 그럼,
소희   (끄덕끄덕)
현경   서유정 씨랑 비슷하네요. 도난 물건을 돌려받고,
            (조심) 설마 성폭행을···
소희   (무거워지는) 아마도,
일동   (조용한 분노)
동기   그럼 빨리 신고를 해서 범인을 잡을 생각을 해야지,
채만   성폭행 범죄는 밝혀지지 않은 암수범죄가 90프로야. 피해자들한텐 사회적으로 겪어야 할 2차 가해가 더 두렵단 얘기지.
            안타깝지만 신고 안 한 이유로 피해자를 탓할 순 없어.
동기   (답답, 한숨)
채만   차량털이를 하면서 범행대상을 물색한다?

소희	차 안에 있는 여성용품이 트리거가 되는 것 같아요. 이를테면 하이힐 같은. 차량 블랙박스 영상을 보면서 피해자의 정보나 생활패턴을 알아내는 것 같고.
현경	그럼 차주임 얘기가 맞았던 거 아니에요? 차량털이가 연쇄 강간범이랑 동일인물이라는… 근데 왜 DNA 결과는 다르게,
소희	그러게 말야.
채만	(생각난 듯) 아까 이팀장 여기 다녀갔어.
소희	(의외) 여길요? 그 사람이 왜요?
채만	우리가 쫓고 있는 차량털이범에 관심이 많은 눈치던데.
소희	?!! (머리 돌아가는, 현경에게) 국과수에 전화해서 DNA 분석 결과 다시 한번 확인해봐.

S#30. 오피스 건물 주변 식당 (낮)

점심시간인 듯, 조문주와 동료 직원 서넛이 우르르 식당으로 들어선다. 메뉴판 보며 '뭐 먹을까?' 재잘대는데…
문주 보면 TV에선 연쇄 강간 사건 관련 뉴스.
앵커 "서북부 연쇄 강도 강간 사건 수사본부가 꾸려진 지 열흘이 다 되도록 범인에 대한 이렇다 할 단서를 찾지 못한 가운데, 여성들의 불안은 나날이…"

여직원	(문주에게) 과장님 뭐 드실래요?
문주	(TV에 시선이 빼앗겨 멍한)
여직원	과장님?
문주	(그제야) 응?
직원들	(의아한 시선)

여직원	주문이요.
문주	어, 그래, (메뉴 보는 척, 하지만 신경은 온통 뉴스에 가 있다)

S#31. 남강경찰서 형사과 사무실 / 합수본 (낮)

문 '쾅!' 열리고 소희 들어온다.

합수본 소속 형사들 소란스러운 소희의 등장에 시선 주목.

소희, 팀원과 얘기 중이던 태주에게 성큼성큼 걸어가 손에 든 페이퍼 내민다.

태주	(뭐냐는 듯 보면)
소희	지금 뭐 하자는 겁니까? 국과수 결과 왜 거짓말하셨어요!

지켜보던 소과장과 형사들, 무슨 얘긴가 보는,

태주	(알았구나, 침착) 나도 얼마 전에 알았어. 곧 얘기하려고 했고.
소희	지금 그 말을 저보고 믿으라고요?
소과장	민소희, 너 지금 무슨 소리 하는 거야?
소희	몰라서 물으세요? 차량털이랑 연쇄 강간범이랑 동일범 맞다잖아요!
소과장	??!

웅성거리는 형사들. 소과장, 다가와 소희가 들고 있는 페이퍼 낚아채 살펴본다. 국과수에서 보낸 팩스. 가위에서 검출된 DNA와 일치한단 내용.

소과장	!! (어떻게 된 거냐는 듯 태주 보는) 이게 어떻게,
태주	(소희 끌고) 나가서 얘기하지.
소희	(손 뿌리치고 앞장서 나간다)
태주	(애써 냉정 잃지 않고 뒤따른다)

S#32. 남강경찰서 형사과 / 복도 일각 (낮)

소희, 창가에 팔짱 끼고 서면,

태주	(다가와) 내가 다 설명할게.
소희	설명할 게 뭐 있어? 불 보듯 뻔한데.
태주	그런 거 아냐. 가위에서 DNA가 나왔다길래 혹시나 해서 검사 요청했고, 나도 오늘 늦게야 알았어.
소희	그럼 아까 우리 사무실엔 왜 왔는데?
태주	그거야, 잠깐 짬이 나서 오랜만에 팀장님께 인사도 드릴 겸.
소희	내가 당신 몰라? 당신 목적 없으면 절대 안 움직이잖아.
태주	… (오해라는 듯 깊은 한숨) 그래서, 뭐가 달라지는데. 그게 동일범이건 아니건. 어차피 너나 나나 범인만 잡으면 되는 거잖아.
소희	다르지. 이건 엄연한 '위계공무집행방해'야. 수사 방해! 당신 욕심 때문에 그사이 또 다른 피해자가 생긴다는 생각은 못 해?
태주	(피식) 오버하지 마. 별것도 아닌 일 같고.
소희	(태주 한심하게 보는) 이태주 경정님… 어쩌다 이렇게 됐니.

소희, 싸늘히 돌아서 가면, 태주, 혼자 남아 분노 삭이다 다시 옷매무새 가다듬고 사무실로 걸어간다.

S#33. 남강경찰서 형사과 사무실 / 합수본 (낮)

태주, 들어서면, 형사들, 삼삼오오 모여서 수군거리다 태주보고 뿔뿔이 흩어진다. 태주, 시선 느끼며 자리로 걸어간다.

태주   (앉기 전에) 쓸데없는 오해들 하지 마시고, 계속 수사에 집중해주십시오. (자리에 앉는)

의혹만 남긴 채, 표면상 일상을 찾은 합수본.
소과장, 태주를 의혹의 시선으로 바라본다.

S#34. 남강경찰서 야외 벤치 (낮)

자판기에서 뽑은 캔 음료 나눠 마시는 소과장, 염과장 그리고 고과장.

고과장   이팀장 민소희나 TCI 애들한테 숨긴 건 이해 가는데, 소과장님 팀한테까지 결과 숨긴 건 너무한 거 아니에요?
소과장   (표정 좋지 않고)
염과장   그건 또 무슨 논리예요? 알리려면 합수본 전원한테 다 알렸어야지. 딱 보면 몰라요? 본청 애들끼리 다 해 먹겠단 거지. 근데, 이렇게 되면 결국 차연호 얘기가 맞았던 거잖아요.
고과장   (생각해보니, 피식) 이태주 팀장 머리 쓰다가 꼴이 좀 그렇네.
        근데, 차연호는, 왜 안 보여? 인제 합수본 안 오나?
염과장   본청에서 차연호 보려고 감찰담당관이 나왔더라고요. 지금 한창 조사 중일걸?

고과장	하여간 경찰 위신 다 깎아 먹고. 왜 사람 죽여 놓고 경찰을 하겠다고,
염과장	보니까 차연호 쪽 과실은 너무 커서 빠져나가기 쉽지 않을 거 같은데… 왜 하필 그런 일이…
고과장	그러게 그 친구 도대체 무슨 생각으로 경찰이 된 거야. 회사 시끄럽지, 본인도 엄청 힘들 텐데, 뭐 하러 자기 무덤을 파냐고…
소과장	(가만히 듣다 고과장 보며, OL) 재밌어? 그렇게 자기 얼굴에 침이나 뱉고 있으니까?
고과장	(무슨 소린가 보는)
소과장	어쨌건 차연호 때문에 동일범 알아낸 거 아냐. 그럼 칭찬은 못 해줄 망정, 뒷담화나 까고 있으니, 에효! (음료수 캔을 쓰레기통에 획, 가는)
고과장	(무안) 왜 저래? (염과장에게) 내가 뭐 틀린 말 했어?
염과장	(좀 지나쳤단 표정)

S#35. 24시 돼지 불백집 (저녁)

식사 중인 TCI 팀원들. 가라앉은 분위기, 젓가락만 깨작깨작, 말이 없다.

현경	…그럼 이제 어떻게 되는 거예요?
소희	어떻게 되긴. 자료도 다 넘겼고, 이제부턴 합수본에서 알아서 하겠지.
현경	(힘 빠지는) 하, 이 사건 우리가 어떻게 끌고 왔는데,
채만	어쨌건 이번 사건 수사주체는 합수본이야. 우리가 물러나는 게 맞아.
현경	결국 죽 쒀서 개, (소희 눈치, 젓가락 내려놓으며)
동기	근데, 차주임은 아직 조사 중인가? 길어지네.
현경	그러게요. 식사도 못 하고,

소희	(말은 안 하지만 궁금한, 휴대폰 울리는, 액정 보면 조문주, 일어나며)
	아 네, 조문주 씨…
일동	(보는, 조문주?)
소희	네… (사이) 네 알겠어요. 금방 가요. (끊고) 나 가봐야겠다. 조문주
	씨 회사 앞에 있대.
현경	그분이 왜요?
소희	몰라. 가보면 알겠지. (서둘러 나서는)

S#36. 남강경찰서 본관 앞 (밤)

소희, 정문으로 뛰어 들어와 살피면, 저만치 본관 앞에 서 있는 조문주.

S#37. TCI 사무실 앞 벤치 (밤)

한적한 벤치. 문주, 앉아 있고, 소희, 자판기에서 음료수 뽑아 건넨다.

문주	(캔 음료 받아들고) 고마워요.
소희	(문주 옆에 앉으며) 전화 받고 놀랐어요. 근데 무슨 일로…
문주	(담담히) 그쪽 생각이 맞아요. 차마 신고할 용기가 나지 않아서,
소희	!! (역시 그랬구나, 놀랐지만 애써 티 내지 않는)
문주	도난신고하고 얼마 있다 잃어버렸던 전기충격기를 찾았어요.
	퇴근하고 집에 와보니 우편함에 들어 있더라고요.
	남편이 혼자 차 탈 때 조심하라고 사준 건데. 첨엔 이상해서 경찰
	에 알려야지 하다가, 회사 일도 바빠지고, 집에 오면 아기 돌보느라

정신없고, 그러다 그냥 찾았으니 됐다 싶어서,

소희   (이해한다는 듯 끄덕끄덕)

문주   남편 직장도 야근이 잦다 보니 혼자 잠드는 일이 많아요.

                 그날도 11시쯤 잠자리에 들었는데… (자신이 겪은 일 풀어놓는)

S#38. 남강경찰서 조사실 앞 (밤)

감찰1, 2와 교통과를 나서는 연호.

감찰1   오늘 조사를 토대로 내부에서도 심사위원회가 열릴 겁니다.

                 빠르면 다음 주 안엔 결과가 나올 거고.

연호   …네.

감찰2   (끄덕끄덕) 장시간 고생했어요.

감찰1, 2, 연호와 인사 나누고 내려가면, 연호, 잠시 바라보다 TCI 사무실로 향한다.

S#39. TCI 사무실 (밤)

안으로 들어오는 연호, 불은 켜져 있지만 아무도 없다.

연호, 쓸쓸한 표정으로 자리로 가서 짐을 챙기는데… 멈칫.

보면, 책상 한쪽에 박스 하나(포장 x)가 놓여 있다.

그 위에 포스트잇 메모.

소희E   경찰한텐 이게 더 어울려요.

연호, 박스 열어보면 운동화 두 짝이 가지런히 놓여 있고.

S#40. TCI 사무실 앞 벤치 (밤)

문주, 자신의 고통스러운 경험을 털어놓고도 꿋꿋이 평정심을 유지하고 있다.

소희   인상착의 기억나세요?

문주   키는 컸어요. 한 180. 체격도 컸어요. 얼굴은 복면을 쓰고 있어서… 눈은 기억나요. 쌍꺼풀 없는 눈.

소희   (휴대폰 꺼내 박성진 사진 보여주는) 혹시 이 사람이랑은?

문주   (사진 찬찬히 보다, 갸웃) …모르겠어요. 비슷한 거 같기도 하고.

소희   (끄덕끄덕, 휴대폰 넣으며) 들고 있던 흉기가 뭐였나요? 칼? 가위?

문주   …가위요. 주방에서 흔히 쓰는.

소희   (예상대로구나) 혹시 뭐 다른, 기억에 남는 특징 같은 건…

문주   담배 냄새… 자기 자랑을 많이 했어요. 예전에 자기가 여자들한테 인기 많았다고. 제 생각엔 전혀 그럴 것 같지 않았지만…

소희   (여린 미소)

문주   그리고… (시선 들어 소희 보는)

소희   ?

S#41. 남강경찰서 형사과 사무실 / 합수본 (밤)

스크린에 떠 있는 박성진의 사진. 팀원남 브리핑. 태주, 자리에서 듣고 있다.

(소과장과 형사과 형사들은 보이지 않는다.)

팀원남	박성진 주소지는 수원으로 돼 있는데, 거긴 어머니 집이고. 현재로선 소재파악이 안 되고 있습니다. 박성진 어머니 얘기론, 출소 직후 잠깐 들르고 그 이후 한 번도 못 봤답니다. 전화번호도 모르고.
태주	(고민하듯 손가락으로 테이블 똑똑) 휴대폰, 진료기록, 교통카드, 금융거래내역, 출입국 기록, 뭐든 뒤져서 박성진 생활반응부터 찾아. 최대한 빨리 박성진부터 잡는다!

태주, 일어나면 바삐 움직이는 형사들.

S#42. 남강경찰서 정문 앞 (밤)

정문 밖까지 문주를 배웅하는 소희.

소희	오늘 하신 얘기는 수사에 참고만 하고, 절대 비밀은,
문주	(미소) 알아요. 말 안 해도.
	그럼 고생하세요. (인사하고 덤덤히 돌아서 가는)
소희	범인 꼭 잡을게요!
문주	(멈칫, 돌아보는)
소희	…꼭이요.
문주	(미소, 이내 돌아서 가는)
소희	(한참을 서서 문주 바라보는)

S#43. 남강경찰서 본관 근처 (밤)

소희, 정문을 거슬러 올라오는데, 태주를 비롯한 본청 형사들이 우르르 본관을 빠져나가고 있다. 태주, 저만치 서 있는 소희 보면, 소희는 이내 인사 없이 TCI 사무실로 향한다.

S#44. TCI 사무실 (밤)

소희, 사무실로 들어서면 화이트보드를 보고 있는 연호.
보면, 자기가 준 운동화 신은 게 눈에 들어오고.

소희	(피식, 다가서며) 조사는 잘 받았어요?
연호	예, 뭐…
소희	차주임 얘기가 맞았어요.
연호	?
소희	동일범이에요. 차량털이랑 연쇄 강간범.
연호	!!! 그럼 왜 DNA 결과는, (다르다고)
소희	(그건 자신도, 고개 젓는) 담배꽁초가 범인이 피운 게 아닐 수도 있고.
	암튼 이번엔 확실해요. 범인 가위에서 나온 DNA니까.
	방금 조문주 씨가 찾아왔었어요. 예상대로예요.
연호	(역시) …
소희	그런 일을 당하고도 어찌나 담담하게 얘길 하던지.
연호	…뭐, 다른 얘긴?
소희	(생각난 듯) 자기 자랑을 많이 했대요. 자기 인기 많았다고. 그리고,
연호	?

- 소희의 플래시백 (S#40 연결)

| 문주 | 자기가 한번 찍은 여잔 실패한 적이 없었대요. |

- 다시 현재

소희	생각보다 더 찌질한 놈인가 봐요. 그 상황에 그딴 소리나 하고 있고. 아직 저녁 못 먹었죠? 가요. 밥 먹으러. (문으로 향하는데)
연호	(뒤따르다 멈칫, 뭔가 떠오른) 설마,
소희	(연호 보고) 왜요?
연호	한번 찍은 여잔 실패한 적이 없다. 만약 그 얘기가 성폭행을 당한 피해 여성들을 두고 한 말이라면,
소희	(머릿속에 언뜻 스치는 누군가) 서유정!
연호	가시죠.
소희	(뒤따르려다 멈칫) 난 합수본에 얘기할게요! 이따 주차장에서 만나요! (문 열고 나가는)

연호, 휴대폰 꺼내 전화 거는데 신호만 가다가 '고객이 전화를 받지 않아…' 안내음으로 넘어간다.
초조해진 연호, 그때 소희 책상 위 소희 차 키가 눈에 들어온다. 이에 갈등하는 연호의 시선.

S#45. 남강경찰서 형사과 사무실 / 합수본 (밤)

문 벌컥 열리고, 소희 들어온다.

| 소희 | (다짜고짜) 서유정이에요! 범인이 노리는 대상! |
| 형사2 | (책상에 기대 자다 깨서 시큰둥) 뭔 소리야, 뜬금없이. |

소희	(다급) 제보가 있었어요. 범인이 그랬대요. 자기가 한번 찍은 여잔
	실패한 적이 없다고. 암튼, 시간 없어요! 빨리!
형사1	(시큰둥) 본청 애들 용의자 제보받고 나갔는데 뭔 소리야.
형사2	별, (다시 책상에 엎드리는)
소과장	(가만히 듣고 있다. 몸 일으키며, 책상 발로 툭) 야, 차 빼라.
형사2	에? 아니 무슨 저런 얘길 듣고,
소과장	(벼락같이) 차 빼!!!
형사1,2,3	(화들짝)

S#46. 서유정의 집 앞 (밤)

바닥에 떨어지는 담배 똥. 벌건 불똥에 아직 연기가 피어오른다.
그 주변으로 담배꽁초 툭 떨어진다. 남은 불씨를 밟아 끄는 발.
화면 천천히 발을 훑고 올라가면, 마스크와 버킷햇을 착용한 사내
의 실루엣.
모자 슬쩍 들어 불 켜진 서유정의 2층 집을 바라보는 남자, 박성진
이다!

S#47. 남강경찰서 본관 앞 주차장 (밤)

형사3, 형기차(형사기동대 차) 빼고 있고, 근처에 소과장과 형사1, 2
있다.
소희, 두리번, 연호 찾는데 보이지 않는다. 전화 거는,

소희	(연결) 차주임, 지금 어디예요?

연호   (필터) 저 먼저 출발했습니다.

소희   에??

S#48. 도로, 차 안 (밤)

질주하는 소희의 차. 연호, 운전하며 인이어로 통화.

연호   (통화) 서유정 씨가 전활 안 받아서요.

             먼저 가 있겠습니다. 나중에 통화하죠. (끊는, 액셀 밟는)

S#49. 남강경찰서 본관 앞 주차장 (밤)

소희   여보세요! 차주임! (끊긴, 인상) 이 인간이 진짜.

소과장   (조수석에서) 갈 거야 말 거야?!

소희   가요! (서둘러 형기차에 오르는)

이때, 사무실로 복귀하던 채만과 동기. 현경.
형기차에 오르는 소희를 본다.

동기   (달려와) 반장님, 무슨 일이에요?

소희   (동기와 현경, 차 안으로 끌어당기며) 일단 타! 가면서 얘기해줄게.

             팀장님, 연락드릴게요!

영문도 모르고 차에 끌려 타는 동기와 현경. 형기차, 급히 출발한다.

S#50. 도로, 차 안 (밤)

운전하는 연호, 그때 맞은편 차가 연호 덮칠 듯 헤드라이트 비추며
획 좌회전 꺾어 사라지는데.

- 플래시백 (4부 S#5)
(회심의 몸짓으로 CD 잡아드는데) 순간 눈앞에 다가와 있는 헤드라이
트 불빛!!

끼익- 갓길에 급정거하는 연호.
헉헉 긴장으로 숨소리가 거칠어진다…
다시 출발할 엄두 안 나고…

소희E   딴 사람도 아니고, 경찰이 늦어서야 되겠어요?
그럼 사람을 구할 기회도 놓친다고요.

두려웠던 연호의 눈빛이 바로 선다. 다시 차를 출발하는 연호.

S#51. 서유정의 집, 침실 (밤)

침대 머리맡, 충전라인에 꽂혀 있는 휴대폰. 전화 오는지 불빛 반짝.

S#52. 서유정의 집, 욕실 안 (밤)

샤워 후 욕실 안에서 머리 말리는 유정.

S#53. 서유정의 집, 거실 (밤)

소파에 누워 TV 보고 있는 유정모(60대). 트롯가수들의 흥겨운 가락. 따라서 흥얼흥얼.
이때, '탁!' 문 부딪치는 소리.
유정모, 고개 내밀어 보면, 주방 너머 열려 있는 베란다 문.

유정모 저게 왜 열렸대. (힘겹게 일어나 뒷베란다로 걸어가는)

S#54. 서유정의 집, 뒷베란다 (밤)

유정모, 열린 문밖으로 고개 내밀어 밖을 살핀다. 아무것도 없다.
이내, 문 닫고 들어와, 문을 잠그고 걸쇠도 이중으로 건다.
유정모, 손을 털고 무심히 돌아서다가 굳는다.
유정모 앞에 우두커니 서 있는 검은 복면의 남자!

S#55. 서유정의 집 근처 (밤)

연호의 차가 골목 어귀에 멈춰 선다. 연호, 차에서 나와 저만치 2층 서유정 집을 살핀다. 불이 들어와 있는 유정의 집.
다시 유정에게 전화, 신호는 가지만 받지 않는다.
연호, 서둘러 유정의 집으로 향한다.

S#56. 서유정의 집, 거실 (밤)

젖은 머리를 털며 가벼운 차림으로 욕실에서 나오는 유정.
유정, 거실 보면 켜져 있는 TV. 유정모는 보이지 않는다.

유정   엄마! (주변 두리번) 슈퍼 갔나? (방으로 들어가는)

S#57. 서유정의 집, 뒤편 (밤)

연호, 뒷베란다가 보이는 뒤편 골목으로 서유정 집 살핀다.
인기척은 없다.
연호의 휴대폰 진동, 전화 받는다.

연호   (서유정 집 주시하며 작게) …네.
소희   (필터) 어디예요?
연호   서유정 집 앞입니다.
소희   (필터) 상황은요?
연호   아직은 별,
소희   (필터) 우리 곧 도착하니까, 성급히 움직이지 마요.

순간, 베란다 유리창 위로 쓰윽 올라오는 그림자! 집 안쪽으로 사라진다.

연호   !!! (전화 끊고 달려가는)

S#58. 도로, 형기차 안 (밤)

소희   차주임! 내 얘기 듣고 있어요?! 차주임!! (불길한)

S#59. 서유정의 집, 유정 방 (밤)

침대에 앉아 드라이어로 머리 말리는 유정.
뭔가 이상한 기운에 고개 드는데, 성진, 방 입구에 우두커니 서 있다.

유정   (헉! 드라이어 놓치는, 입 틀어막는)
성진   씻었어?
유정   (요동치는 눈동자)

S#60. 서유정의 집, 뒷베란다 (밤)

연호, 지형지물을 이용해 어렵게 담을 타고 올라 뒷베란다에 안착.
문 슬쩍 열어보는데, 잠겨 있다. 보일러룸으로 난 창문 열어보면 거
짓말처럼 스르르 열린다. 조용히 창문을 통해 집 안으로 진입하는
연호. 들어와 보면, 보일러룸 바닥, 손발이 결박되고 입에 재갈이 물
린 유정모.
유정모, 도와달라는 간절한 몸부림. 연호, 손가락으로 쉿!
연호, 주머니에 있던 경찰신분증 보이면, 유정모, 반색.
연호, 재갈 풀어주고 손가락으로 안 가리키면, 유정모, 끄덕끄덕.
손 결박 풀어주고, 여기 있으라는 손짓. 연호는 조심스럽게 집 안으
로 향한다.

S#61. 서유정의 집, 거실 (밤)

연호, 주방으로 들어서면, 거실 TV 소리 들린다.

연호, 몸을 숨기고 안방 안을 살피면, 침대 위, 쪼그리고 앉아 부들부들 떨고 있는 유정. 그 앞에 연호를 등진 채 앉아 있는 성진. 얘기 중인 듯.

연호, 잠시 생각. 안 들리게 안방을 가로질러 거실 소파로 향한다.

소파 위 TV 리모컨.

S#62. 서유정의 집, 방 (밤)

성진   (유정에게 다정히) 자꾸 니가 생각나더라고. 근데, 엄만 뭐 하러 불렀
         어. 피곤하게.

유정   (눈물이 그렁그렁, 떨리는)

이때, 시끄럽게 들리던 TV 소리, 뚝 끊긴다. 성진, 뭐지? 돌아보다,

일어나 이불로 유정을 휙 덮고는, 밖으로 향한다.

S#63. 서유정의 집, 거실 (밤)

성진, 천천히 거실로 나와 보면, 꺼져 있는 TV. 주변 두리번.

아무도 없다. 천천히 다가가 의미 없이 TV 살핀다. '왜 꺼졌지?'

리모컨 찾듯 소파 주변 두리번거리는데,

연호   (OFF) 이거 찾아요?

성진	(보면, 주방 앞에 리모컨 들고 서 있는 연호) !!
연호	(다가서며) 이제 그만하시죠… 박성진 씨.
성진	(뒤춤에서 가위 쓰윽 꺼내 드는)
연호	(자세 잡는)

그때 창밖에서 들리는 사이렌 소리.
이에 당황한 성진, 도망치려는데 연호, 얼른 현관 막아선다.
에잇… 마루 창문을 깨고 몸을 던지는 성진.
'아아악!' 주방에 숨어 숨죽여 보던 유정모의 비명.

연호	(다급) 어머니! 따님 좀!
유정모	(끄덕끄덕)

연호, 뛰쳐나간다. 유정모, 후다닥 방으로 들어가 이불 걷고는, 유정 살핀다.

유정모	(얼굴 몸 살피며) 유정아, 괜찮아?
유정	(눈물 터뜨리는) 엄마~

S#64. 골목, 형기차 안 (밤)

소희가 탄 형기차가 골목을 오른다.

소희	(연호에게 전화, 안 받는) 도대체,

이때, 헤드라이트 불빛이 닿는 저 앞,

바닥에 떨어진 성진이 비틀거리며 일어서는데.

현경   (보고) 어! 저기,

잠시 후, 뒤를 쫓는 연호의 등장.

소과장   저거, 차연호네?!
소희   !!! 차 세워요!! 빨리요!!

형기차, 급정거하면, 튀어나오는 소희, 뒤따르는 동기와 현경…
그리고 소과장과 형사과1, 2… 연호가 사라진 골목으로 내달린다.

S#65. 추격 몽타주 (밤)

어두운 밤, 좁은 골목을 오가며 벌어지는 성진과 연호의 두 번째 추격전!
성진을 맹렬히 뒤쫓는 연호의 발엔 운동화가 신겨 있다.
골목으로 들어와 그 뒤를 쫓던 소희, 동기, 그리고 현경… 어느새 연호도 성진도 보이지 않고. TCI 팀과 형사 팀이 나뉘어 각각 다른 길로 향한다.

S#66. 막다른 공터 (밤)

산 경사로로 막힌 막다른 공터. 숨을 헐떡이며 멈춰 서는 성진.
뒤따라오던 연호, 조금 거리를 두고 천천히 멈춰 선다.

성진	(숨이 차는지 두 손을 무릎에 대고 쉰다)
연호	(호흡 가다듬는)
성진	(재밌다는 듯) 헤헤… (가위 내밀며) 이번엔 할 수 있을 거 같애?
연호	(소희와 대련하듯 몸 푸는)

성진의 기습 공격. 가까스로 가윗날을 피하는 연호.
그런 연호 모습에 자신이 우세라 확신한 성진, 더 맹렬하게 공격하
는데.
연호, 점점 수세에 몰린다.

소희E	사람마다 공격하는 패턴이 있어요. 패턴을 먼저 파악해요.

연호, 성진의 공격 패턴이 보이기 시작한다.
이젠 피하는 대신 성진의 가위를 손으로 쳐내며 방어하는데.
이에 당황한 성진이 더 흥분해서 막무가내로 공격해서 패턴이고
뭐고 없는.
당황한 연호, 한발 한발 뒤로 물러나다 벽에 다다른다.
성진, 연호 머리통을 향해 가위를 꽂을 기세로 달려드는데.
연호, 간발의 차이로 피하면서 바로 옆에 꽂히는 성진의 가위.
그사이 성진을 공격해 간격을 벌리는 연호.

- 플래시백 (5부 S#12)
연호, 야심차게 소희를 어깨메치기로 넘기려는데… 꿈쩍도 안 하
는 소희.

소희	뭐 해요?
연호	?

소희	어깨메치기로 넘길 땐 팔꿈치를 힘껏 아래로.
	(순식간에 연호를 어깨메치기로 넘어뜨리며)

- 다시 현재

연호, 달려드는 성진의 팔을 잡아 저지하고 그대로 어깨메치기.
그 바람에 무기를 놓친 성진, 얼른 무기 쪽으로 기어가 집으려는데.

- 플래시백 (5부 S#12)

소희	거참… 등 보이지 말라니깐? (트라이앵글 초크로 결박하는)
연호	윽…

- 다시 현재

가위를 집으려던 성진의 팔과 목을 껴안듯 암 트라이앵글 초크 들어가는 연호!
성진, 빠져나오려는 듯 발버둥. 하지만 연호도 악착같이 버틴다.

연호	(있는 힘껏 성진의 목을 조여 가며) 박성진 씨… 당신을… 역과 뺑소니 살인… 차량털이… 차량절도… 그리고 연쇄 강간 혐의로 체포합니다.
성진	(고통스러운 듯 탭하는데)
연호	(좀처럼 놓을 줄 모르는)

성진, 마지막 힘을 내 바닥에 떨어진 가위를 집으려고 더듬거리는데… 하지만, 가위에 채 가닿기 전에 눈이 풀리며 의식을 잃는다.
축 늘어진 성진, 그제야 초크를 푸는 연호, 진이 빠져 바닥에 푹 쓰러진다.
잠시 후, 소희와 동기, 현경, 그리고 소과장, 달려온다.

저만치 어둠 속, 바닥에 쓰러져 있는 두 남자.
소희와 소과장, 가까이 다가와 보면 기절한 성진, 그리고 하늘 보고 누워 숨을 고르고 있는 연호. 소희, 그제야 안도의 한숨.
이때, 의식이 돌아온 성진이 푸드득 몸서리를 치자,

소과장   (깜짝) 놀래라, (발끈) 이 자식이, (주먹으로 한 방 갈기는)
성진   (다시 기절)

소과장, 성진의 손에 수갑을 채운다.
소희, 연호에게 손을 내민다. 연호, 소희의 손을 잡고 일어선다.

소희   괜찮아요?
연호   (끄덕끄덕)
소희   (기절한 성진 내려다보더니) 가르친 보람이 있네.
연호   (흐릿한 미소)

뒤늦게 달려온 형사과 형사들. 이들의 모습 부감으로 빠진다.

F. O

S#67. 남강경찰서 본관 로비 (낮)

기자들의 플래시 세례를 받으며, 연쇄 강도 강간범 사건 브리핑하는 소과장.

소과장   …범인 박성진이 그곳에 반드시! 다시 나타나리라는 확신과 함께

24시간 불철주야 잠복 중이었던…

뒤편에 서서 이를 지켜보는 채만과 소희, 동기, 현경, 그리고 연호.

현경　소과장님, 완전 전국구 스타 됐네.

동기　저기서 왜 소과장님이 나오냐고. 솔직히 우리 반장님이나 차주임님이,

연호　…

소희　합수본 부본부장이시잖냐. 어찌 됐건 소과장님이 수갑 채웠고.

동기　에이 그거야, 차주임님이 반장님한테 전수받은 초크로 이미 맛 가게 한 상태에서, 주워 먹기 식으로,

채만　어쨌건 사건 잘 마무리됐잖아. 그럼 된 거지. (동기 어깨 토닥)
　　　　채만과 팀원들, 소희의장 빠져나온다.

S#68. 남강경찰서 본관 복도 (낮)

걸어 나오는 팀원들. 뒤처져 걷는 연호.

소희　(연호 흘낏, 채만에게) 심사위원회 결과는 언제 나온대요?

채만　글쎄, 지금쯤 본청에서 한창 얘기 중이지 않을까 싶은데.

소희　이번 사건도 그렇고, 차주임 역할이 큰데,

채만　(끄덕끄덕) 아마 그런 부분도 참작이 되겠지.

소희　(멈칫, 저만치 태주가 본청 팀원들과 걸어오고 있다)

태주, 다가와 채만에게 인사. 동기, 현경은 태주에게 인사.

채만	그동안 고생 많았어. 덕분에 사건 잘 마무리됐네.
태주	(속 쓰리지만) 덕분은요. 이번 사건은 누가 뭐래도 TCI 공이죠.
	(소희에게) 축하해, 민소희 경위.
소희	(의례) 감사합니다. 경정님도 고생 많으셨습니다.
태주	(뒤편 힐끔) 축하해요. 차연호 주임.
연호	(말없이 목례)
태주	차주임 축하할 일이 하나 더 있던데.
동기	(알아듣고) 심사결과 나왔습니까?
태주	(끄덕끄덕) 직위 해제 사유에 해당 안 된다.

팀원들, 연호의 신분 유지 소식에 기뻐한다. 채만도 다행스러운 미소.

태주	차주임, 우리 앞으로 볼 일이 많을 거 같네.

의미심장한 말 남기고 총총히 사라지는 태주,
연호, 잠시 태주 바라본다.

소희	(연호에게 다가와) 뭐 해요? 갑시다! 오늘 같은 날 그냥 지나칠 순 없
	지. 내가 소고기 쏜다!
동기/현경	(환호) 와~ 민소희! 민소희!
채만	(찬물) 무슨 소고기씩이나. 불백집 가서 그냥 돼지고기 먹자고.
동기/현경	우~~~ 돼지고기 물러가라~~

태주, 돌아서 보면, 왁자지껄 떠들며 멀어지는 TCI의 뒷모습. 자신과 있을 때완 달리, 햇살처럼 밝은 소희의 모습. 가슴이 아린다.

S#69. 고깃집 (밤)

불판 위에서 지글지글 익어가는 소고기.
피가 뚝뚝 떨어지는 고기 한 점 얼른 집어 입에 털어 넣는 현경.
주변에 소희와 동기, 연호, 있다. 채만은 보이지 않는다.

동기   (현경이 빤히 보다가) 야, 너는 익지도 않은 걸,

현경   (오물오물) 누가 소고길 익혀 먹어요. 촌스럽게.

동기   담부터 쟤는 그냥 정육점으로 보내요. 굳이 고깃집에 와서 불 피울 필요가 없는 애야.

소희   (연호에게) 뭐 해요? 안 먹고. 고기 익는 거 기다리다 국수만 먹고 간다니까.

연호   …먹고 있습니다. (거드는 시늉)

동기   근데, 팀장님은 어딜 가신 거예요? 오늘 같은 날, 2차 내실 생각은 안 하고.

소희   (모르니) 오늘 사모님 기일이잖아.

연호   (사모님 기일?)

동기   (생각난) 아~ 오늘이, 벌써 그렇게 됐나.

현경   (조심스럽게) 근데, 팀장님 사모님은 어쩌다 그렇게 된 거예요?

동기/소희   (시선 교환, 말하기 껄끄러운)

연호   (궁금한 듯 소희 보는)

소희   (눙치듯) 야야, 고기 탄다! 빨리 먹어!

S#70. 경부고속도로, 차 안 (밤)

칼치기로 차 사이를 곡예하듯 질주하는 재영의 렌터카.

차 안, 운전하며 정욱과 블루투스로 통화 중인 재영.

재영   (분이 안 풀린) 이게 말이 되냐고. 어떻게 그런 새끼를 경찰에,

정욱   (필터) 아버지 말씀 들었지. 더 일 키우지 말고 당분간 조용히 있어.

재영   (수틀린) 야 표정욱, 어째 말투가 좀 그렇다.

                니 아버지도 그렇고 어째 다 명령조냐.

정욱   (필터) 내 말 무슨 얘긴지 몰라?

재영   아는데, 말투가 너무 엿 같잖아.

정욱   (필터, 정색) 야, 양재영.

재영   뭐, 왜, 또 가서 니 아버지한테 이르게? 일러. 경찰 나부랭이 주제에

                뭐 대단하다고, 씨! (신경질적으로 전화 끊고)

                (씨발), 내가 아직 지 꼬붕인 줄 아나.

순간, 재영의 차 앞을 칼치기로 들어오는 차량. 재영을 약 올리듯
잠시 앞에서 알짱대다 다시 질주한다.

재영   (빠직) 허! 저 새끼 봐라.

재영, 급가속해서 앞차 따라붙는다.

S#71. 거리 (밤)

나란히 걷는 연호와 소희.
소희는 기분 좋게 취한 모습. 볼 발그스레하게 상기된,

소희   (숨 들이켜며) 아, 밤공기 좋다!

	근데 그날 운전은 어떻게 한 거예요?
연호	잘 모르겠습니다. 그냥… 늦으면 안 되겠단 생각으로…
	반장님이 그러셨잖아요. 늦으면 누굴 구할 기회도 없다고.
소희	…다행이네요.
연호	?
소희	이번 사건이 마지막 사건이 아니어서,
연호	(소희 보면 입가 연한 미소, 좋은) 다행이네요. 그렇게 생각해주셔서.
	이번엔 안 다쳤습니다, 저. (제 운동화에 시선) 반장님 덕분이에요.
소희	(연호 운동화 보고는) '참 잘했어요' 도장이라도 찍어주고 싶네.
연호	(미소) 근데, 팀장님 사모님은… 말 못 할 이유가 있는 겁니까?
	어떻게 돌아가셨는지,
소희	(표정 굳는) 아 그게, 뭐 딱히 그렇다기보다,
연호	(궁금한 듯 보는)
소희	뺑소니예요… 경찰서에 팀장님 옷 가져다주시려다…
연호	!!!

S#72. 고속도로 (밤)

차량 사이를 요리조리, 쫓고 쫓기는 카체이싱.
재영, 도망치던 차량 앞으로 위험천만하게 칼치기로 위협하면,
순간, 주춤하며 갓길에 멈춰 서는 차량.

재영	(룸미러 보며 통쾌) 새끼가 어디서,

재영, 브레이크 밟는데, 브레이크 안 먹는다.

재영   ??! 이게 왜,

계기판 속도가 140킬로를 넘었다. 차들 사이를 위험천만하게 질주
하는 재영의 차. 당황한 재영, 앞차를 피하려다 핸들을 급히 꺾는데,
순간, 기우뚱하며 방향을 잃고 전복되는 차!! 갓길에 부딪힌다!!
솟아오르는 불꽃. 근처를 지나던 차들, 하나둘씩 멈춰서고,
사람들 나와보는데, 불길 때문에 쉬이 접근하지 못한다. 멀리서 발
만 동동…
재영, 머리에 피 흘리며 힘겹게 차에서 기어 나오며,

재영   (애절) 살려주세요… 살려,

순간, 사람들 사이에 서 있던 누군가 본다.

재영   (알아본 듯) …어? 당신…

순간, 폭발하는 재영의 차!! 화염에 휩싸이고…
탄식하는 사람들. 그들 뒤에서 이 모습 조용히 지켜보다 돌아서는
누군가.

6부 끝

2권에서 계속됩니다.

크래시 대본집 1

© 오수진 2024

1판 1쇄 인쇄 2024년 8월 29일
1판 1쇄 발행 2024년 9월 11일

지은이 오수진
펴낸이 황상욱

편집 이은현 박성미 | **디자인** 김현우 박지수
마케팅 윤해승 장동철 윤두열 | **경영지원** 황지욱
제작처 영신사

펴낸곳 ㈜휴먼큐브 | **출판등록** 2015년 7월 24일 제406-2015-000096호
주소 03997 서울시 마포구 월드컵로14길 61 2층
문의전화 02-2039-9462(편집) 02-2039-9463(마케팅) 02-2039-9460(팩스)
전자우편 yun@humancube.kr

ISBN 979-11-6538-407-4 04810
       979-11-6538-406-7 (세트)

인스타그램 @humancube_group **페이스북** fb.com/humancube44

표정욱

표명학

이태주

구경모

고재덕

염보연

소병길

민용건

이정섭

양석찬

양재영

한경수